À PROPOS DE L'AUTEUR

Tombée dans les fresques et les frasques historiques dès son plus jeune âge, Penny Watson Webb a grandi entourée de héros, depuis les chevaliers de la Table ronde jusqu'à Surcouf le corsaire, en passant par Ivanhoé. Elle aime la petite histoire qui fait la grande Histoire et adore remettre en lumière des périodes ou un patrimoine oubliés. Maman de quatre filles, elle tient à leur faire découvrir la richesse du passé tout en leur laissant la liberté de rêver.

DU MÊME AUTEUR

DANS LA COLLECTION

Victoria

Dans la série « Héritiers des larmes » :

L'épouse ennemie
La belle des salines
Le serment brisé

Le chant des bruyères

Collection : VICTORIA

HARPERCOLLINS FRANCE
83-85, boulevard Vincent-Auriol, 75646 PARIS CEDEX 13
Service Lectrices — Tél. : 01 45 82 47 47

www.harlequin.fr

ISBN 978-2-2804-1811-9 — ISSN 2493-013X

PENNY WATSON WEBB

Le chant des bruyères

Victoria

HARLEQUIN

À Théoxane, Zénaïde, Athénaïs et
Olympe qui sont mes quatre soleils

À Gilles Lartigot qui m'a inspiré
le personnage de Darren.

Prologue

Château de Ker Glenn, mont Dol,
Bretagne, 1502

Katel de Ker Glenn regardait avec raideur la jeune fille timide qui se trouvait en face d'elle. Elle avait espéré et appréhendé ce moment avec autant d'espoir que de frayeur. Que dire au fruit de sa chair, quand on l'avait abandonné peu après sa naissance, même pour de bonnes raisons ? Comment lui faire comprendre avec douceur que son cœur de mère saignait depuis le jour de leur séparation, sans charger ses frêles épaules d'un passé trop cruel ? Aelig semblait nerveuse et gardait les yeux rivés sur la pointe de ses souliers. La nature avait donné à la mère et à la fille les mêmes cheveux châtain doré bouclés, les mêmes yeux en amande, surmontés de hautes arcades sourcilières, la même silhouette fine, plus marquée chez la jeune fille, qui semblait un peu maigre.

Katel inspira profondément et reporta le regard sur son fils bien-aimé. Conan avait du mal à ne pas être agressif avec Aelig, qui se tenait face à eux, penaude et impressionnée. Elle représentait la douleur, la honte, la mort et toutes les épreuves affreuses qu'ils avaient traversées. Rien ne leur avait été épargné. Et à sa vue, Katel ne pouvait qu'évoquer ces souvenirs.

À la fin de la guerre qui avait opposé la Bretagne à la France, le roi Charles VIII, vainqueur, avait livré la ville de Dol en pâture à son armée, commandée par Gilbert de Montpensier. Les Francs avaient pillé et massacré, en loups affamés de conquête et assoifés du sang breton, encore rouge sur les champs de bataille. Une fois la ville réduite à néant, le prince de Montpensier avait jeté son dévolu sur le château des Ker Glenn, qu'il avait vidé de ses biens et partiellement brûlé, sous le regard effaré de ses occupants. Acculés et tassés sous un rempart, les malheureux avaient vu les hordes de Francs leur voler leur gîte, les jetant dehors sans aucune pitié, les dépossédant de leur avenir et de toute forme d'espoir.

Mais la perfidie de cet homme ne s'était pas arrêtée là… Katel frissonna d'horreur en repensant à cette funeste journée. Elle voyait encore les soldats investir la grande salle, frapper les serviteurs et les chasser des lieux ou des recoins du château où ils essayaient de se cacher ou de dissimuler quelques denrées pour survivre après le départ des pillards. Tout ce qui avait de la valeur avait été dérobé : vaisselle, tapisseries, argenterie, bijoux. Même les chevaux et le bétail avaient été saisis, pour transporter et nourrir les vainqueurs.

— Laissez-nous la truie, pitié messire ! avait supplié un vieil homme, nous pourrons manger les petits cet hiver.

— Va crever, chien galeux ! avait objecté un soldat, en prenant l'animal attaché au bout d'une corde.

Un autre avait levé la main sur une femme qui tentait de garder sa chèvre pour nourrir son bébé pas encore sevré. Elle avait quatre enfants en bas âge qui risquaient de mourir de faim cet hiver.

— Madame, par pitié, aidez-nous ! avait supplié la mère effondrée, en courant sous le rempart chercher sa châtelaine.

Katel avait alpagué un garde, le sommant de la conduire auprès du prince de Montpensier.

— Arrêtez, pour l'amour du ciel ! avait-elle alors plaidé.

Elle voulait bien tout supporter en silence : qu'on la dépossède de sa vaisselle et des tapisseries qu'elle avait elle-même brodées des heures durant, mais qu'on touche à ses gens l'avait fait sortir de ses gonds. Elle s'était précipitée au donjon, vers le prince, pour réclamer justice.

— N'avez-vous donc aucun cœur ? Ne prendrez-vous pas en pitié ces pauvres gens ? Vous voulez que votre roi règne sur un peuple mort ?

— Peu me chaut le sort des Bretons, madame, avait cruellement lâché le prince, en faisant signe à un soldat de décrocher la tapisserie qui se trouvait au-dessus de la cheminée principale.

Cette tapisserie, représentant un archange, était la fierté de Katel. Elle l'avait tissée des mois durant, et l'avait offerte à son mari pour Noël, il y avait déjà des années.

— Mon mari vous rendra la monnaie de votre pièce, quand il reviendra !

Elle avait épousé Guirec de Ker Glenn à seize ans. C'était un noble seigneur et un fier combattant. Il avait suivi le comte François de Bretagne à la guerre, voulant protéger ses terres des Français. Leur fils Conan, âgé de dix-sept ans, était écuyer et s'était joint également aux troupes royales, malgré les supplications de sa mère. Que pouvait-elle, pauvre femme, contre une armée de soldats venus piller la Bretagne jusqu'au cœur ?

— Robert de Montgomery vous passe le bonjour, ma chère. Son épée est encore rouge du sang de votre défunt mari, ricana le prince, sordide.

— Non, avait soufflé Katel en secouant la tête et en s'appuyant à un siège pour ne pas fléchir.

Guirec ne pouvait pas être mort, pas son Guirec. Pas cet homme fort qui faisait battre son cœur et qu'elle aimait de toute son âme.

— Quant à votre fils, il pourrit dans les geôles de Saint Aubin, avait ajouté Montpensier pour la crucifier. Cette vermine a blessé Montgomery, et je suis sûr que nos bourreaux lui réserveront le meilleur accueil. Il est temps que les fils de Bretagne comprennent qu'ils ont des maîtres !

Un regain d'orgueil avait alors enflammé le cœur de Katel, et elle avait riposté sans faire grand cas de la prudence.

— Allez au diable ! La Bretagne ne sera jamais française !

Le prince l'avait détaillée avec mépris et amusement, comme si les choses étaient déjà jouées.

— Elle le sera, ma chère, le roi prendra cette terre et ce qui va avec. Votre duchesse est peut-être enfermée à Rennes sous bonne garde, mais, croyez-moi sur parole, elle ne tiendra pas longtemps, le siège est déjà en cours.

Katel aurait voulu pleurer et hurler sa douleur, mais elle ne voulait pas céder à la souffrance. Montpensier savourait bien trop sa victoire. Elle avait le cœur brisé et craignait pour les jours de son fils. Peut-être l'évêque de Dol avait-il survécu à ce carnage et intercéderait-il auprès du roi pour libérer Conan et ses compagnons ?

Elle s'était redressée fièrement et avait plongé son regard haineux dans celui de Montpensier.

— Et maintenant, madame, montons chez vous, afin que je vous déleste de vos bijoux.

— Vous êtes ignoble ! avait-elle craché, écœurée par sa suffisance.

— Et vous, vous êtes vaincue ! Alors, obéissez, avant que je demande à l'un de mes hommes de vous passer son épée à travers le corps !

À cet instant, un garde avait dégainé et pointé sa lame vers son visage. Le souffle court et le cœur battant, Katel avait reculé d'un pas. Elle n'avait pas eu le choix ; sa vie étant menacée, elle avait obtempéré. Elle avait gravi les escaliers, sentant derrière son dos la présence écrasante du prince et du soldat qui l'avait escorté. Elle était entrée dans sa chambre et avait été saisie par une vague de tristesse menaçant de la faire chanceler. Tant d'objets anodins lui avaient rappelé la présence de son mari !

Elle s'était dirigée vers une coiffeuse où se trouvait une cassette de bois précieux décorée de turquoises, que Guirec lui avait offerte pour son dernier anniversaire. Elle avait ouvert la boîte d'une main tremblante et avait voulu en déverser le contenu sur la table, mais la main du prince l'en avait empêchée.

— Je prends la boîte. Et je veux aussi ce que vous portez sur vous, avait-il ajouté en souriant, l'air suffisant en lui montrant la chaîne d'or et le pendentif en forme de griffon qui reposaient sur sa gorge.

Le souffle rapide et le regard brouillé, Katel avait détaché le collier, se souvenant du jour où son père l'avait offert à sa mère, et plus encore de celui où celle-ci le lui avait transmis, avant de mourir. Elle avait dit qu'il appartiendrait à sa propre fille, si Dieu lui en donnait une un jour. Mais si ce qu'affirmait le prince était vrai, elle était veuve aujourd'hui et ne donnerait plus jamais la vie.

Elle avait déposé, hébétée et tremblante, le bijou de valeur dans la main rapace du comte de Montpensier, et s'était empressée de s'éloigner de lui de nouveau, inspirant pour reprendre pied et se redonner contenance.

— Votre alliance également, avait-il poursuivi, en gardant son sourire abject.

— N'avez-vous aucune dignité ?

Pour toute réponse, elle avait reçu une gifle qui avait manqué de la faire tomber. Elle s'était redressée, sentant sa coiffe tomber et libérer ses cheveux bouclés. Montpensier l'avait alors regardée comme un chat jouant avec une souris et attendant le moment propice pour abattre ses griffes. Il l'avait détaillée sans vergogne, s'arrêtant sur sa taille mince, sur la ligne de son décolleté à présent libre de tout ornement.

— Vous comptez prendre racine ? l'avait-elle interpellé, pour se soustraire à cet examen insultant.

— Il me reste encore une chose à prendre, madame, dit-il tout en l'attrapant par les cheveux.

Elle avait essayé de se débattre, effrayée d'être traitée de la sorte, et avait senti son cœur s'arrêter de battre quand Montpensier l'avait jetée sur le lit.

— Tiens-la ! avait-il ensuite ordonné au soldat.

L'homme lui avait attrapé les mains dans une étreinte de fer, l'empêchant d'échapper à ce qui allait lui briser l'âme à tout jamais.

Katel inspira fortement pour chasser ces affreux souvenirs, qu'elle tenait enfouis au fond d'elle depuis des années. Elle regarda autour d'elle ; son fils s'approchait. Il l'embrassa tendrement. Le passé resterait derrière elle, elle devait avancer coûte que coûte, comme elle l'avait fait jusqu'à présent, cachant sa douleur et ses rêves de bonheur brisés derrière un voile et une guimpe, ainsi que des aubes de religieuse, qui la faisaient disparaître aux yeux du monde et des hommes.

Conan devait cependant se douter que cette rencontre, après quinze ans de silence et de mensonge, la perturbait au plus haut point. Elle n'avait jamais eu la force de lui avouer la vérité à son retour de captivité, et ce n'était que grâce à l'amitié de sa belle-fille qu'elle avait pu trouver un peu de réconfort. Mais les années s'étaient succédé sans effacer sa peine, et l'évêque qui se trouvait être son confesseur lui avait demandé d'avouer à sa fille. Aelig était jeune, mais elle avait le droit de connaître la vérité sur sa naissance et, de ce fait, Conan avait été mis au courant. Katel avait été soulagée d'apprendre la mort de son bourreau peu après les faits et heureuse que Conan ne puisse se venger. On n'attaquait pas un membre de la famille royale sans en subir les conséquences, et les Ker Glenn n'avaient plus les moyens de se faire des ennemis.

Elle voyait pour la première fois depuis des années cette enfant non désirée, née d'un viol dont elle ne s'était toujours pas remise. Son corps entier avait rejeté cette naissance. L'enfant était venue au monde chétive et maigre ; elle avait été incapable de l'allaiter et, sans l'intervention de sa gouvernante, elle aurait pu commettre l'irréparable, devenue mélancolique et folle de chagrin… Dévastée par son geste, elle avait fini par suivre les conseils de cette dernière, et avait confié l'enfant à une famille de sauniers, de peur de lui faire du mal ou que les Montpensier n'apprennent son existence. Le bébé ne pouvait rester à Ker Glenn, sa vie était en danger.

Pauvre petite, elle vient de perdre ses parents adoptifs et voit sa vie basculer dans l'inconnu, pensa Katel, émue, en voyant Aelig se rapprocher d'une jolie jeune femme qu'un chevalier tenait par la main.

Katel passa une main fine sur son voile et son ample robe et sourit à ses hôtes, pour leur souhaiter la bienvenue. Elle regardait sa belle-fille, qui était ravissante, et la belle blonde qui accompagnait Pierre de Flouville, son fils de cœur et l'ami de Conan. Elle se prit à envier leurs jolies mises et leur jeunesse. Elle avait rejeté toute féminité, toute séduction, et se vêtait comme une nonne dont elle menait presque la vie, tant ses journées étaient rythmées par la prière. Elle s'était renfermée et était morte à toute joie ou toute espérance, jusqu'à ce que la fille de Montgomery jette son dévolu sur Conan.

Brunhilde était une femme pleine de fougue et de passion, qui s'était battue pour établir la paix entre leurs deux familles, malgré la guerre et les cicatrices indélébiles qu'elle avait laissées sur leurs corps et leurs âmes, malgré la haine qui opposait leurs deux clans. Dotée d'une force bien à elle, elle avait su allier les anciens ennemis et en faire un seul et même clan, par-delà les deux rives du Couesnon.

— Mère, je suis heureuse de vous apprendre que Pierre et Aziliz vont se marier. Ici, avec votre permission, bien entendu, dit sa belle-fille en venant l'embrasser à son tour.

— Ah, mon garçon, vous savez que vous êtes le bienvenu et que vous êtes chez vous au château, dit aimablement Katel en accueillant le futur marié. Vraiment, Pierre, je désespérais de voir ce jour arriver !

La jolie blonde lui fit une révérence et la salua gracieusement.

— Je vous présente Aziliz Le Cam, elle est…

— La sœur adoptive d'Aelig, compléta Katel, en posant un regard bienveillant sur la jeune fille, qui se tenait coite depuis son arrivée. Je suis bien aise de vous rencontrer et de vous exprimer ma gratitude pour toutes les années où vos parents et vous avez pris soin de ma petite fille. Je serai honorée que ma maison abrite vos noces.

Elle regarda de nouveau Aelig qui se tortillait les mains et essaya de la mettre à l'aise.

— Tu es la bienvenue ici. Considère cette maison comme la tienne.

— Merci, madame.

Aelig soutenait son regard avec difficulté, sa méfiance lui faisait mal, mais comment le lui reprocher ?

— Elle ne reste pas, coupa Conan sèchement. Après le mariage, Aelig ira au couvent, à Dol, pour y apprendre ce qu'elle doit savoir. Elle n'a aucune instruction.

Il semblait beaucoup impressionner Aelig, qui se rapprocha de sa sœur et se cacha un peu derrière elle et la haute stature de Pierre.

— Je ne peux guère le lui reprocher, étant donné qu'elle n'a pas été élevée selon son rang. Je suis sûre qu'elle apprendra très bien, conclut Katel avec gentillesse.

— Mam-ghoz ! Grand-Mère !

Katel sourit en voyant son petit-fils courir vers elle. Il illuminait sa vie ! Conan l'avait prénommé Guirec en souvenir de son père.

— Mon gredin, s'écria-t-elle en lui ouvrant les bras. Tu es aussi sale qu'un sanglier !

Elle lui essuya la frimousse.

Le petit imita le bruit d'un grognement de cochon, et Katel sourit en déposant un gros baiser sur sa joue potelée. Qu'elle aurait voulu avoir la force d'aimer Aelig du même amour, à l'époque ! Elle avait eu le cœur brisé de l'abandonner et n'était pas sûre d'avoir fait le bon choix. Elle avait tant de choses à lui dire, tant d'amour à lui donner aujourd'hui... Pour autant, avait-elle le droit d'espérer son pardon et son affection ? L'amour ne se commandait pas, seul le temps pourrait les rapprocher et panser leurs plaies. Mais Katel voulait croire qu'elle aurait une place, un jour, dans le cœur de sa fille. Pour cela elle se promit de ne rien forcer et d'attendre qu'Aelig vienne à elle, même si cette attente lui était une torture. Elle était prête à tous les sacrifices pour le bonheur de sa fille. Sa vie était derrière elle à présent, elle prendrait les miettes que lui donneraient ses petits-enfants et ne demandait plus rien au ciel.

Son fils était revenu de la guerre, Aelig était saine et sauve malgré les attaques récentes des Montpensier, Brunhilde attendait son deuxième enfant, Pierre avait trouvé la paix dans les bras d'Aziliz, que pouvait-elle espérer de mieux ? N'avaient-ils pas envoyé une espionne et une meurtrière à leurs trousses pour assassiner Brunhilde ? N'avaient-ils pas embué le cerveau jaloux d'une noble dame pour qu'elle les débarrasse d'Aelig ? Sa chère Brunhilde...

Chapitre 1

Pontorson 1505

Darren Seton entra dans la cour du château des Montgomery avec dix de ses hommes. Il avait été mandaté par son frère aîné, Georges V^{e}, comte Seton, afin de conclure une alliance pour l'une de ses filles, Sarah, avec un noble de France. Il avait été convenu que le cadet du comte de Montgomery serait le fiancé.

Ils avaient chevauché à travers l'Écosse et l'Angleterre, puis avaient traversé la Manche pour arriver en Normandie. Les rivalités de clans et l'appétit anglais affaiblissaient le roi d'Écosse, qui avait plus que besoin de resserrer les rangs autour de lui. Le mariage de Wandrille et Sarah allait servir les intérêts du roi, et Darren était heureux d'avoir près de lui l'un des fils de son ami de jeunesse Robert de Montgomery, avec qui il avait fait son apprentissage d'écuyer et de chevalier. Il trouvait étrange de revenir après tant d'années à Pontorson. La dernière fois qu'il était venu en Normandie, Robert venait d'épouser sa douce Françoise, et rien ne prédisait sa triste fin. Ils avaient trois beaux enfants, et le jeune Jacques venait à peine d'être fait chevalier. Un sauvage Breton, connu sous le nom de Démon de Dol, avait cruellement blessé Robert à la guerre et ce dernier avait perdu l'usage de son bras. Il avait eu une correspondance récente avec Jacques de Montgomery, l'informant des projets des rois d'Écosse et de France, et avait proposé le nom de Wandrille pour illustrer davantage le clan Montgomery.

Les Seton, comme les Montgomery, faisaient partie des clans écossais des Lowlands qui avaient prêté serment au roi de France et qui constituaient, avec l'accord du roi d'Écosse, la fameuse garde écossaise. Après la guerre de Cent Ans, l'Écosse, pour prendre officiellement le parti de la France face à l'Angleterre, avait constitué une garde formée de nobles écossais issus des clans les plus prestigieux et dédiée exclusivement à la protection du roi de France et de sa famille. Chaque génération payait son tribut en hommes, afin de préserver cette alliance. Mais, ces derniers temps, les prétentions anglaises sur les terres d'Écosse inquiétaient le roi Jacques, qui avait obtenu du roi Louis le douzième, avec la bienveillance de la reine Anne, duchesse de Bretagne, qu'une dizaine de mariages soient célébrés entre la fine fleur de la noblesse française et celle d'Écosse.

Darren, baron Seton, ne passait pas inaperçu ; il mesurait près de deux mètres et était taillé dans le roc. À 53 ans, il faisait encore partie des meilleurs guerriers d'Écosse ; il avait la confiance du roi et l'oreille de son frère, dont il était le représentant en

France. Il était connu pour ses faits de guerre contre l'Angleterre, et était également en vue à la cour pour ses talents de négociateur. Ses yeux, bleu-gris, savaient fendre la glace comme un couperet, mais connaissaient aussi l'art d'attirer et d'amadouer les plus sceptiques. Il était le père de sept enfants, six fils qui faisaient sa fierté, et une douce fille qui avait hélas perdu la vue encore enfant. Il avait été malheureux en mariage, car le ciel lui avait repris ses trois épouses, deux mortes en couches, la troisième à la suite d'une chute de cheval. Ses aînés étaient mariés et faisaient de lui un grand-père comblé ; Fyrie Castle, sa forteresse, résonnait souvent des rires et bavardages des uns et des autres. Il avait dû quitter son domaine pour obéir à son laird et parfaire les alliances attendues. Il avait plaisir à retrouver les Montgomery, qu'il chérissait comme des neveux, et il était attendu par le roi en personne, à Amboise, avant la fin du mois.

Ils furent accueillis par des palefreniers qui vinrent chercher les chevaux, et un vieil homme courbé qui devait faire office d'intendant vint le saluer.

— Vous êtes dans la demeure de Jacques de Montgomery, seigneur de Lorges et capitaine de Pontorson, annonça l'homme avec cérémonie.

— En effet l'ami. Dis à ton maître que le baron Seton veut le voir.

— Mon seigneur est très occupé aujourd'hui, et je crains fort qu'il ne puisse…

Un homme jeune, à l'imposante stature, fit alors irruption, le visage balafré, portant un bandeau sur l'œil gauche, et poussa doucement l'intendant.

— Oncle Darren ? Darren Seton ? Par le sang du Christ, je suis content de vous voir !

— Bonjour Jacques, lui répondit Darren, avant de le regarder en souriant. Mon Dieu, qui vous a décoré le portrait, mon garçon ? Encore un démon de Dol ? Vous ne les avez toujours pas pendus, ces brigands ?

Il s'interrompit, l'observant mieux.

— Non, vous êtes Wandrille ! Le petit morveux débraillé de Robert est devenu un homme, palsambleu !

Ils se donnèrent une franche accolade et Darren salua l'homme qui se trouvait derrière Wandrille d'un hochement de tête.

— J'ai pleuré votre père, mon garçon, et le garde dans mes pensées. Qui est votre compagnon ? demanda-t-il.

— Conan de Ker Glenn, vicomte du mont Dol répondit Wandrille, qui sourit en voyant Darren se figer. Oui, je sais, il fait toujours cet effet-là !

— Vous plaisantez ! Jacques tolère un démon de Dol sur ses terres ?

— Conan, s'écria une jeune femme brune en se précipitant vers le vicomte, Arès et Jacques t'attendent. Nous avons la lettre et… Oncle Darren ? Oh mon Dieu, que je suis heureuse de vous voir !

Darren la souleva de terre et lui plaqua une bise sonore sur la joue.

— Brunhilde ! Tu es devenue une femme magnifique ! Rassure ton vieil oncle et dis-moi que tu as épousé un homme digne de ce nom.

— En effet, mon oncle, le meilleur, répondit Brune en prenant le bras du Breton.

Darren se figea de nouveau et plongea un regard incrédule dans les yeux du mari de sa nièce.

— Ça fait deux fois que je reste sans voix et, croyez-moi, ça ne m'arrive pas souvent. Je crois que vous me devez un bon pichet de vin et des explications, les enfants. Mes hommes ont chevauché des heures durant, tu peux leur montrer un endroit ou se reposer ?

— Il y a une longère où nos gardes prennent leurs quartiers, ils seront fiers de partager leur gîte avec vos hommes, mon oncle. Jacques sera heureux de vous voir. Nous sommes très inquiets pour la sœur de Conan ; elle a disparu cet après-midi, et toute la maisonnée est en émoi. Nous vous accueillons dans de drôles de circonstances.

Voir les Montgomery alliés aux Ker Glenn avait quelque chose de surprenant, voire de franchement déstabilisant pour Darren, mais comme la vie d'une innocente était en jeu, il mettait sa rancœur de côté pour le moment.

— Je suis navré pour votre sœur, Ker Glenn, j'espère que vous aurez de ses nouvelles bientôt. Mes hommes et moi-même sommes à votre disposition.

Le Breton ne semblait pas impressionné par quoi que ce soit et reporta son attention sur Brunhilde, quand celle-ci vint lui prendre la main. Puis son regard se porta de nouveau sur Darren.

— Nous reprendrons les recherches au lever du soleil, déclara Conan en prenant la mesure de l'homme qui se tenait devant lui.

Ils se fixèrent un moment, puis Seton grommela quelques choses en gaélique et réclama le vin promis.

— Il ne m'aime pas, je crois, dit Conan à Brune.

— Tu as fait de son meilleur ami un manchot…

— Oui, vu comme ça…, reprit Conan avec une grimace appuyée.

— Il apprendra à te connaître, mon amour, et je suis sûre qu'il t'appréciera à ta juste valeur.

— Comme nous tous, rétorqua Wandrille d'un air sombre.

Il semblait las et Brune le regarda, inquiète. Qu'adviendrait-il du cœur noirci par la guerre de son petit frère, si le destin lui ravissait la femme qu'il aimait ?

— Nous avons trouvé Allegra. Elle est morte, annonça alors Wandrille d'une voix blanche et dure.

Brune pensa aussitôt à Arès, le frère de la défunte, qui séjournait à Pontorson depuis le retour d'Italie de Wandrille.

— Oh mon Dieu, souffla-t-elle, en mettant la main sur sa bouche.

Deux hommes portèrent le corps sans vie d'Allegra à l'intérieur du donjon et Wandrille présenta ses condoléances à son frère d'armes, Arès di Gabrieli.

Darren reçut un accueil chaleureux de toute la maisonnée et obtint son pichet de vin de Loire et une partie des explications attendues. Il sut ainsi que la jeune Aelig avait sûrement été enlevée par des bandits engagés par Allegra di Gabrieli, la sœur du meilleur ami de Wandrille. Ils avaient combattu en

Italie pour récupérer le Milanais et Naples au profit de la maison d'Anjou, mais après une terrible bataille où Wandrille avait perdu son œil, ils avaient été sauvés par des paysans qui les avaient ramenés chez les Gabrieli, où ils avaient pu être soignés.

— C'est à n'y rien comprendre, grommela Darren, pourquoi cette femme voudrait du mal à votre sœur, Ker Glenn ?

L'Italien pressait contre lui le corps froid de la jeune femme décédée et semblait bouleversé.

— Elle est notre demi-sœur, à Charles de Montpensier et moi-même.

Darren haussa les sourcils sans bien comprendre, avant de croiser ses bras d'Hercule sur son torse puissant.

— Gilbert de Montpensier et votre mère ? N'étaient-ils pas dans des camps opposés ?

— Ce qui nous intéresse, c'est de retrouver Aelig au plus vite, coupa Brunhilde. Sa vie est en danger, les Montpensier ont déjà essayé de la faire disparaître à plusieurs reprises.

— Et pourquoi diable ? Si votre mère et Montpensier ont eu cette enfant, Ker Glenn, c'est bien qu'ils ont eu quelques… accointances, finit par dire Darren, après avoir cherché ses mots. Pourquoi la tuer ? Cette enfant ne serait ni la première ni la dernière bâtarde en France comme ailleurs.

— C'est compliqué, mon oncle, et il est inutile de trop fouiller le passé, coupa Brunhilde en levant le menton, pour clore la discussion. L'important n'est-il pas de retrouver Aelig saine et sauve ? Jacques, oncle Darren met ses hommes à notre disposition, si besoin.

— Ils sont sûrement épuisés par le voyage, les nôtres suffiront. Enfin, j'espère.

Darren observait les gens autour de lui. Ker Glenn semblait sur le point d'en venir aux mains, Jacques fronçait les sourcils, visiblement très soucieux, Wandrille était carrément absent de la discussion, et Brune, comme l'appelaient ses proches, lui commandait de changer de sujet. Il y avait donc beaucoup plus que ce qu'ils laissaient paraître, ce qui ne manquait pas d'aiguiser sa curiosité, et Darren ouvrait les yeux et les oreilles à la recherche de la vérité.

Wandrille se leva et s'en retourna vers son ami italien, qui priait près du corps de sa sœur. Conan fit de même et, tout à coup, s'agita en prenant l'Italien à partie.

— *Il pozzo*… C'est le puits, pourquoi ?

— C'est ce que votre sœur a dit avant de mourir.

— Il y avait un puits près des ruines ! s'écria alors Wandrille. C'est peut-être là que se trouve Aelig !

Aussitôt, Conan et Wandrille partirent à cheval malgré la nuit, pour essayer de sauver la jeune fille, et une longue attente commença. Brune rassembla tout le monde et organisa une veillée de prière pour le repos de l'âme d'Allegra, ainsi que pour le salut d'Aelig.

Ils furent tous rassurés dans la nuit par deux gardes que Conan leur avait envoyés : Aelig était sauve, mais blessée et trop gelée pour être transportée. Ils rentreraient au château dès que possible.

— Ils la ramèneront demain, madame, n'ayez

crainte, elle s'en sortira, dit gentiment l'un des hommes à Brune, qui s'inquiétait de les savoir dehors.

— Dieu soit béni pour Aelig ! soupira Brune, soulagée. Pauvre dame Katel, elle n'aurait pas survécu à sa disparition.

— Tu sembles avoir de l'affection pour ta belle-mère, dit Darren en lui prenant le bras, et en la conduisant près de l'âtre.

— Oui, beaucoup. C'est étrange, après tout ce que nos familles ont pu se faire comme horreurs, répondit-elle en souriant d'un air attendri.

— Tu as une histoire à me raconter, si je ne m'abuse.

Brunhilde lui sourit de nouveau et s'assit dans un grand fauteuil, bien à l'aise sur une fourrure épaisse. Darren prit place près d'elle et réclama du vin à un serviteur en levant sa coupe d'argent.

— Auriez-vous l'ambition de vider la cave de Jacques, mon oncle ?

— Vous, Français, ne savez pas la chance que vous avez avec vos vignes ! Je ne vois aucune raison de ne pas en abuser quand je viens en France, rétorqua Darren en jouant des sourcils.

Brunhilde rit et le regarda longuement.

— Vous me rappelez Père.

Une vive émotion fit briller les yeux de celle qu'il aimait comme une nièce.

— Allons, petite, dis-moi comment ce démon breton est devenu ton mari, lui demanda-t-il, après lui avoir caressé la joue pour y cueillir une larme.

— Je l'ai chassé, je l'ai piégé et je l'ai épousé en conspirant avec la reine, expliqua Brune avec malice.

Darren éclata de rire et se tapa le genou du plat de la main.

— Tu veux dire que tu l'as forcé à t'épouser ?

— Oui et croyez-moi, Conan, comme Jacques, était furieux ! J'ai passé six mois horribles en Bretagne à regretter mon geste chaque jour, tout en étant fermement convaincue d'avoir fait le bon choix. J'ai gagné la paix pour nos deux comtés, et l'amour aussi, ajouta-t-elle en rougissant joliment.

— Tu sembles heureuse en ménage.

— Oui, Conan a la tête dure, mais je suis la femme la plus heureuse du monde ! C'est un homme merveilleux, quand il s'en donne la peine.

— J'ai l'impression que tu ne te laisses pas mener, il doit avoir fort à faire avec toi.

— En effet, pour un homme tel que lui, il fallait au moins une femme comme moi, s'esclaffa-t-elle. C'est ma belle-mère qui le dit.

— Ta belle-mère ? Quel genre de femme est-elle ?

Darren remarqua que Brune changeait d'attitude et prenait un air plus détaché.

— Une femme forte, dotée d'un solide caractère. Elle a affronté la ruine de ses terres et de son comté avec bravoure, et œuvré pour que son fils retrouve ses droits après la mort de son mari, Guirec de Ker Glenn. Père l'a tué à la guerre. Notre fils porte son nom, nous avons aussi une petite fille, Ann-Aurore.

— Eh bien, ta vie n'a pas dû être simple à ton arrivée en Bretagne, en effet.

— Disons qu'à présent j'ai une petite idée de ce

que peut être le purgatoire... Mais je me suis battue et j'ai obtenu ce que je voulais et plus encore.

— Ton sang écossais, sûrement, la nargua Darren. Ton mari n'a pas l'air d'apprécier le penchant de sa mère pour les Montpensier.

— C'est une histoire très complexe, mon oncle, et il ne m'appartient pas de juger ma belle-mère. Je sais qu'elle est une grande dame et qu'elle défend les siens comme une louve jalouse.

Brunhilde paraissait mal à l'aise, comme si elle répugnait à lui cacher la vérité, tout en ne voulant pas trahir ce qu'il supposait être un secret de sa belle-mère.

— Je vais vous conduire à vos appartements, si vous le permettez. Ensuite, je viendrai vous présenter mes deux garnements.

Darren, se sentant congédié, n'insista pas. Il éprouvait la fatigue du voyage et même si le vin français n'était pas aussi fort qu'un bon whisky écossais, il ressentait une certaine apathie.

— Ton mari ne peut renier ce jeune homme, commenta Darren en souriant devant le petit Guirec.

— Il est très fier de son fils, et dame Katel est émue chaque fois qu'elle le voit. Il est le portrait de Conan au même âge, qui ressemble lui-même beaucoup à son propre père. Dame Katel et ce dernier étaient très amoureux l'un de l'autre. Sa mort l'a anéantie, ajouta Brune comme pour elle-même.

— Mais elle a su faire face et a retrouvé une seconde jeunesse avec Montpensier, non ? Cette jeune fille, Aelig, est là pour l'attester.

— Et moi, je connais une autre jeune fille qui semble avoir faim, dit Brune en détournant manifestement la conversation et en prenant un poupon joufflu et braillard des bras de la nourrice.

— Je peux la nourrir, madame, si vous voulez vous reposer.

— Tu es gentille, mais non, je veux l'allaiter encore un peu. Conan ne rentrera avec Aelig que demain, aussi je vais dormir avec elle.

— Je suis bien heureuse pour notre petite demoiselle, nous étions si inquiets ! Elle deviendra une grande dame, c'est sûr, surtout avec tous ses pouvoirs, ajouta la bonne, avant de retourner à la nourricerie avec le petit Guirec.

Comme tous les Écossais, Darren était curieux du surnaturel et interrogea sa nièce, tout en la suivant dans les escaliers.

— Ses pouvoirs ? Ta belle-sœur serait-elle un peu sorcière ?

— Nenni. Mais guérisseuse et coupeuse de feu, ça oui. Elle est stupéfiante, c'est à se demander comment une aussi frêle personne peut avoir autant d'énergie à donner aux autres. Vous la rencontrerez demain, mon oncle. Et voici votre chambre, conclut-elle en ouvrant une porte et en entrant dans une pièce confortable. Les serviteurs restent à votre disposition, s'il vous manque quelque chose.

— Merci Brunhilde, dit Darren, heureux de trouver un bon lit pour l'accueillir et se détendre de la fatigue du voyage.

Chapitre 2

Darren regarda la porte se refermer derrière Brunhilde et vint s'asseoir sur le lit pour retirer ses bottes et sa chemise. Ils semblaient tous cacher quelque chose, comme s'ils partageaient une sorte de secret. Il s'étira comme un chat et se dirigea vers une petite table, où une bassine d'eau et du linge propre avaient été mis à sa disposition. Il s'aspergea le visage et le torse, puis entreprit de se dévêtir entièrement pour se laver de la poussière du voyage. L'eau parfumée aux essences de thym le rafraîchit et le délesta d'une partie de sa fatigue. Le feu de la cheminée suffisait à éclairer la pièce et il souffla les bougies, avant de s'allonger sur le lit. Le lendemain, quand la maisonnée serait redevenue plus calme, il parlerait à Jacques et Wandrille et organiserait son départ pour Amboise le plus vite possible. Son frère Georges attendait avec impatience le gendre promis. Et lui n'aspirait qu'à rentrer à Fyvie Castle.

Il se leva à l'aube comme à son habitude et rendit une petite visite à ses hommes pour leur annoncer qu'ils auraient ce jour-là quartier libre. Chez les Seton, les hommes participaient à l'entraînement militaire quotidiennement, et il était rare que l'on déroge à cette coutume, mais aujourd'hui, il se devait à ses hôtes et ne voulait pas perturber le retour de la jeune Aelig avec ses projets d'alliance. Il avait senti que toute la maisonnée avait été bouleversée par sa disparition et que la mort d'Allegra Gabrieli marquait également les esprits.

Tout en traversant la cour, Darren se remémorait ce qu'il savait : Brune avait épousé l'adversaire de son père, les Montgomery et les Ker Glenn avaient enterré la hache de guerre, Wandrille avait pour frère d'armes un Italien dont la sœur avait tenté d'assassiner Aelig, et cela sur ordre de Montpensier, qui se trouvait être l'autre demi-frère de la demoiselle…

— C'est un vrai sac de nœuds, cette affaire ! marmonna-t-il en frappant ses bottes de cuir sur une margelle, avant d'entrer dans le baraquement des gardes.

Une servante lui avait fait dire qu'un grand baquet d'eau chaude serait mis à la disposition de ses hommes s'ils voulaient se laver, et que des vêtements propres leur seraient prêtés à l'office, près des cuisines.

— Debout, les gars, allez vous laver, vous puez le bouc ! Je ne veux pas que nos hôtes aient peur en vous voyant.

— Bonjour, monseigneur, le salua en souriant un grand gaillard qui enfilait déjà ses bottes.

— Bonjour à toi, Sean. Les hommes ont été calmes ?

Darren savait que certains d'entre eux avaient un

penchant pour l'alcool et les jolies filles ; il n'était pas rare que cela entraîne des bagarres, que ses hommes appréciaient autant que leurs deux vices préférés.

— Les gardes nous ont servi de la bière et pas l'ombre d'une jupe ne s'est faufilée dans le baraquement cette nuit, répondit Sean qui lui servait de sergent.

— Dommage, j'ai pourtant vu de jolies petites servantes, en arrivant, hier soir, le taquina un jeune homme aux cheveux roux en grattant sa barbe naissante.

— Je vous laisse quartier libre pour la journée.

Des « hourras » fusèrent ; les gardes étaient ravis à l'idée de flâner dans une ville française.

— Tenez-vous correctement et pas de bagarre.

— Je les surveillerai, monseigneur, soyez tranquille. Ces vauriens ne souilleront pas le tartan qu'ils portent sur le dos.

Darren regarda Sean qui souriait ; il savait que derrière ce sourire jovial se cachait un grand sens de l'honneur.

— Montgomery va avoir des invités, dans la journée. Je l'ai appris de l'intendant qui nous a apporté à dîner.

— Je me suis couché de bonne heure, ma nièce ne m'en a pas parlé.

— Des gens de Ker Glenn apparemment, pour la demoiselle disparue.

— Une dame ? demanda Darren, intéressé.

— Oui, je crois qu'il s'agit de la mère du Démon de Dol et de sa suite.

— Elle devait être inquiète pour sa fille. Passez une bonne journée, on se retrouve ce soir.

Heureux de leur bonne fortune, ses hommes firent un brin de toilette aux cuisines et, une fois dépoussiérés, s'égaillèrent dans les rues de la ville, à la recherche de tavernes.

Darren en profita pour faire le tour de la propriété, se rappelant de bons souvenirs de jeunesse avec Robert de Montgomery. Il entra dans la chapelle, trouva la crypte des Montgomery et pria pour le repos de l'âme de son ami et de son épouse.

— Tu dois te retourner dans ta tombe, mon vieil ami. Ou plutôt, être fier de ta fille. Elle a réussi un exploit, il faut bien le reconnaître. Ker Glenn a l'air de l'apprécier à sa juste valeur et, au risque que tu viennes me hanter, je dirais même qu'il semble être un homme bien. Repose en paix, ajouta-t-il, posant la main sur la pierre au nom de Robert de Montgomery.

La guerre et le jeu des alliances politiques des rois ou des grands seigneurs avaient souvent coûté la vie à une jeunesse glorieuse. Mais il était de l'honneur de la noblesse de défendre l'étendard de son suzerain, et il y avait un prix à payer.

Darren sortit de la crypte, perdu dans ses pensées. Il vit alors Conan et Wandrille rentrer de leur périple. Wandrille portait dans ses bras une jeune fille à la silhouette menue et gracile. Elle semblait pâle et blessée. Aelig, se dit-il, heureux de la savoir sauve et en lieu sûr. Elle avait le bras en écharpe et bandé. Toutes les servantes s'affairèrent aussitôt autour d'elle, et elle fut confiée à leurs bons soins.

Mais la jeune fille fut soudain prise à partie par son

frère qui la conduisit avec Wandrille devant Jacques, lequel haussa un sourcil dubitatif.

Darren observa à distance le petit groupe, qui entrait en conciliabule avec des airs de conspirateurs : Conan et Wandrille semblaient défendre un point de vue et, visiblement, ce n'était pas du goût de Jacques. Celui-ci les réprimandait et semblait furieux. Puis la jeune Aelig prit calmement la parole. Si Darren ne pouvait entendre le contenu de la conversation, il remarqua cependant que la frêle demoiselle semblait ne pas se laisser impressionner par la colère du comte. Puis Conan et Jacques éclatèrent de rire, et la jolie brune sembla emporter le mot de la fin.

Étrange clan que celui des Ker Glenn et des Montgomery, mais il fallait avouer que les observer était très instructif. Inutile d'être devin pour comprendre les liens qui unissaient les deux jeunes gens. Darren avait vu avec quel élan Wandrille s'était porté au secours d'Aelig, et leurs mains liées en cet instant ne faisaient que confirmer ce qu'il soupçonnait déjà. Ces deux-là étaient amoureux : ce qui compliquait son affaire.

— Nous allons faire célébrer une messe pour le repos de l'âme d'Allegra, déclara Brune, interrompant ses pensées. J'ai pitié d'elle, au fond, elle est à sa manière une victime de plus des Montpensier. Aelig dit que Charles lui aurait fait miroiter le mariage. Leur bassesse m'étonnera toujours !

— Et ce Gabrieli, es-tu sûre de lui ? demanda Darren. Après tout, Charles a très bien pu l'embrigader aussi dans ses noirs desseins.

— Arès aime Aelig à sa façon, tout comme Cénéric, d'ailleurs. Il ne lui ferait jamais de mal.

Cénéric était un des prétendants que le seigneur de Lorne avait choisis pour Aelig, lui qui voulait la marier à un homme de bonne lignée malgré sa bâtardise. Le chevalier était un homme bon et affable, courageux, bien que désargenté. Il ferait un époux tout à fait convenable.

Darren avait rencontré le jeune Normand, la veille : le modèle même du chevalier français, courageux et courtois.

— Il semble que cette demoiselle soit aimée de nombreux hommes, glissa-t-il, pour voir si sa nièce mordait à l'hameçon.

Mais Brune était trop fine pour tomber dans un piège aussi grossier et répondit seulement :

— Elle nous est précieuse, c'est certain.

— Son arrivée de je-ne-sais-où perturbe votre petit monde.

— *Perturbait*, mon oncle, aujourd'hui les choses sont comme elles doivent être, soyez-en certain.

Elle darda sur lui ses prunelles dorées pleines de douceur et de malice. Il la comprit à mi-mot : elle soutenait l'amour des deux jeunes gens. Conan aussi, cependant, Jacques paraissait plus réservé.

Darren laissa donc les funérailles de l'Italienne passer, par respect pour la défunte et son frère, et continua, derrière une façade bienveillante, d'épier cette étrange famille.

À la sortie de la messe, l'intendant, qui préparait

le départ d'Arès vers l'Italie et celui de Cénéric pour son fief de Saint-James, vint les prévenir que dame Katel et les Flouville étaient arrivés au château et qu'ils se reposaient dans la grande salle en les attendant.

Aelig courut embrasser une jeune femme blonde absolument magnifique qu'un géant blond et massif tenait par la taille. Une femme d'âge mûr, vêtue comme une nonne, s'approcha également, et Aelig la rassura tout de suite sur son état. On pouvait lire toute l'inquiétude du monde dans les yeux noisette de la dame. Seule une mère pouvait porter une telle inquiétude dans le regard. Darren en déduisit qu'il avait devant lui la fameuse dame Katel, si controversée.

Il ne s'était pas du tout attendu à voir une femme à l'allure si modeste. Il l'avait imaginée sculpturale, séductrice et affirmée, et non pas pudique au point de rejeter tout signe de féminité ou de coquetterie.

Elle se tenait en retrait et fut saluée par Jacques, à qui elle rendit une révérence un peu raide. Darren sourit en pensant que derrière cette apparente modestie se cachait peut-être un peu plus de hargne que l'habit monacal voulait bien le montrer. Il sentit le regard noisette se poser avec curiosité sur lui ; pensant qu'elle était discrète, la dame le lorgnait de pied en cap. Il vit plusieurs émotions traverser ses prunelles : surprise, peur, intérêt, curiosité, et quelque chose qu'il n'osa interpréter. Admiration ? *Mais, ma parole, voilà qu'elle rougit bien joliment !* s'amusa-t-il.

Dame Katel avait tout ce qu'il fallait pour éveiller l'intérêt d'un homme : beaucoup de choses à cacher derrière une façade bien trop lisse. Imaginer cette femme folâtrer avec Gilbert de Montpensier était impossible et, pourtant, Aelig n'était pas née dans une rose. Elle avait un joli visage ovale, des pommettes hautes et de grands yeux de biche soulignés de longs cils bruns, des arcades sourcilières très dessinées et une bouche rose. Elle parlait peu, mais observait beaucoup.

Darren eut soudain envie de lui retirer cet affreux voile et cette robe informe, pour la voir dans une tenue qui seyait davantage à une dame de haute naissance. Ce vêtement reflétait-il une vie de pénitente, de veuve, ou dissimulait-il un secret ou un péché ? Lui qui avait été pressé de repartir en Écosse souhaitait à présent prendre son temps et voir où toute cette histoire allait les mener.

Après le souper, Darren aborda franchement le problème avec Jacques, en tête à tête.

— Ils sont mariés ? répéta-t-il, incrédule, après avoir écouté Jacques lui présenter ses excuses pour la fin de leur projet d'alliance. J'avais compris qu'il y avait quelque chose entre eux, mais celle-là, on ne me l'avait pas encore faite ! Vous vous étiez engagé !

Sans grande surprise, Darren vit Conan de Ker Glenn et Pierre de Flouville se joindre à la conversation. Mais il haussa un sourcil amusé quand dame Katel elle-même vint également écouter ce qui se disait. Une fois de plus, elle resta en retrait derrière son fils, mais ses yeux étaient rivés sur Jacques. Il était certain qu'elle voulait prendre part à ce qui se jouait pour l'avenir d'Aelig et Wandrille. L'heure était grave, car des enjeux politiques reposaient sur les alliances prévues ; le roi de France risquait de ne pas apprécier la défection de Wandrille. Évidemment, les deux intéressés n'étaient pas là, Darren les avait vus filer au premier une minute avant.

— Écoutez, mon garçon, je comprends votre position, mais votre roi risque de prendre ombrage de ce mariage autant que le mien.

— Qu'à cela ne tienne, Jacques, épousez cette Écossaise, et le tour sera joué ! proposa Conan, comme s'il détenait l'idée du siècle. Il vous faudra bien vous marier un jour, alors, autant que ce soit avec un clan allié à votre famille depuis toujours, cela n'étonnera personne. Et peut-être traverserez-vous la Manche pour rester de l'autre côté pour toujours, ajouta le vicomte, visiblement content de provoquer son beau-frère. N'êtes-vous pas écossais, vous aussi ?

— Les Montgomery le sont en effet, Ker Glenn. Des Normands d'origine écossaise, et les Seton, des Écossais d'origine normande.

— Vous êtes normands ?

— En effet, mes ancêtres viennent du village de Set, d'où notre nom, « Set son », devenu Seton.

— Voilà qui est parfait, Montgomery ! Vous êtes casé ! ajouta Conan en levant la main dans un geste de victoire.

— Pour le bonheur de Wandrille, j'aurais pu opter pour cette solution, dit Jacques en se passant la main dans sa crinière blond foncé.

— Mais..., reprit Conan, avec le ton de celui qui attend une objection déplaisante.

— Je me suis déjà engagé auprès du comte de la Boissière, les pourparlers sont avancés et les signatures apposées sur le contrat.

— Là, c'est la fin ! fit Pierre, pessimiste.

Un silence suivit. Que Jacques ait organisé son mariage sans tenir les siens au courant laissait apparemment Conan sans voix. Pas pour longtemps.

— Vous êtes fiancé ? Brune est-elle au courant ? demanda-t-il, ahuri.

— Je me moque éperdument de…

— De quoi te moques-tu, mon frère ? demanda la vicomtesse, en approchant d'un pas léger.

— Jacques va se marier, répondit Conan, en le pointant du doigt comme on dénonce un coupable.

— Et vous ne semblez pas être au courant, persifla Pierre devant les sourcils froncés de Brune. Le grand frère parfait semble moins parfait, tout à coup, ajouta-t-il, en donnant un coup de coude à Conan.

Le comte de Pontorson parut s'agacer de la verve du vicomte et de Flouville, ainsi que du regard accusateur de sa cadette.

— J'allais vous en parler, mais tu admettras que les derniers événements nous ont un peu occupés !

— Ne pouvez-vous revenir sur votre engagement ? demanda Conan, qui espérait manifestement un revirement de situation.

Dame Katel avança de trois pas et fustigea son fils :

— Conan, voyons, Jacques a peut-être des intérêts personnels dans cette alliance ! Comment peux-tu lui demander cela ?

— Merci pour votre attention, madame, mais je

ne connais pas personnellement cette demoiselle de la Boissière, il n'est donc pas question de sentiments contrariés.

— J'en suis bien heureuse, messire le comte. Le bonheur de nos deux amoureux nous importe, il va donc nous falloir trouver de quoi remplacer cette alliance, ou un avocat qui aurait l'oreille de Leurs Majestés, conclut dame Katel en se tordant les mains.

— Allons, madame, ne vous inquiétez pas, intervint Darren, galant, nous allons essayer de sortir de cette impasse. Asseyons-nous, voulez-vous ?

Aziliz avança vers Jacques et accepta son bras, ce qui fit grogner de frustration son mari.

— Je vous présente mes excuses les plus sincères, messire le comte, pour la légèreté de mon mari, fit la belle Aziliz, qui était restée discrète et attentive depuis le début de la conversation. J'espère que cette alliance vous apportera toute satisfaction.

— Et bien, je vous le dirai quand j'aurai rencontré la demoiselle. J'espère de tout cœur qu'elle vous ressemble, reprit le comte en regardant Flouville droit dans les yeux.

Rien n'agaçait plus Pierre que de le voir tourner autour de sa femme, et Jacques s'en délectait. Il avait toujours trouvé Aziliz à son goût et ne s'en cachait pas, autant pour le plaisir de voir les joues de la dame se colorer de rose que le visage du Breton virer au rouge coquelicot. Rendre furieux l'Éventreur l'amusait beaucoup. *On se venge comme on peut*, pensa Jacques, narquois, et l'arme qu'était Aziliz malgré elle était bien trop agréable à manier pour qu'il ne s'en donne pas à cœur joie.

Darren voulut faire de même avec dame Katel et lui proposa son bras, mais Conan anticipa son geste et escorta lui-même sa mère jusqu'à la table où Darren se contenta de lui tirer une chaise pour qu'elle s'assied. Contre toute attente, elle accepta le siège et s'installa à côté de lui, sous le regard surpris de son fils qui haussa les sourcils et se tourna vers sa femme. Celle-ci souriait d'un air entendu. Darren avait senti le géant breton se rapprocher à son tour, comme pour rassurer la dame de sa présence. Il avait vu juste : les hommes du clan Ker Glenn passaient leur temps à couver dame Katel. Pourquoi ? Que risquait-elle céans, maintenant que les Montgomery et les siens avaient fait la trêve ? Se méfiaient-ils de lui ? Probablement, à en croire leurs regards attentifs à ses moindres faits et gestes.

Darren connaissait bien les mœurs françaises et la part belle que celles-ci donnaient au beau sexe. Il en était autrement en Écosse, où la suprématie des mâles prévalait, mais, tant qu'il serait en France, il se calquerait sur les usages de son pays de visite, comme le voulait la bienséance. Les Écossais étaient aussi très jaloux de leurs épouses et ne permettaient guère à quiconque de se montrer familier, cependant ces deux-là servaient plus de gardes du corps que de compagnons de discussion.

— Nous ferions peut-être mieux d'opter pour la franchise et de prévenir Leurs Majestés que l'alliance prévue est devenue caduque, suggéra Jacques en soupirant.

— Donnez-moi un peu de temps, mon garçon, il se peut que les choses s'arrangent, conclut Darren, qui avait une idée derrière la tête.

Chapitre 3

Hélas, ils n'eurent pas le temps escompté pour trouver une autre solution. Le duc de la Trémoille débarqua le lendemain, juste après le départ d'Arès et Cénéric, avec une lettre d'assignation pour Aelig, qui devait se rendre séance tenante à Amboise, pour y être présentée à la reine.

— Non, je refuse ! déclara Wandrille, qui semblait à bout de force depuis le matin.

— Tu n'as pas le choix, rétorqua son frère, coupant ainsi court à toute tentative de désobéissance.

— Écoutez votre frère, Wandrille, plaida le duc, vous n'êtes pas en position d'exiger quoi que ce soit. Faites profil bas et, si Dieu veut, vous retrouverez cette jeune femme dans quelques semaines. Sa Majesté n'avait pas l'air animée de mauvaises intentions en m'envoyant chercher votre épouse, elle veut peut-être simplement mettre un terme aux commérages de cour.

— Quels commérages ? demanda Darren, curieux.

— Eh bien, la naissance de cette jeune femme fait jaser, les courtisans sont friands de scandales, et Aelig en sème derrière elle, surtout depuis que Charles de Montpensier est en disgrâce auprès de la reine. N'ayez crainte, elle ne leur sera pas lâchée en pâture, Sa Majesté veut la garder pour elle seule et la confiera le reste du temps à Louise de Montpensier.

— Et c'est censé les rassurer ? demanda Darren, perplexe, en entendant le nom de l'accompagnatrice pressentie.

— N'ayez crainte, mon oncle, Louise est une femme bien aimable et une amie très chère. Je lui ai écrit personnellement pour qu'elle plaide en notre faveur.

Brune semblait sûre d'elle et reporta son attention sur son cadet qui se décomposait à vue d'œil. Il transpirait et était pâle comme la mort.

— Tu devrais aller t'allonger, tu n'as pas bonne mine, lui dit Aelig, qui essayait de le convaincre depuis le matin de ne pas quitter sa chambre.

— Ça va passer, grommela Wandrille, têtu.

— Vous avez déjà eu ce genre de crise ?

Conan l'examinait déjà et Wandrille, qui ne voulait pas passer pour un être maladif, le rabroua un peu.

— Ça ira, je vous dis, j'ai attrapé la fièvre des marais en Italie. Les crises vont s'estomper.

— Vous en êtes où ?

— À la quatrième, si c'est vraiment ça, indiqua le jeune homme.

— Tu claques des dents tant tu as de la fièvre, plaida Aelig, ne sois pas stupide et va t'allonger ! Conan, s'il vous plaît, supplia-t-elle, cherchant de l'aide pour le convaincre.

— Aelig a raison, allons-y ! coupa Jacques.

— Ça ne pouvait pas tomber plus mal, maugréa Wandrille en se hissant péniblement sur ses jambes.

— Vous savez ce qu'il faut faire ? demanda Jacques à Conan et Aelig qui connaissaient les simples.

— Tisanes d'armoise, répondirent-ils en chœur.

Darren, le duc de la Trémoille et dame Katel regardèrent partir le malade et son escorte d'un air inquiet.

— De nombreux hommes sont revenus d'Italie avec ce mal. Certains en sont morts faute de soins. Il est heureux que messire Conan soit versé dans l'art des simples, car dame Aelig ne pourra rester soigner notre malade, fit remarquer le duc, confirmant les paroles de dame Katel.

— Conan est un bon guérisseur, il l'aidera à passer cette crise, mais il est certain que la présence d'Aelig lui aurait été d'un autre secours, souligna dame Katel avec un soupir.

— Pas forcément, madame, certains hommes ont trop d'orgueil pour laisser leur femme les materner, rétorqua Darren.

— Ce que vous appelez de l'orgueil, messire, j'appelle cela de la bêtise, reprit dame Katel, avec un regard en biais, amusée. Je vais aider ma fille à préparer son bagage, veuillez m'excuser.

Le duc et Darren la saluèrent galamment, puis ce dernier la regarda s'éclipser avec grâce, pressé qu'elle disparaisse afin de parler librement au duc.

— Je n'aurais pas épilogué devant dame Katel, sachant la naissance illégitime de dame Aelig, mais que pouvez-vous me dire de tout cela ?

— Eh bien, ma foi, ce que tout le monde en sait, messire, fit le duc, visiblement mal à l'aise. Mais je ne suis peut-être pas la meilleure personne pour vous en parler.

Comme Darren ne relevait pas, le duc poursuivit en soupirant :

— À la fin de la guerre, il semblerait que Gilbert de Montpensier ait eu une aventure avec dame Katel, et la jeune Aelig est née.

— Avec celui-là même qui lui a annoncé la mort de son mari et la séquestration de son fils ? C'est ahurissant, non ?

Le duc paraissait de plus en plus mal à l'aise, et Darren fut sûr que cette femme cachait quelque chose.

— Dame Aelig est bien là, non ? Dame Katel a dû en éprouver de la culpabilité, et c'est pour cela qu'elle aura confié l'éducation de la petite à d'autres.

— À des sauniers de la baie, au lieu de la faire élever par des sœurs ou, tout au moins, des bourgeois nantis ? Je vous prie d'excuser ma curiosité, messire duc, mais je n'en crois pas un traître mot !

— Dame Katel a sûrement sa version des faits, mais je ne me permettrais pas de l'interpréter ; une dame a ses secrets que nous, gentilshommes, devons respecter.

Ce rappel à la bienséance fit sourciller Darren, qui se savait un peu trop intrusif.

— Vous avez raison, messire le duc, après tout, qui n'a pas de secret ?

— Surtout à nos âges, s'esclaffa le duc. Plus le temps passe et plus certains doivent peser, ajouta-t-il comme pour lui-même, en fixant la porte par laquelle dame Katel était partie.

Darren se sentait sur des charbons ardents, il devait creuser le sujet et trouver plus d'informations. Ce qu'il prévoyait nécessitait de bien connaître la partie adverse, il ne devait pas se tromper. Cette convocation à la cour tombait à pic, en un sens. Cela lui donnerait le temps de découvrir qui était réellement cette Katel : la femme pieuse et effacée, ou la femme maîtresse de son destin, qui n'avait pas eu peur de défier les convenances et la morale ?

Une seule personne pouvait répondre à ces questions : Katel elle-même. Mais pour l'atteindre, il devait avoir l'aval de Conan…

Darren dut attendre le départ d'Aelig et la fin de l'effervescence que l'injonction royale avait répandue sur Pontorson pour saisir sa chance. Ce matin-là, après avoir entraîné ses hommes, il retrouva Conan et Jacques qui s'entretenaient sur l'état de Wandrille.

— Il a passé un très mauvais début de nuit, j'ai dû le droguer pour qu'il dorme.

— Le départ d'Aelig n'a pas dû le calmer, marmonna Jacques en fronçant les sourcils.

— Je ne vous le fais pas dire ! Il est nerveux et, au lieu de rester couché, il a essayé de se lever à plusieurs reprises. Maintenant qu'elle est partie, j'espère qu'il va se tenir tranquille.

— Merci pour vos soins, Conan, nous venons à peine de le retrouver, pensez-vous que ses jours soient en danger ?

L'inquiétude se lisait sur les traits du comte de Pontorson. D'ordinaire, Jacques était assez pudique et se cachait volontiers derrière une façade courtoise et froide mais, dès qu'il s'agissait de son frère ou bien de sa sœur, il exprimait des soucis presque paternels. Conan ne put s'empêcher de penser aux affres que son nouvel allié avait dû traverser à savoir Brune à Ker Glenn, au début de leur mariage.

— Il s'en remettra, n'ayez crainte, la fièvre est forte, mais s'il a survécu à des crises en Italie, au milieu des batailles, il survivra, dorloté comme un nourrisson dans sa maison.

— On dit que l'état d'esprit des malades peut jouer sur la guérison et j'ai peur que…

— Il va s'en sortir, Montgomery, il a une bonne raison, non ? Il doit épouser Aelig et en faire une femme honnête, plaisanta Conan, pour détendre l'atmosphère.

— Il a prêté serment devant Dieu, il l'épousera.

Le ton de Jacques était cassant et Conan sourit sans en prendre ombrage.

— Détendez-vous, Jacques, je ne doute pas de sa parole. Un peu d'entraînement vous ferait du bien…

— Excellente idée, messieurs ! Que diriez-vous de tâter de ma claymore ? intervint Darren.

— Je n'aurai pas dit mieux, mais il faudra remettre ça à un autre jour. J'ai un conseil avec la commune et la milice de la ville… Plusieurs personnes ont été condamnées à mort suite aux émeutes dans les bas quartiers, il y a deux mois, expliqua Jacques.

— Des troubles à Pontorson ? demanda Darren, curieux.

— Des gabelous ont un peu trop salé la note de

certaines familles pauvres, et quelques idiots au sang chaud ont cru pouvoir faire justice à ma place et à la place de la commune. Résultat : ils ont pendu les gabelous et subiront le même sort.

— Et les familles flouées ?

— J'ai veillé à ce que justice soit faite, elles ont payé leur part de l'impôt et ont été remboursées de ce qui leur avait été dérobé.

Un silence amusé suivit cette explication un peu sèche.

— Bon d'accord, avoua le comte à contrecœur, elles ont été exonérées d'impôt !

— Montgomery au grand cœur, ricana Conan, incapable de résister. J'ai horreur de ces vendus, reprit-il, en parlant des gabelous.

— Facile pour vous, la gabelle n'existe pas en Bretagne !

— Je vous ai toujours dit que vous vous trouviez du mauvais côté du Couesnon !

Jacques sourit et secoua la tête.

— Je vais à la commune, j'y serai jusqu'à ce soir, je pense. Vous me direz comment Wandrille a passé la journée.

— Je veillerai sur lui. Brune viendra m'assister au besoin, ne vous en faites pas.

— Je vais voir Wandrille un moment avant de partir.

Profitant de la bonne humeur du Breton, Darren attaqua directement.

— Je souhaiterais m'entretenir avec votre mère, attaqua-t-il poliment, à peine le comte sorti de la pièce.

— À quel sujet ?

Si le ton du vicomte était resté courtois, son attitude tendue montrait à Darren qu'il avançait en terrain dangereux.

— Au sujet de votre sœur et de Wandrille. Je pense à une possibilité qui nous sortirait de ce mauvais pas, mais il me faut savoir plusieurs choses, avant d'exposer mes plans.

— Je pourrai sans aucun doute vous en apprendre autant que ma mère sur Aelig.

— Je le sais, Conan, mais c'est avec elle que je souhaiterais m'entretenir.

La soudaine familiarité du baron fit hésiter Conan, mais le regard de celui-ci semblait déterminé, et il le fixa quelques secondes.

— Il va de soi que je respecterai la galanterie, si chère à votre beau pays. Votre mère ne risque rien avec moi.

— Bien. Elle se trouve dans le jardin avec Brune et Guirec.

— Je sais, Flouville et son épouse y sont aussi, ainsi vous serez certain que tout se passera bien, rétorqua Darren en souriant, un peu sarcastique.

Conan se dirigea vers les cuisines en quête de la tisane d'armoise et du vin d'angélique qu'il avait fait préparer pour Wandrille, et se décida à questionner Jacques au sujet de ce curieux Écossais.

Ce soir-là, en se couchant, Darren s'étira comme un chat, aussi frustré que satisfait. Il avait appris un certain nombre de choses, d'autres lui avaient été confirmées, mais le voile d'ombre qui recouvrait le mystère Katel de Ker Glenn restait impénétrable. Que pouvait dissimuler cette femme sous ses oripeaux de nonne et le bouclier de protection que formaient autour d'elle Conan et Pierre ? Il avait dû user de charme et de toute la galanterie dont il était capable pour ne pas faire fuir la dame de ses pensées dans l'après-midi. Elle était restée droite et pudique à outrance, raide et figée sur son banc. Il avait pourtant pris la précaution de s'asseoir à l'autre bout, de façon à ne pas envahir son espace. Malgré cela, il avait vu ses jolies joues se colorer de rose et l'ombre d'un sourire complice se dessiner sur sa bouche qui taisait encore bien des choses. Elle s'était ouverte avec plus de facilité dès que Darren avait abordé le sujet de ses enfants. Elle était visiblement très proche de Conan et très fière de lui. Darren comprenait bien ce sentiment, car il était lui-même très fier de ses fils et tendrement attaché à sa fille. Quant à Aelig, on sentait des pointes de regret dans le discours de Katel, mais également un amour certain. Elle lui avait expliqué qu'elle avait été malade, à la suite de la naissance de sa fille, et qu'elle avait dû l'éloigner d'elle, que la petite s'était trouvée mieux au grand air de la baie, plutôt qu'avec une mère mélancolique. Elle éludait les vraies questions, Darren en était certain. Pourquoi ? Tout semblait résider dans le secret de la naissance d'Aelig. Montpensier avait-il refusé d'honorer ses devoirs vis-à-vis de sa bâtarde ? Il semblait en effet que le nom du prince ne soit jamais prononcé chez les Ker Glenn.

Darren soupira dans le noir et sourit en repensant

au visage de Katel. Il avait pu voir ses yeux noisette de plus près, les longs cils qui les bordaient battaient souvent d'embarras en sa présence, et il trouvait cela charmant, voire virginal. Cette dernière constatation le fit rire dans la pénombre. Une femme de cinquante ans ayant eu un mari et un amant, un fils légitime et une bâtarde, avec un air virginal ! Katel de Ker Glenn était un curieux mélange de mystère, de pudeur et de force, car derrière sa modestie il percevait le caractère d'une maîtresse femme.

À quoi ressemblait-elle, sans sa guimpe et son voile ? Elle semblait mince sous son ample robe, et il avait déjà remarqué de jolies courbes, lorsque le vent jouait avec les plis de son vêtement. Il avait envie de la connaître et qu'elle se livre un peu à lui. Il respectait son passé et ce qu'elle cachait ; lui-même avait déjà vécu et estimait pouvoir préserver un jardin secret, mais le cas de Katel le stimulait trop. L'idée qui avait germé dans sa tête, la veille, ne cessait de le tarauder, mais pour l'emporter, il devait la convaincre, et cela ne serait pas une mince affaire ! *À moins que la corde maternelle soit celle sur laquelle appuyer*, lui glissa une petite voix dans sa tête…

Les jours qui suivirent ne leur apportèrent aucune nouvelle d'Amboise, ni d'Aelig. Wandrille peinait à se sortir de sa fièvre et son humeur s'en ressentait. Darren avait essayé de le distraire avec une partie d'échecs, hélas, la fièvre et les nausées avaient eu raison du malade. Conan faisait preuve d'une grande patience au milieu de la tension qui devenait palpable au fur et à mesure que les jours s'écoulaient. Katel, quant à elle, regardait souvent la porte du château, espérant sûrement un courrier ou l'annonce du retour de sa fille.

En fin de semaine, Darren proposa un entraînement militaire pour que les hommes se défoulent et pour ravir les dames. Pierre de Flouville finirait par tuer quelqu'un, s'il restait sur les charbons ardents. Darren avait remarqué l'amitié et l'affection fraternelle qui unissaient le chevalier à Aelig. La belle Aziliz lui avait narré leur folle expédition pour échapper à la main noire de Charles de Montpensier et tout ce qui en avait découlé. L'occasion d'épater Katel était trop belle pour que Darren ne la saisisse pas ; il se savait bon guerrier, rompu à l'art de l'épée, et se sentait comme un adolescent ravi de faire ses preuves auprès d'une jolie demoiselle.

Il fut récompensé de ses efforts. Loin d'être rebutée par les entraînements guerriers, Katel avait encouragé les duellistes et applaudi des deux mains, quand il l'avait emporté sur Conan. Elle avait ri et l'avait taquiné, se livrant davantage, et Darren avait beaucoup aimé la voir libre et insouciante l'espace d'un instant. C'était cette facette de sa personnalité qu'il aimait le plus. Elle était très vivante derrière son déguisement austère. À la fin de la rencontre, il lui avait proposé son bras pour la raccompagner au château et elle s'était laissé faire avec une facilité qui l'avait lui-même étonné. Ils bavardaient ensemble bien souvent et, fort de cette nouvelle amitié, Darren mit un point final à l'exécution de son plan.

Ils avaient appris que le roi exigeait séance tenante l'arrestation de Wandrille, accusé de trahison à cause de son mariage, et qu'il les attendait tous à Amboise dans les plus brefs délais. Darren devait donc conclure son marché avec dame Katel le jour même.

— Jusqu'où iriez-vous pour le bonheur de Wandrille et d'Aelig ?

Cette question, posée par la voix grave et profonde du baron Seton, laissa Katel interdite quelques instants. Il n'y avait ni charme, ni tournure policée dans ces paroles, le style était simple, et le regard, franc. Katel n'avait jamais vu Darren aussi direct. Jusqu'ici, il s'était comporté en homme du monde charmant et galant, mais elle avait devant elle un homme fort, avec lequel elle n'aurait pas voulu être en désaccord. Il émanait de lui une force et une assurance qui l'impressionnaient un peu, mais lorsqu'elle soutint le regard du baron, elle n'y vit aucune agressivité. Au contraire, il semblait vouloir, avec le plus grand sérieux, remporter son adhésion. Deux émotions la traversèrent de part en part : un vif intérêt pour le plan que le baron semblait ourdir en secret, et une certaine inquiétude à cause de l'intensité qu'elle lisait dans ses yeux clairs.

— C'est ma fille, messire Darren, je ferais n'importe quoi pour elle. Je le lui dois bien.

Darren vit un ombre passer sur le visage de la dame et, bien qu'il en sache un peu plus sur ses relations avec Aelig, il n'aimait pas la culpabilité et la tristesse qu'il voyait dans ses beaux yeux. Il prit place dans un fauteuil confortable à côté de Katel qui reprisait un vêtement de son petit-fils. Il espérait qu'en s'asseyant il serait moins impressionnant et il ne voulait pas que Katel se fasse un tour de cou en le regardant.

— Comprenez-moi bien, madame, si vous approuvez mon projet et que le roi de France nous donne son accord, votre vie en sera chamboulée.

Katel leva les yeux et le fixa en déglutissant. Une drôle de sensation lui envahit le cœur et le corps. Cet homme éveillait en elle autant d'attrait que de méfiance, et elle ne comprenait pas les signaux d'alarme que lui envoyaient sa tête et son corps, tant ils se contredisaient.

— Qu'attendez-vous de moi, messire ? demanda-t-elle d'une voix peu assurée.

Darren se pencha légèrement vers elle après avoir vérifié que les gardes du corps de Katel étaient occupés ailleurs.

— Vous.

— Moi ? Quel rapport avec les alliances entre l'Écosse et la…

Elle s'interrompit et ouvrit la bouche en grand : elle comprenait enfin son plan. Elle secoua la tête négativement.

— Seriez-vous devenu fou ?

Elle le regardait, furieuse, puis éclata soudain de rire devant son mutisme. Il recula dans son fauteuil, l'air surpris et un peu vexé.

— Ne vous méprenez pas, messire, fit-elle en reprenant son sérieux, mais je suis trop âgée pour conclure une alliance, je ne peux plus avoir d'enfants.

— Des enfants, ma chère, j'en ai déjà, ainsi que de nombreux petits-enfants. Ce n'est pas ce que j'attends de vous, dame Katel. J'ai cinquante-trois ans, et une famille dont je suis fier. Mais, comme vous le savez, j'ai été marié trois fois et Dieu m'a repris toutes mes épouses. Ce que je vous propose, c'est de partager ma vie, mon foyer, et de diriger ma maison. Vous serez une bien jolie châtelaine d'Écosse, avec un grand domaine à gérer et une jeune fille à accompagner. Je cherche une compagne, Katel, pas une mère pour de futurs enfants. J'avoue que la solitude me pèse parfois, malgré ma bouillonnante descendance, plaisanta-t-il. Ces jeunes m'ennuient par moments, une compagnie plus posée me plairait davantage.

Katel pesa le pour et le contre. Comme Darren ne voulait pas d'elle comme femme, mais seulement comme épouse officielle, elle se rassura, s'adossa au dossier de son fauteuil et posa son ouvrage sur le panier d'osier, où elle rangeait son matériel de couture.

— Nous avons le même âge et…

— Vous mentez, objecta-t-il en souriant. Vous avez cinquante et un ans, je me suis renseigné.

Comme elle haussait les sourcils avec amusement, il précisa avec un air de conspirateur :

— Brune a vendu la mèche.

— Ce que je voulais dire, c'est que je suis une vieille femme qui veut juste vivre en paix et…

— Katel, si vous continuez à vous déprécier de la

sorte, je me lève et je quitte cette pièce ! la coupa-t-il de nouveau.

— Mais je ne me déprécie pas du tout !

— Alors, pensez à mettre un miroir dans votre chambre, ironisa-t-il. Êtes-vous d'accord pour m'épouser et me suivre en Écosse, si Leurs Majestés donnent leur assentiment ?

— Il me faut un peu de temps. Comme vous l'avez dit, cette décision mérite d'être mûrement réfléchie.

— Nous n'en avons pas trop.

— Je vous répondrai demain. La nuit porte conseil et je veux aller prier à la chapelle. Le ciel m'éclairera sûrement.

Elle se leva avec grâce et souhaita une bonne nuit au baron, mais derrière cette attitude maîtrisée, elle bouillait d'inquiétude.

Darren lui attrapa la main et ajouta quelques mots avant de la laisser partir.

— Katel, je ne vous ferai jamais de mal, vous le savez ?

Cette soudaine familiarité ne la gêna pas. Elle lui sourit et le laissa prendre cette prérogative.

— Vous semblez être un homme d'honneur et de cœur, messire. Je n'ai jamais pensé que vous puissiez vous abaisser à faire du mal à une femme.

— Je suis un homme exigeant, Katel, ne vous méprenez pas, mais vous serez respectée en tant que femme et châtelaine, soyez-en certaine. Bonne nuit, ajouta-t-il en lui faisant un baisemain.

Le cœur de Katel se mit à battre la chamade : aucun homme ne l'avait touchée de façon aussi intime depuis des années. Elle qui ne supportait pas le contact des hommes sentit sa peau se couvrir de picotements, de la nuque au creux des reins. Darren prolongea le baisemain un peu plus que la bienséance ne l'autorisait, mais elle ne le repoussa pas.

— Bonne nuit, Darren, conclut-elle en se sentant rougir comme une pivoine.

Le baron la relâcha et la salua avec respect, puis quitta la grande salle. Katel le suivit du regard et se mordit les lèvres. Elle essayait de rester calme et de reprendre un par un les événements de cette étrange soirée.

Pourquoi avait-elle ri de la proposition de Darren ? Elle n'avait plus ses sangs depuis un an, mais était-ce vraiment la raison de son hilarité ? Elle avait ressenti autre chose que de l'incrédulité et de la surprise sur le moment, et devait admettre que c'était bien de la joie qui avait envahi son cœur. Était-ce mal de souhaiter avoir un ami avec qui finir ses jours ? Le mariage pouvait consister en un certain compromis. Elle avait déjà pensé quitter Ker Glenn pour en laisser toute la jouissance à Brunehild. Sa belle-fille était une très bonne maîtresse de maison ; elle ferait une châtelaine absolument parfaite. Katel avait déjà pensé finir sa vie dans un couvent, entourée de sœurs. Une vie calme de recluse ne lui faisait pas peur, et puis elle pouvait trouver nombre d'œuvres de charité, les miséreux ne manquaient pas, hélas. Mais la proposition de Darren était intéressante : visiblement, on avait besoin d'elle sur son domaine. Il y avait un château sans châtelaine, quelque part en Écosse, où se trouvait une jeune fille aveugle qui aurait sûrement besoin d'une compagnie féminine ; il y avait cette famille sans mère pour les chérir.

Mais partir voulait dire quitter Aelig qu'elle venait tout juste de retrouver. Elle pensa à sa fille avec une immense tendresse et entra dans la chapelle en silence. Le lieu était sombre, à peine éclairé par quelques cierges épars au pied de l'autel. Elle se signa et entra plus avant, mais s'arrêta après avoir fait deux pas : elle n'était pas seule. Wandrille se tenait à genoux, en prière, et semblait envahi par la tristesse. Katel fut saisi par son attitude ; il semblait si malheureux qu'elle sentit son cœur se briser. Elle approcha en silence en se faisant discrète tout en contournant les bancs de prières. Elle l'entendait psalmodier ses prières, tout en serrant un objet dans ses mains. Elle vit briller le bijou qu'Aelig lui avait fabriqué avant qu'il ne parte en Italie, et elle était sûre que tout le cœur de Wandrille suppliait Dieu de protéger la jeune fille et de ne pas les séparer. Elle eut alors une certitude : il aimait profondément Aelig. Elle prit donc la seule décision qui s'imposait, sortit de la chapelle sans un bruit et courut presque au donjon pour y sceller son avenir.

Chapitre 4

Darren avait retiré son pourpoint et délacé le haut de sa chemise. Il retirait ses bottes, quand de petits coups résonnèrent sur la porte. Une voix féminine l'appelait en parlant bas. Il reconnut la voix de Katel et se leva pour lui ouvrir.

— Pardonnez mon intrusion, messire Darren, mais il fallait que je vous voie.

— Vous semblez bouleversée, Katel, entrez, je vous en prie.

Elle entra, et Darren referma la porte derrière elle. Elle arborait un drôle d'air : elle ne se sentait pas à sa place dans cette chambre d'homme, c'était certain.

Aussi, pour la mettre à l'aise, il proposa :

— Vous voudriez peut-être que nous redescendions…

— Non, le coupa-t-elle, je vous ai dit que je vous donnerais ma réponse demain, mais je viens de la chapelle où j'ai vu Wandrille qui priait. Oh ! Darren, il est si malheureux, et mon Aelig doit l'être tout autant ! Ils ne sont qu'au début leur vie, les séparer serait trop cruel. Je vous épouserai, je veux qu'ils puissent connaître l'amour comme j'ai eu la chance de le connaître. J'ai aimé Guirec avec passion et je veux que mes enfants aient la même chance. L'amour est rare, il ne faut pas le laisser passer quand il est à portée de main, ne croyez-vous pas ?

Darren observait avec intérêt la femme qui se tenait devant lui. Elle parlait vite et avec ardeur. Elle semblait paniquée, mais sûre d'elle, partagée entre euphorie et frayeur. Il savait que, derrière cette apparence austère, se cachait une femme fougueuse et vivante. Et la dernière question qu'elle venait de lui poser fut pour lui la réponse qu'il attendait.

— C'est exactement mon opinion, Katel.

Elle lui sourit, sans comprendre le double sens de sa réponse et il s'en amusa. Il avait le temps pour lui et n'était pas pressé. Avant de gagner son cœur, il devait d'abord gagner sa confiance. Mais, si elle acceptait de l'épouser, il devait poser quelques règles qui lui tenaient à cœur.

— Katel, venez vous asseoir quelques instants. Il y a un point que je veux éclaircir avec vous.

Docilement, mais un peu tendue, dame Katel prit place sur la chaise qu'il lui indiquait.

— Comme je vous l'ai dit, vous serez une femme respectée et une châtelaine, cependant, j'ai quelques exigences en matière de présentation. Vous êtes une dame de haute naissance et allez devenir mon épouse et la maîtresse d'un vaste domaine. Nous serons amenés à nous rendre à la cour du roi Jacques, puisque je suis la main de mon frère et son ambassadeur. Aussi, j'attends de mon épouse qu'elle représente mon clan avec grâce et élégance.

— C'est très légitime, répondit Katel sans paraître comprendre en quoi son comportement ne suivait pas à la lettre cette exigence.

— Ne le prenez pas mal, ma chère, mais c'est une châtelaine que je veux, pas une nonne ou une veuve trop tournée vers la prière et la pudeur.

— Oh ! fit-elle en baissant la tête. C'est que je suis une femme très pudique, et je n'ai pas l'habitude de me vêtir autrement.

— Levez-vous, Katel, lui demanda-t-il en lui tendant la main pour l'aider. S'il vous plaît, ajouta-t-il devant son mouvement de retrait.

Elle accepta sa main et se redressa sur ses deux jambes, faisant face à Darren qui la regardait d'un œil perplexe.

— Ôtez cette chose pour voir, demanda-t-il en désignant son voile.

— Vous voulez que je retire mon voile ?

À l'écouter, Darren eut l'impression qu'il lui avait demandé de se promener nue dans le château. Il sourit gentiment.

— Oui, votre voile et cette chose affreuse qui cache vos cheveux.

— C'est une guimpe, dit-elle, probablement pour gagner du temps.

— Eh bien, c'est très laid ! la taquina-t-il. Mais peut-être cachez-vous votre crâne, car il est dégarni ?

Elle sourit à sa plaisanterie.

— Non, au contraire, j'ai beaucoup de cheveux et ils sont incoiffables. Ils frisent…

— Montrez-moi ça.

Katel se trouvait au pied du mur : soit elle refusait, au risque de déplaire à Darren, soit elle obtempérait et se mettait à nue. Elle avait beau se raisonner et se dire qu'elle n'exposait que sa tête et non son corps, cette demande la perturbait quand même énormément. Et puis, soudain, la petite voix de la coquetterie lui persifla à l'oreille. Elle avait une chevelure abondante et bouclée, châtain doré, mais striée de mèches grises qui la feraient paraître peut-être plus vieille que son âge, et elle rougit violemment.

— Katel, pourquoi ne me faites-vous pas confiance ?

La question la prit au dépourvu.

— J'ai des cheveux gris, dit-elle maladroitement.

Il éclata d'un gros rire et lui montra les siens.

— Oui, je m'en doute ! Les miens sont gris depuis des années et ma barbe l'est tout autant. Comme ça, je me sentirai moins seul, conclut-il en lui faisant un clin d'œil complice. Un peu de courage, madame, je ne vais pas vous mordre !

— N'essayez pas, menaça-t-elle en riant, rassurée, je serai bien capable de vous rendre la pareille.

Darren semblait apprécier la complicité grandissante qui se tissait entre eux et lui sourit en retour.

— Vous devez penser que je suis idiote, mais ce n'est pas si facile, expliqua-t-elle honnêtement.

— J'aime que vous soyez franche, Katel, je sais que je vous demande beaucoup et je respecte votre pudeur. Je n'aime pas les femmes frivoles et provocantes, elles perdent de leur mystère et c'est dommage. Je ne vous demande pas de revêtir des robes outrageusement décolletées ou près du corps, loin de là. Juste de vous vêtir selon votre rang.

— D'accord, souffla-t-elle en essayant d'ôter les épingles qui retenaient son voile.

Ses mains tremblaient, et elle s'agaçait de ne pas y arriver. Darren, la voyant presque au bord des larmes, vint à son secours.

— Calmez-vous, Katel, je vais vous aider. N'ayez pas peur de moi.

— J'essaie, avoua-t-elle en soupirant.

Il défit alors les épingles et jeta le voile sur la courtepointe du lit, puis s'attaqua aux petits crochets qui fermaient la guimpe sur sa nuque et la fit passer par-dessus sa tête. Il défit dans la foulée sa longue tresse, aérant ses cheveux, et revint face à elle.

Elle baissait la tête, craignant de croiser son regard.

— Regardez-moi, Katel, demanda-t-il d'une voix douce, en lui relevant le menton avec lenteur.

Elle se sentait affreusement mal à l'aise, ainsi exposée à son regard. Mais elle ne vit ni dégoût ni résignation dans le regard clair de Darren. Il la regardait avec admiration !

— Je devrais vous punir, madame, pour nous avoir dissimulé cette beauté des années durant.

Il avait chuchoté plus qu'il n'avait parlé. Et Katel retint son souffle.

— Ne cachez jamais plus vos cheveux, promettez-le-moi.

— Je ne puis me promener tête nue, tout de même ! Les dames écossaises portent bien des coiffes, non ?

— Oui, pour embellir leur port de tête, pas pour

se voiler… Ne vous cachez pas, Katel, pas avec moi, en tout cas.

— Nous risquons d'éveiller les soupçons de Conan, si je change mes habitudes maintenant. Je ne souhaite pas le mettre dans la confidence pour le moment, il s'opposerait à cette union.

— Sage décision, madame, j'allais vous le demander, c'était ma seconde exigence. Je pense qu'il nous faut ménager l'effet de surprise. Voudriez-vous que nous écrivions au roi maintenant ? L'un de mes hommes l'emportera à Amboise dès demain.

— Bien sûr, le plus tôt sera le mieux, vous avez raison.

Katel s'apprêtait à se rasseoir, mais Darren lui prit la main et la rapprocha de lui.

— Je suis heureux et honoré que vous me confiez votre existence, Katel de Ker Glenn. Je jure solennellement de vous protéger et de vous respecter jusqu'à ce que la mort nous sépare.

— Amen, répondit-elle comme pour clore une prière ou un serment.

— Amen.

Conan discutait avec Jacques de certaines décisions qu'avait prises la commune de Pontorson, quand il vit sa mère passer au fond de la grande salle avec un panier. Elle lui sourit et salua le comte d'un signe de tête. Conan leva la main pour répondre à son salut, puis fronça les sourcils, ce dont Jacques s'étonna aussitôt.

— Un souci, Ker Glenn ?

— Non, je ne crois pas, répondit Conan, sans quitter sa mère des yeux jusqu'à ce qu'elle entre dans l'office.

— On ne dirait pas…

— Eh bien, ma mère est étrange ces derniers jours, elle paraît distraite.

— Le départ d'Aelig a dû la perturber.

— Non, elle n'est pas inquiète, enfin, si, bien sûr, mais il ne s'agit pas de cela… Elle semble savoir des choses que j'ignore, ou préparer quelque chose.

— Vous voilà bien suspicieux, Conan ! N'êtes-vous pas proche de votre mère ?

— Je le pensais, mais apparemment elle manigance quelque chose et cet Écossais aussi, j'en ai l'impression.

— Il semblerait que vous prêtiez de mauvaises intentions à Seton. Vous l'étudiez depuis son arrivée.

— Je me fais peut-être des idées, mais je connais ma mère. Je devrais peut-être en parler à Brune, elle est dans ses petits papiers.

— Je vous déconseille de vous immiscer dans des secrets de femmes, Conan, gloussa Jacques. Comment trouvez-vous Wandrille ?

— Sinistre…

— J'ai peur qu'il ne fasse une bêtise, si le roi se refuse à lui rendre Aelig.

— On ne le laissera pas pendre, Jacques, ne vous inquiétez pas. Mais ce que vous dites est juste. Quant à Aelig, elle me semble plus raisonnable.

— J'espère que Louise de Montpensier saura plaider la cause de nos deux idiots auprès de la reine, sinon Wandrille sera dans de sales draps. Je ne lui souhaite pas le cachot.

— Moi non plus, Montgomery, dit Conan en s'assombrissant.

Jacques savait par quelles atrocités son beau-frère était passé. Les cachots de Saint-Aubin l'avaient marqué à tout jamais et de bien des façons. Il avait été battu, maltraité, affamé et brûlé au fer rouge ; il avait assisté, impuissant, à la torture et au viol d'un de ses amis. Beaucoup de ses compagnons d'infortune étaient morts en prison et Conan, qui avait survécu avec Pierre de Flouville, portait un lourd secret. Leurs bourreaux les avaient scarifiés d'un pentacle sur toute la largeur du dos, les condamnant dans ce monde et probablement dans l'autre. Imaginer Wandrille subir de pareils outrages révulsa Jacques, qui tordit sa bouche de dégoût. Heureusement pour son cadet, s'il finissait derrière les barreaux, ce serait sous la garde du roi et non sous celle de ses ennemis. Il serait donc traité comme un noble et non comme une bête à abattre.

— Serez-vous prêt à partir demain ?

— Bien entendu, confirma Conan.

— Darren Seton m'a dit qu'il envisageait une solution de remplacement. L'un de ses hommes est parti avec un courrier, selon mon sergent de garde.

— Vous le faites espionner ? le taquina Conan.

— Je surveille tout ce qui se passe dans mon domaine, Ker Glenn, j'ai des yeux et des oreilles partout. Vous seriez surpris de ce que je peux apprendre.

Jacques se leva pour regagner ses appartements, un sourire malicieux aux lèvres. L'une des servantes lui avait rapporté que Katel de Ker Glenn avait erré dans les couloirs, la veille au soir, du côté de la chambre d'un certain Écossais. Il se garderait bien de bavarder des promenades nocturnes de dame Katel avec son farouche beau-frère. Le temps finirait par lui dire si ce qu'il supposait était vrai, même si l'idée lui paraissait peu probable.

Bientôt, le temps lui donna raison.

— C'est hors de question ! s'exclama Conan, en se mettant entre sa mère et le baron.

— J'ai déjà le consentement de votre mère, Ker Glenn, rétorqua l'Écossais, son regard rivé au sien.

— Comment ? hurla Conan en se tournant vers sa mère. Mais pourquoi ?

Elle lui prit la main avec douceur et lui sourit.

— Leurs Majestés n'ont accepté le mariage de ta sœur que parce que le baron leur avait fait part de nos intentions. Nous nous sommes mis d'accord à Pontorson et avons fait prévenir le roi et la reine de notre proposition.

Ils étaient arrivés la veille à Amboise pour une audience royale, persuadés de devoir arracher l'accord du roi à grand prix ; Conan, comme Jacques, étant prêts à en assumer toutes les conséquences.

— Alors, toute cette mascarade, hier ?

— Elle n'était qu'une mise en scène pour cacher cet accord qui nous convient parfaitement, le coupa la reine. Votre sœur méritait de se voir restituer son identité, et comme Wandrille de Montgomery s'est conduit de façon héroïque en Italie, disons que nous sommes quittes.

— Je vais épouser Sir Darren et je veux que ta sœur et toi puissiez vivre votre vie. Fais-moi confiance.

Conan ouvrit la bouche pour essayer de faire entendre raison à sa mère, mais, voyant l'air buté de celle-ci, il soupira.

Puis il lui prit la main et la conduisit devant l'Écossais qui attendait son verdict sans ciller. Il était évident que Lord Seton allait emmener sa mère en Écosse, elle qui avait toujours été son appui, elle qui le poussait à être le meilleur, à faire de son mieux.

Il avait du chagrin de la voir partir, mais, surtout, il était terrifié à l'idée que quelqu'un puisse lui faire du mal de nouveau. Qui la défendrait, si loin de lui ? Qui prendrait soin d'elle quand elle aurait peur, ou que sa Bretagne lui manquerait ? Et si l'Écossais revenait sur sa parole… S'il la forçait et la dévastait ? Il était tellement à cran qu'il ne se rendait même plus compte qu'il lui serrait la main beaucoup trop fort.

— Tu me fais mal, Conan, chuchota-t-elle.

Elle semblait elle aussi nerveuse, à la veille de sceller son destin.

— Pardonnez-moi, mère, fit-il, contrit.

Ces paroles parurent la toucher au plus haut point. Sans doute savait-elle qu'à travers ces mots il se fustigeait de ne pas avoir pu empêcher ses malheurs. Elle lui caressa la joue et l'embrassa avec affection.

— Tu es un fils merveilleux, laisse-moi être une bonne mère, maintenant. Je t'aime, Conan.

La mort dans l'âme, il la confia au baron Seton, non sans une menace.

— Je sais aussi traverser la mer, au besoin.

— Vous serez le bienvenu en Écosse, mon garçon, dit Seton en lui serrant la main. Je prendrai soin de votre mère, vous avez ma parole.

Conan hocha la tête en silence, amer d'avoir été dupé.

— Allons, Ker Glenn, ne faites pas cette tête, déclara le roi. Votre mère s'en sort bien, Aelig aussi.

Conan savait ce qu'il entendait par là : une femme violée se voyait offrir une deuxième vie ainsi qu'un beau domaine, et une bâtarde recevait le titre prestigieux de demoiselle de Bourbon.

Mais il n'avait à l'esprit que les dangers qui assombrissaient l'avenir de sa mère et son incapacité, une fois de plus, d'empêcher qu'un homme ne lui fasse du mal. Pourtant, il voulait croire que le baron Seton était un homme de parole.

— Nous partirons pour l'Écosse demain, précisa Darren à son intention, Leurs Majestés m'ont accordé la main de votre mère dès aujourd'hui, mais je la laisserai évidemment passer cette soirée et cette nuit avec vous, afin que vous puissiez tous vous faire vos adieux.

— C'est une très délicate attention, Darren, et je vous en remercie, dit sa mère. Cependant, Conan, ne dérangeons pas Aelig et Wandrille. J'écrirai à ta sœur, je suis sûre qu'elle comprendra.

— Tout est pour le mieux, en somme ? conclut le roi, satisfait.

Conan n'était pas vraiment de cet avis, et il se tourna vers son épouse pour chercher réconfort et soutien.

— Ma mère, je ne sais que dire, commença Brune en prenant la main de sa belle-mère. Toi, en revanche, on connaît déjà ton opinion sur le sujet, ajouta-t-elle devant l'air renfrogné de son mari.

— Je suis inquiet. C'est normal, non ?

Brune lui sourit, elle savait que cette agressivité ne lui était pas adressée.

— Darren m'a donné certaines garanties, expliqua Katel pour rassurer tout le monde. C'est une sorte d'arrangement entre nous : il veut une épouse, mais pas une… femme.

— Ce genre d'arrangement tortueux me rappelle vaguement quelque chose…

Brune haussa un sourcil sarcastique en regardant son mari. Au début de leur mariage, Conan, qui ne voulait pas consommer cette union car il espérait une annulation, avait usé de ce stratagème. « Épouse » déterminait un statut social, « femme » impliquait une intimité que Conan avait rejetée à l'époque, jusqu'à ce que son cœur blessé s'ouvre au bonheur dans les bras de Brune.

Il émit une sorte de grognement et leva les yeux au ciel.

— Ça n'a rien à voir, ma mie, voyons ! Je suis trop âgée pour enfanter, expliqua Katel, comme si cela mettait fin à la discussion.

— On ne couche pas avec sa femme uniquement

pour avoir des enfants, mère. Vous avez accepté cette union par culpabilité vis-à-vis d'Aelig !

Brune se mordait la langue pour ne pas rire ; Conan était rouge comme une pivoine, visiblement gêné de parler de la sexualité de sa mère. Elle eut pitié de lui et vola à son secours.

— Conan chéri, pourrais-tu aller demander de quoi nous restaurer ici même ? Ce sera plus intime que d'aller dîner avec les courtisans et, ainsi, ta mère pourra profiter un peu des enfants avant de partir.

— Bien, comme il te plaira, mais je continue à penser que c'est une très mauvaise idée ! bougonna-t-il en sortant.

Une fois la porte close, Brune revint vers sa belle-mère.

— Êtes-vous sûre des intentions du baron à votre égard ?

— Oui, je crois. Il m'a dit qu'il voulait une compagne pour partager sa vieillesse, une châtelaine pour régir sa demeure et une amie pour sa fille qui est aveugle, la pauvre, et qui manque de compagnie. Je serai utile, là-bas. Cet arrangement me convient et je pars tranquille, sachant mes deux enfants heureux.

— Morgane vous regrettera autant que nous.

— Morgane a une nouvelle châtelaine à servir et elle restera dans mon cœur comme la meilleure amie que j'aie jamais eue. Elle me connaît bien, mieux que moi-même, parfois, ajouta-t-elle en riant. Elle comprendra. Cependant, je vous demanderai de l'inciter à former deux femmes pour la seconder. Depuis qu'elle a eu des ennuis de santé, je veille à ce qu'elle ne se fatigue pas trop. Le traitement que lui a donné Aelig fait son effet, mais quand même.

— Je m'occuperai bien de votre maisonnée, ma mère.

— C'est la vôtre à présent, ma fille, je vous confie ce que j'ai de plus cher.

Brune la regarda avec attention. Elle aussi s'inquiétait de ce mariage, même si elle s'efforçait de peser le pour et le contre.

— Maintenant que Conan a quitté la pièce, êtes-vous vraiment certaine du baron et de ses intentions ? Il me paraît étrange qu'un homme aussi bien fait que lui renonce à la chair…

— Il trouvera peut-être son contentement ailleurs. Et puis, il avait l'air tout à fait d'accord, quand je lui ai fait comprendre que je ne partagerai pas son lit.

— Bien, mère, c'est vous qui le dites… J'espère que vous n'aurez pas à regretter ce choix.

— Aelig sera heureuse, comment puis-je regretter mon choix ? Allons, venez, Brune, il me tarde d'embrasser mes petits-enfants.

Brune ne put s'empêcher de penser que Conan avait vu juste : c'était bien la culpabilité qui avait guidé Katel dans ses choix.

Chapitre 5

Le lendemain, Katel eut une surprise de taille, alors qu'elle suivait le convoi dirigé par son mari : plusieurs cavaliers se joignirent à eux, dont Aelig et Wandrille.

— Par tous les dieux, que faites-vous là ? demanda Darren.

Il semblait ravi de les voir à leur suite.

— Aelig a accepté de me suivre en Écosse.

La mère et la fille tombèrent dans les bras l'une de l'autre.

— Nous vous offrons l'hospitalité le temps que vous voudrez, mes enfants. Je crois que ces deux-là sont heureuses de votre choix, mon garçon.

Katel et Aelig s'embrassaient et riaient de se retrouver si vite.

— Merci de me la rendre encore un peu, Wandrille.

— Je vous en prie, mère.

Se faire appeler ainsi par un autre que son fils surprit un peu Katel, mais elle était, de fait, une deuxième fois belle-mère. Puis, au souvenir des nombreux enfants de Darren, elle éclata de rire en pensant qu'une troupe entière finirait bientôt par l'appeler ainsi.

— Le duc de la Trémoille voudrait me voir retisser des liens avec les clans alliés du roi, et ma famille d'origine acceptera peut-être un petit Français dans ses rangs, expliqua Wandrille.

— Ah, mon garçon, France ou pas France, un Écossais reste un Écossais ! Les Montgomery sont des Écossais.

— Avec un cœur français, argumenta Wandrille.

— Personne n'est parfait, mon cher, le taquina Katel.

Darren éclata de rire et lui prit le bras pour l'aider à remonter en selle.

— Vous auriez peut-être préféré une litière, madame mon épouse ?

La façon dont il prononça ce mot fit rougir Katel comme une pucelle, et elle détourna les yeux, un peu gênée par la force de son regard.

— Je suis assez bonne cavalière. Enfin, je l'étais.

— Votre accoutrement n'est pas des plus aisés pour chevaucher.

— Non, en effet, admit-elle.

— Vous m'avez fait une promesse, Katel, j'espère que vous la tiendrez dès ce soir.

— Au sujet de mon voile ?

— Et du reste !

— Je vous ai fait une promesse, messire, et je l'honorerai. Il faut juste que je trouve de quoi me vêtir selon vos goûts.

— C'est fait, ma chère. J'ai demandé le concours

d'une dame, à Amboise, pour acquérir quelques robes selon votre rang. Rassurez-vous, rien de très osé, je connais et j'admire votre pudeur, vertu qui me plaît chez une femme, comme je vous l'ai déjà dit.

— Quelle dame ?

— La couturière de la reine.

— Comment ? demanda Katel, suspicieuse. Nous ne sommes restés qu'une journée !

— Eh bien, j'avoue avoir anticipé votre réponse, ma chère, et usé de mes bonnes relations avec plusieurs membres de la cour pour arriver à mes fins.

— Et si je ne les aime pas ? demanda Katel, un peu revêche.

— Le souhait d'une bonne épouse n'est-il pas de complaire à son époux ?

La lueur taquine qu'elle vit alors briller dans les yeux de Darren l'empêcha de se fâcher vraiment.

— Le souhait d'un bon époux n'est-il pas de veiller aux desiderata de son épouse ?

— Quelle épouse rechignerait à se faire offrir des robes ?

— Vous semblez avoir réponse à tout, baron.

— Trait de caractère typiquement écossais, Katel, mais vous verrez, vous vous y ferez vite.

Il riait et se moquait d'elle, le bougre... Mais elle était trop heureuse de retrouver sa fille pour s'attarder au désir qui dansait dans les yeux de son mari.

Il leur faudrait plusieurs semaines pour gagner Édimbourg. La première partie du voyage, jusqu'au Havre, ne serait pas trop pénible, ils avançaient bon train, sans toutefois presser la marche, cependant

Katel redoutait la traversée qui suivrait. Elle n'avait jamais pris le bateau pour un tel voyage et s'effrayait de se trouver sur les flots.

Le premier soir, ils s'arrêtèrent dans une auberge pour y passer la nuit, et Darren assura à Katel et Aelig qu'il en serait ainsi autant que faire se peut, tout au long du voyage. Ils dînèrent tous les quatre dans la salle commune et passèrent un très agréable moment.

À la fin du repas, Darren leva son verre à la santé du roi de France et à celle de sa dame.

— Chère Aelig, seriez-vous assez aimable pour aider votre mère à se préparer pour la nuit ? J'ai encore quelques ordres à donner à mes hommes… Quant à vous, Wandrille, je voudrais vous parler des projets que je développe avec mon fils aîné, Robert, au sujet du commerce de la laine de mouton.

— Bien sûr, messire. Venez, mère, nous pourrons voir ce que votre époux a rapporté d'Amboise pour vous, fit Aelig avec enthousiasme.

— Nenni, ma chère. J'ai fait suivre une robe et du linge, mais pas la malle entière ; elle est trop lourde pour un seul homme.

— Avez-vous dépouillé le royaume de France de toutes ses étoffes ? le taquina Katel.

— Rien n'est trop beau pour vous, madame.

Une fois encore, le cœur de Katel accéléra ses battements et elle se sentit gênée. Elle appréciait la galanterie dont faisait preuve son mari, mais tenait tout de même à conserver une certaine distance. Aelig et elle montèrent donc à l'étage, où une chambre propre l'attendait. La pièce était assez spacieuse et bien tenue. Elle en félicita la patronne des lieux qui sourit, très touchée par le joli compliment que Katel lui fit.

— Je vous laisse vous préparer, mesdames. Si vous avez besoin de mes services, n'hésitez pas. Une de mes filles de charge vous montera une bassine d'eau et du linge de toilette.

— Ce sera parfait, merci pour vos soins, répondit gentiment Katel.

Aelig, quant à elle, regardait d'un air satisfait la jolie robe d'un brun mordoré qui s'étalait sur le lit et la chemise blanche qui allait avec.

— C'est ravissant, mère, regardez ! Les lacets sont dorés. La robe est élégante tout en semblant confortable, et cette coupe sous la poitrine sera d'un bel effet.

— Y a-t-il une coiffe, au moins ? s'enquit-elle d'une voix rauque.

Aelig la rassura tout de suite.

— Oui, bien sûr !

Aelig lui présenta une coiffe sobre qui se portait sur un chignon haut et dévoilerait son port de tête. Mais au lieu de se réjouir, Katel restait statufiée.

— Darren a raison, mère, votre tenue n'est pas celle d'une femme mariée.

— Je suis veuve, Aelig, répondit Katel qui se servait de ce mot comme d'un dernier rempart.

— Plus maintenant.

— J'ai peur, avoua Katel, au bord des larmes.

Aelig l'embrassa avec douceur.

— Laissez-moi faire. Vous savez que je ne veux que votre bien, n'est-ce pas ?

Aelig défit patiemment le voile et la guimpe qui cachait la tête et les cheveux de Katel et sourit.

— Ils sont bouclés, dit gauchement Katel.

— Je sais, je vous ai vue dans le jardin de Ker Glenn, avec Brune. Je ne vous espionnais pas, c'est juste que je m'étais cachée…

Katel sourit de ce souvenir et caressa la joue de sa fille.

— Qu'en penses-tu ?

— Vous êtes jolie, mère, et je suis heureuse de voir vraiment votre visage.

— Il était plus facile pour moi de me cacher derrière ça, reprit Katel en montrant le voile et la guimpe qu'Aelig avait jetés sur une chaise.

— Mais le baron ne l'entend pas de cette oreille.

— Il veut que je sois vêtue selon mon rang. Il est amené à se rendre à la cour assez souvent, si j'ai bien compris, et semble attendre de moi que je le suive dans ses déplacements.

La servante apporta l'eau chaude et le linge propre, et Aelig entreprit de défaire la robe ample qui ressemblait à une aube.

— Je vous laisse vous laver et mettre cette belle chemise, l'autre est bonne à donner aux pauvres, conclut-elle en regardant le tissu rêche que Katel portait.

Derrière un paravent, Katel fit une toilette aussi poussée qu'elle le put. Elle aimait ce rituel : l'eau effaçait les impuretés du corps, mais aussi la fatigue de l'âme. Puis, une fois propre et sèche, elle enfila la jolie chemise blanche et sourit. Elle n'avait rien revêtu d'aussi ravissant depuis des années.

Elle sortit de sa retraite et revint vers sa fille qui leva les sourcils.

— Beaucoup mieux ! commenta Aelig en jetant les vieux oripeaux dans un coin de la chambre d'un geste théâtral qui fit rire Katel.

— On ne pouvait pas faire pire, en effet ! Je crains tout de même de ne pas être tout à fait à l'aise ainsi exposée.

— Votre féminité ne doit pas être portée comme une croix, mais au contraire comme une bénédiction. Un sourire, une douce attention, une belle femme au cœur honnête apportent beaucoup de joie et de bonheur autour d'elle. Pas besoin d'être effacée pour être pure.

— Sage Aelig, je me fais l'effet d'être la fille que conseille sa mère. C'est moi qui aurais dû tenir ce rôle auprès de toi, dit-elle avec regret.

— Vous le ferez encore sûrement, mère, puisque je vous suis en Écosse.

— Tu ne peux pas savoir à quel point je remercie Darren et Wandrille pour cela ! C'est merveilleux de t'avoir encore un peu.

— Bonne nuit, mère, à demain.

— Bonne nuit, mon ange.

Une fois Aelig sortie, Katel soupira d'aise et prit un miroir dans lequel elle observa le reflet que lui renvoyait le bel objet. Elle y découvrait une femme au visage fin et aux grands yeux étirés, quelques rides au coin des paupières…

Elle se sentait trop vieille pour être coquette ou pour espérer un regain de féminité. Pourtant, cette chemise et cette robe étaient bien tentantes. Elle avait été raffinée autrefois, aimant les jolies robes, la danse et l'équitation. Guirec avait apprécié son côté fougueux et passionné. Elle lui avait offert son cœur et son corps pour l'éternité et, ce soir, elle avait un peu l'impression de trahir sa mémoire en se faisant belle pour un autre. Elle récita ses prières puis se coucha, sans trouver le sommeil. Trop de choses avaient changé ces derniers jours pour qu'elle y voie clair.

Darren monta les escaliers, satisfait de l'attitude de Wandrille. Autour d'un dernier verre, il lui avait fait part des projets de développement du commerce de la laine de mouton avec une coopérative de tisserands d'Édimbourg qui exportait en Angleterre et en France. Il était passé assez rapidement sur le mariage désastreux de Robert, qui s'était vu contraint d'épouser une jeune femme de la haute bourgeoisie d'Édimbourg. Ayant perdu de réputation la demoiselle, il s'était trouvé contraint de lui offrir le mariage. Darren n'avait pas insisté sur les raisons de ce mariage, respectant la pudeur de son fils, qui en prenait déjà assez ombrage. En tant qu'aîné d'un baron, il aurait pu prétendre à une union plus prestigieuse, mais le père de la dame était très apprécié du roi et, comme Robbie était connu pour ses frasques amoureuses, le roi avait cru le plaignant sur parole. Darren devait reconnaître que la timide Jamesina était une épouse docile et la très douce mère du petit Darren qui faisait sa fierté. Leur mariage n'était pas heureux et il en était désolé, mais il se gardait bien d'émettre le moindre avis. Il était courtois et galant avec sa belle-fille, que Robbie rabrouait souvent. Il devenait de mauvaise humeur dès que son épouse était dans les parages. À la suite de ce mariage éclair, Robbie était rentré à Fyvie Castle pour y déposer femme et bagages au lieu de demeurer près d'elle, puis il était reparti à Édimbourg au retour de son service auprès du roi de France. Il était de nouveau chez eux depuis peu, son service auprès du roi Jacques ayant pris fin. Darren s'en était étonné, mais était trop ravi de faire de son fils son successeur sur le domaine pour penser à le laisser repartir.

Lachlan, son dernier né, lui manquait beaucoup également. Ce chenapan de douze ans devait faire enrager tout le monde au château, mais la personne qui lui manquait le plus était sa fille chérie : Morag. Il avait une tendresse toute particulière pour sa fille unique, et se souvenait toujours avec une vive douleur de ses yeux rieurs avant qu'elle ne perde la vue progressivement, au cours de sa dixième année. C'était une jeune fille vive et souriante malgré sa cécité, et Darren était sûr qu'elle serait accueillante pour Katel et d'une douce compagnie. Entourée de Morag, Jamesina et Aelig, Katel pourrait créer un petit univers féminin à Fyvie Castle où, d'ordinaire, les mâles prévalaient. Ses autres fils, Jason, Alexander, Henry et Magnus, servaient dans la garde écossaise et se trouvaient en garnison en France. Il avait pu les voir lors de son passage à Blois, avant d'aller à Pontorson. Ils riraient bien, s'ils savaient que leur père était rentré en Écosse non pas avec un prétendant pour leur cousine, mais avec une épouse !

En pensant à Katel, qui l'attendait au premier étage, Darren accéléra le pas. Il avait hâte de se retrouver seul avec elle et de la découvrir, tout entière.

Il entra doucement dans la chambre qu'il avait réservée pour eux, et s'attendait à tout sauf à l'accueil qu'elle lui fit.

— Je peux savoir ce que vous faites là ? demanda-t-elle, visiblement surprise de le voir en ces lieux.

— Eh bien, madame, est-ce ainsi que vous accueillerez votre époux chaque soir ? Avec humeur ?

— Je ne compte pas accueillir qui que ce soit chaque soir, Darren ! Nous nous étions mis d'accord sur l'aspect platonique de notre mariage.

— Platonique ?

— Platon est un philosophe qui…

— Je sais qui est Platon, merci ! Qu'êtes-vous en train d'insinuer, madame, que je ne partagerai pas votre lit ?

— Oui, sans cette clause, je ne vous aurais jamais épousé !

— Prenez garde, Katel, je ne suis pas homme à accepter que sa femme lui crache délibérément au visage !

— Mais enfin, j'ai pourtant été claire là-dessus !

Quel intérêt de partager ma couche ? Je suis trop vieille pour enfanter !

— Il y a une différence entre partager un lit et enfanter, ma chère !

Il s'approcha d'elle.

— J'aime toujours Guirec, il ne serait question qu'un autre me possède. Je serai votre épouse, je tiendrai votre maison comme je l'ai promis. Pour le reste, trouvez-vous une maîtresse, si vous ne pouvez vivre sans.

Darren fulminait. Étant donné sa stature, un seul coup aurait eu raison d'elle. Ce que Katel comprit certainement, car elle préféra conserver une bonne distance entre eux.

— Que les choses soient bien claires, Katel, vous êtes ma femme, vous avez prêté serment devant Dieu et le roi de me respecter et de tenir vos devoirs d'épouse jusqu'à ce que la mort nous sépare. Je ne tolérerai pas d'être insulté par mon épouse sous mon propre toit, et devant les miens. Si la France donne au beau sexe tous les droits, il n'en va pas de même en Écosse.

— Me prendriez-vous contre mon gré ? s'affola Katel en baissant les yeux.

— Certes non, madame, je suis un homme d'honneur même si vous semblez en douter ! Cependant, vous ne me jetterez pas ainsi hors de la chambre conjugale. Restez de glace, si cela vous chante. Quand vous aurez envie de vous comporter comme une femme, vous me tiendrez au courant.

Sous le regard incrédule de Katel, il se dévêtit entièrement et se glissa sous les draps.

— Vous comptez dormir ici ?

— Oui et vous aussi, au lit !

Elle se tortilla les mains et le regarda comme on regarde un chien prêt à mordre, puis, la démarche raide, elle s'approcha sous le regard noir de Darren et se coucha au bord du lit, le plus loin possible de lui.

— Trêve de gaminerie, Katel Seton, souhaitez-moi bonne nuit !

— Bonne nuit, dit-elle sans trop savoir où il voulait en venir.

Elle n'osait pas croiser son regard, de peur d'y voir de la concupiscence ou quelque chose d'approchant, en plus de sa colère.

— J'exige un baiser tous les soirs. Vous me devez au moins cela, puisque je ne puis user de votre corps, fit Darren froidement.

Qu'est-ce que cela signifiait ? Avait-il une idée derrière la tête ? Il était visiblement furieux et certainement décidé à la faire changer d'avis.

Nerveuse, elle s'approcha doucement du visage de Darren, les yeux rivés sur ses lèvres. Elle inspira, y déposa un baiser rapide et se recula aussitôt.

— J'ai parlé d'un baiser, Katel, pas d'une bise sur la frimousse d'un gamin. Je suis un homme.

Comme si cette précision était nécessaire, songea-t-elle, le sang bouillant d'appréhension et de nervosité.

Elle se pencha de nouveau et appuya plus longuement ses lèvres sur celles de son mari.

Son mari… Dès qu'elle pensait à Guirec, un aiguillon affreux lui perçait le cœur.

*
* *

— C'est mieux, Katel, loin d'être parfait, mais mieux. Je vais néanmoins vous montrer ce que j'attends…

Il se saisit d'elle, entourant son buste de ses mains et les laissant parcourir son dos et sa nuque. Puis il lui prit les lèvres avec fermeté et passion, ne lui laissant aucune possibilité d'échapper à ce baiser qu'il comptait bien obtenir jour après jour. Il lui renversa la tête en arrière, en lui tirant doucement les cheveux, et prit possession de sa bouche. Darren gémit malgré lui. Elle était chaude, douce et sucrée. Exactement comme il l'avait imaginée ! Son corps gracile plaqué contre le sien lui enflammait les sens, mais il s'imposa le calme, malgré le feu qui lui fouaillait les reins. Il voulait l'attirer à lui, pas la faire fuir. Et puis, ce baiser lui montrait ce qu'il supposait déjà : il y avait du feu sous la glace…

Il la relâcha brusquement en souriant.

— Bonne nuit, Katel.

Il se tourna de son côté et se cala la tête sur l'oreiller.

— Je suis désolée que…

— Bonne nuit, Katel, la coupa-t-il.

Elle s'allongea à son tour, tendue comme la corde d'un arc. Elle avait beau se dire que Darren avait promis de ne pas revenir sur sa parole, elle sentait sa présence à ses côtés comme s'il la touchait. Sa respiration était saccadée, elle voulait à tout prix éviter une crise de nerfs qui n'aurait pas été à son avantage et se mit à penser au château de Fyvie Castle, à en imaginer les différentes pièces. Mais, tout de suite, l'image de la chambre des maîtres lui vint à l'esprit. Aurait-elle des appartements privés ? Dans la pénombre, elle entendait Darren respirer et essayait de se détendre. Il fallait qu'elle dorme, les journées de cheval seraient assurément fatigantes, et elle avait besoin de reprendre des forces après toutes ces émotions.

Mais comment fermer les yeux, quand on avait un homme sculptural et nu à quelques centimètres de soi ? Elle repensa à ce qu'elle avait pu voir de son corps, avant qu'il ne se détourne : un dos musclé, des épaules larges, des bras puissants, un fessier et des cuisses de fer… Une vague de chaleur envahit son corps. Elle devait admettre que Darren était magnifique, et que plus d'une femme aurait été ravie de partager son lit.

Mais pas elle. Elle ne devait plus jamais être le jouet d'un homme. Comment Darren se comportait-il, dans l'intimité ? Était-il doux et prévenant, malgré sa stature impressionnante ? Ou était-il égoïste et brutal ?

Elle sentit le lit bouger, Darren changeait de position. Elle se raidit, attendant de savoir s'il venait vers elle, mais elle dut bien constater qu'il s'était seulement tourné sur le dos.

Elle sentait son odeur, un mélange de cuir et d'épices. Une odeur très agréable… Elle inspira davantage. Toutes sortes de pensées se mélangeaient dans son esprit : peur, déception, mais également curiosité et attirance.

Tard dans la nuit, elle s'endormit, épuisée d'avoir ressassé ces idées noires et redouté une agression qui n'était pas venue.

Chapitre 6

Le lendemain, Katel constata que Darren avait tenu parole. Elle fut réveillée par une servante qui venait lui apporter un peu d'eau chaude et lui proposer de l'aider à s'habiller.

— Quelle jolie robe, madame ! Vous allez être très belle avec… Votre mari sera très amoureux, en vous voyant ainsi.

Darren, amoureux d'elle ? Katel eut presque envie de rire, mais ne voulut pas lui ôter ses illusions. Elle se laissa habiller : robe, manches à crevés, lacets dorés ; puis enfin la coiffe gracieuse sur un chignon sobre.

— Vos cheveux sont très beaux, madame, souples, épais…

— Et bouclés, ajouta Katel comme si c'était un crime.

— D'où le joli volume qu'ils vous apportent. Peut-être pourriez-vous utiliser du brou de noix pour les colorer un peu, hasarda la servante. Beaucoup de dames le font.

— Je ne suis pas frivole, j'aime la simplicité.

— Ça leur donnerait des reflets dorés et un peu roux, qui vous iraient à merveille.

Katel fronça le nez et secoua la tête, peu convaincue. Il y avait bien longtemps qu'elle ne s'occupait plus de son apparence, sa seule coquetterie était une huile qu'elle utilisait sur le corps de temps en temps.

— Venez vous admirer, madame, proposa la jeune fille tout excitée, en l'attirant vers le miroir posé au-dessus du trumeau de la cheminée.

Puis elle s'en saisit et le plaça à la hauteur de Katel, pour qu'elle puisse se regarder plus à son aise.

Qui était cette femme ainsi parée de velours et de dentelle ? Katel posa les yeux sur ses cheveux, sa gorge, qui malgré le décolleté carré assez haut, lui paraissait impudique. Elle mit la main dessus, mal à l'aise.

Des coups à la porte la firent sursauter et elle espéra que ce ne soit pas Darren. Le ciel dut l'entendre, car ce fut Aelig qui entra. Elle semblait sur un petit nuage, rayonnait, et Katel savait bien pourquoi : sa fille était amoureuse et aimée en retour. Elle ne doutait pas du bien-fondé de son choix pour la jeune femme, mais commençait à en douter pour elle-même.

— C'est parfait, vraiment, lui dit Aelig en touchant le joli tissu.

— Et moi, je me sens très mal à l'aise et complètement ridicule à jouer ainsi les galantes.

— Darren sera fier de vous présenter à sa famille. Ne faites-vous pas tout cela pour lui ?

— Pour lui, pour toi et pour Conan.

— Pour vous ?

— Pas vraiment. Enfin, je ne crois pas, avoua Katel, un peu déboussolée. Tout va très vite, trop peut-être.

Elle n'avait pas revu Darren depuis la veille et se sentait décontenancée par son nouveau rôle. À l'évocation de son époux, elle rougit et détourna le regard, mais Aelig, loin d'être dupe, prit sa main dans la sienne.

— Quelque chose semble vous troubler.

Ce n'était pas une question, mais bien une constatation, et Katel mentit délibérément pour ne pas inquiéter sa fille.

— C'est juste cette robe… Je me sens indécente avec.

— Alors, je prie pour qu'Aelig soit aussi indécente quand elle aura votre âge, madame ! Vous êtes ravissante, si je puis me permettre, déclara Wandrille en passant la tête par l'entrebâillement de la porte. Je me doutais bien que je te trouverais ici, ajouta-t-il à l'intention d'Aelig.

Puis il reprit pour Katel :

— Elle s'est fait un sang d'encre toute la nuit pour vous.

— Wandrille, arrête de dire des bêtises ! Une toute petite partie de la nuit, finit par avouer Aelig, devant le sourcil levé de Katel. Votre nuit s'est bien passée ? osa-t-elle demander en regardant les draps défaits et les deux oreillers qui portaient l'empreinte de leurs utilisateurs.

— Je ne suis plus une enfant, Aelig, je sais en quoi consiste le mariage, dit-elle pour couper court.

— Oui, bien sûr, mais… Je suis heureuse que tout aille bien.

— Évidemment que tout va bien ! Ta mère a épousé

un homme de valeur. Nous reprendrons la route dès que vous aurez déjeuné. Nous sommes prêts.

— Nous descendons, dit Aelig qui voyait bien qu'elle ne bougeait pas d'un pouce.

Inspirant fortement, Katel sortit de la chambre d'une démarche qu'elle espérait naturelle et descendit dans la salle commune, escortée d'Aelig et Wandrille.

L'expression surprise et plutôt flatteuse des hommes de son mari la fit rougir un peu, mais l'admiration plus que visible de Darren la fit virer au cramoisi, et elle se mordit les lèvres, ce qui eut pour effet immédiat d'attirer le regard de Darren sur sa bouche. De trop longues secondes suivirent, et elle prit les devants de peur de défaillir.

— Bonjour, messire.

— Bonjour, madame. Venez déjeuner à mes côtés. Je sais déjà que vous avez dormi du sommeil du juste et vous avez probablement faim.

Dormi du sommeil du juste ? Qu'y avait-il de juste, à refuser son lit à son mari ? Dormir… Elle qui n'avait presque pas fermé l'œil de la nuit. Faim ? Oui, mais de quoi ?

La lueur moqueuse qu'elle vit briller dans les prunelles claires de Darren lui prouva bien qu'une fois de plus il se moquait d'elle.

Sans un mot, elle se laissa mener jusqu'à une table et fut aussitôt servie. Elle l'observa à la dérobée. Il aurait dû être furieux de se voir ainsi floué, il aurait dû crier, la battre peut-être même, et réclamer son dû. Au lieu de ça, il se contentait de dormir à ses côtés. Mais pour combien de temps ?

Les jours de voyage s'enchaînèrent les uns après les autres avec la même troublante routine. Chaque soir, Darren rejoignait Katel, quémandait un baiser, savourait son dos et sa nuque sans s'aventurer au-delà et, chaque nuit, la laissait à ses pensées.

Au bout d'une dizaine de jours, ils arrivèrent au Havre. Ils parcouraient environ huit lieues quotidiennement, ce qui représentait une cadence assez élevée, mais comme Darren veillait à ce qu'ils prennent du repos dans des auberges et non sur des paillasses dures, en campement improvisé, Katel était plutôt satisfaite. Et puis, le voyage lui donnait l'excuse de ne pas toujours être près de Darren. En vérité, elle passait plus de temps avec sa fille qu'avec lui, et il ne semblait pas en prendre ombrage.

Ce soir-là, ils prirent des chambres dans une belle auberge cossue du port et y dînèrent. La pièce principale était bondée, de nombreux départs de bateaux pour l'Angleterre étaient prévus le lendemain. Katel regardait, curieuse, la foule bigarrée et bruyante qui emplissait les lieux : des marins, des bourgeois, des voyageurs en tous genres et quelques soldats chargés de faire respecter la loi sur les quais. Une servante plutôt replète, au décolleté avantageux, vint servir un verre de bière aux hommes, et son regard impertinent se posa sur Darren.

— Voudriez-vous autre chose, messire ? lui demanda-t-elle avec une œillade coquine.

— Oui, que tu évites de trop servir cette table, au fond. Ce sont mes hommes, et je compte bien faire la traversée sans malade.

La servante rit et Darren la gratifia d'une caresse sous le menton.

— Je te tiendrai pour responsable, si aucun d'eux ne tient debout à l'aube.

Toujours en riant, la servante continua son travail, non sans un sourire fripon pour le baron.

Wandrille, un peu mal à l'aise pour les dames, souhaita la bonne nuit à tout le monde et, prenant sa femme par le bras, disparut au premier.

Raide comme la justice, et beaucoup plus en colère qu'elle ne l'aurait pensé, Katel monta à son tour sans un mot pour son mari et sentit, surprise, qu'il lui emboîtait le pas.

— Vous comptez déjà vous coucher ? demanda-t-elle, hautaine et les joues rougies par la colère.

Voir Darren badiner lui échauffait le sang.

— Vous voulez vraiment que je redescende ?

— Non, pas vraiment, avoua-t-elle en baissant les yeux.

L'air sombre de Darren ne lui disait rien qui vaille et elle poursuivit son ascension en soupirant de soulagement, le baron derrière elle.

À peine eurent-ils pénétré dans la chambre que Darren claqua la porte et avança vers elle. Il lui saisit le bras et la plaça devant lui. Surprise par l'agressivité dont il faisait preuve à son égard, Katel poussa un petit cri de peur et leva le bras, comme si elle craignait de recevoir un coup. Ce geste parut agacer de nouveau Darren.

— Je ne compte pas lever la main sur vous, bien que j'en sois grandement tenté ! cria-t-il.

Il se passa les mains sur le visage, ne sachant visiblement pas comment se comporter avec elle.

— Si vous ne me faites pas confiance, notre mariage est voué à l'échec !

— Je suis désolée, bredouilla Katel, mal à l'aise devant sa colère.

Colère qu'elle savait justifiée. Elle lui refusait son lit : il était donc osé de lui demander une abstinence totale.

— Je me doute que vous devez être déçu et que…

— Déçu ? Le mot est faible, madame !

— Je sais, reprit-elle, se sentant rougir de nouveau. Je ne peux pas… Je ne peux pas vous demander d'être chaste, ce serait malhonnête. Mais, s'il vous plaît, ménagez mon orgueil et attendez d'être seul, si vous voulez une femme.

— Vous êtes une idiote, Katel Seton !

Elle recula et se mordit les lèvres, tout en baissant la tête. Elle tenait à sa fierté. Elle ne pouvait quand même pas tolérer qu'il coure après les catins devant son nez !

— Je ne veux pas une femme, je veux ma femme.

— Mais je…

— Ça prendra le temps qu'il faudra, mais vous serez à moi, corps et âme.

— Je vous ai déjà dit…

— Que vous aimiez votre premier mari et que vous vouliez vous terrer dans un trou de souris jusqu'à la fin de vos jours ? Je sais. Mais, croyez-moi sur parole, je vous ferai sortir de votre torpeur malsaine !

— Malsaine ? Qu'y a-t-il de malsain à vouloir garder la mémoire d'un mort ?

— Vous n'êtes pas morte, Katel, vous êtes vivante. Vous l'avez juste oublié.

Elle soupira et se frotta les mains, nerveuse, en attendant la suite. Quelles étaient les intentions de son mari ? Respecter son bon vouloir malgré tout ? Prendre une maîtresse par dépit ? Cette dernière perspective ne l'enchantait guère et elle se sentait jalouse. Mais quel droit avait-elle de l'être ?

— Je ne vous en voudrai pas, si vous allez la rejoindre, fit-elle d'une petite voix.

— Vous êtes trop bonne ! ironisa Darren en défaisant sa chemise et en la passant par-dessus sa tête. Si je veux d'une catin, vous serez la dernière au courant.

Il se débarrassa de ses bottes et de ses chausses, puis se coucha.

— Je veux juste dire que…

— Vous parlez trop ! Venez plutôt vous coucher, la coupa-t-il de nouveau.

Katel bataillait avec les liens de sa robe. Perdant patience, Darren se releva, nu, et l'aida à se dévêtir avec efficacité. Une fois qu'elle fut en chemise, il la prit fermement par la main et la conduisit au lit. La nudité ne le gênait pas, visiblement, et Katel avait un mal fou à ne pas laisser ses yeux errer sur ce corps d'homme.

— J'attends.

Il attendait. Mais quoi ? Soudain Katel fit un *O* avec ses lèvres.

— Le baiser, souffla-t-elle.

— Allez-y, je n'ai pas toute la nuit, grogna-t-il, toujours de mauvaise humeur.

Comptait-il ressortir une fois qu'elle serait endormie ?

Katel se hissa sur la pointe des pieds, mais même comme cela, elle était trop petite pour atteindre sa bouche.

— Penchez-vous, vous êtes trop grand. S'il vous plaît, ajouta-t-elle pour arrondir les angles.

— Non.

Elle soupira, contrariée elle aussi. Cet homme était une tête de mule écossaise et elle dut s'agripper à ses épaules pour le faire venir à elle. Une fois ses mains accrochées à sa nuque épaisse, elle l'attira jusqu'à ce que ses lèvres touchent les siennes, et elle lui donna le baiser attendu.

Darren haussa un sourcil dédaigneux, la mettant ainsi au défi de mieux faire. Rougissant comme une adolescente, Katel se plaqua contre lui et recommença. Elle sentait le corps de Darren contre le sien, malgré la chemise qu'elle portait.

— Beaucoup mieux, conclut-il en reprenant ses lèvres dans un baiser langoureux.

Il la sentit émue par ce baiser. Elle avait beau se refuser à lui nuit après nuit, il savait que ce corps endormi ne demandait qu'à se réveiller. Il parcourut son dos de ses mains puissantes puis, tout en la tenant captive par son baiser, lui effleura la poitrine, puis lui empauma franchement un sein, dont le mamelon réagit aussitôt. Il eut alors la satisfaction de l'entendre gémir. Encouragé par ce soupir, il renouvela la caresse puis, sans crier gare, il la lâcha et se coucha, sans rien ajouter.

Haletante et les joues en feu, Katel le regarda, incrédule, la laisser livrée à des émotions qu'elle ne comprenait plus.

— Bonne nuit, Katel, se contenta-t-il de dire.

Rêvait-elle ou pouvait-elle deviner un sourire sur les lèvres et dans la voix de son mari ? Il l'avait fait exprès, pour lui prouver qu'il avait raison. Ce diable d'homme s'était bien moqué d'elle avec ce baiser ! Mais, étrangement, elle n'arrivait pas à lui en tenir rigueur. Son cœur battait la chamade, elle avait apprécié ce baiser et ces caresses qui lui brûlaient encore la peau. Un vif sentiment de culpabilité et de chagrin l'envahit alors, et elle eut soudain envie de pleurer. Elle avait de plus en plus de mal à se souvenir de la voix de Guirec et de ses traits. Si son cœur ressentait toujours de l'amour, sa mémoire, avec le temps, retenait moins les images d'autrefois. Avait-elle le droit de passer à autre chose ? Avait-elle le droit de mentir à Darren sur son viol, sur la validité même de ce mariage ? Et s'il demandait l'annulation pour tromperie… Aelig perdrait-elle Wandrille ?

Le cœur en berne, elle se coucha au bord du lit, comme à son habitude. Darren lui tournait le dos. Elle aurait aimé lui expliquer, éviter de le blesser ou de lui manquer de respect malgré elle, mais son secret devait être gardé pour le bien d'Aelig. Ses rêves la portèrent vers les êtres aimés qui lui manquaient atrocement ce soir. Conan et Brune, qu'elle confia à la divine providence, et son cher Guirec. Comment oublier l'homme qu'on a aimé plus que tout au monde ? Celui qui vous a conquise avec son âme et fait devenir femme et mère ?

Elle laissa ses larmes couler en silence, le cœur percé par le poignard de l'absence. De guerre lasse, elle s'endormit sur ses souvenirs d'amour partagé et sur ses inquiétudes pour l'avenir.

Dans la nuit, Darren fut réveillé par une main fraîche qui glissa sur son ventre, cherchant la chaleur de sa peau. Katel dormait contre lui, la tête collée à son torse. Sa respiration était paisible et il l'entendit murmurer dans son sommeil.

— Guirec…

Il inspira à pleins poumons le parfum subtil de ses cheveux, maudissant le Breton qui tenait toujours son cœur. Il était tombé sous le charme de Katel dès leur première rencontre. Elle éveillait sa curiosité et son envie de la protéger et de la voir heureuse. Il avait cru pouvoir obtenir d'elle une confiance pleine et entière ; au lieu de cela, elle se caparaçonnait dans une austérité et une chasteté qui le rendaient fou. Lui-même avait connu le veuvage, et ce, à trois reprises. Il avait toujours pris soin de ses épouses et avait une grande tendresse pour chacune d'elles. Il regrettait leur départ et le chagrin que chacune de ces disparitions avait causé à ses enfants. Il se souvenait tout particulièrement de sa première épouse, dont il avait été très amoureux. L'accident qui avait causé sa mort le touchait toujours, mais il avait su aller de l'avant malgré tout. Katel, quant à elle, semblait vénérer le souvenir de Guirec. Pouvait-on renoncer à la vie pour un défunt ? Cela dépassait l'entendement ! Elle se créait une sorte de mausolée intérieur, où elle gardait son cœur et son corps enfermés à double tour, loin de lui.

Pourtant, il ne souhaitait rien d'autre que lui offrir de la douceur. Il mourait d'envie de lui donner du plaisir ; il était sûr qu'elle était passionnée et belle dans l'amour. Il laissa l'une de ses mains se frayer un chemin sous le drap, caressant la peau veloutée de son cou et de sa gorge. Katel bougea dans son sommeil, s'offrant à sa caresse en se mettant sur le dos. Darren laissa libre cours à sa curiosité, savourant de tricher un peu, et sachant pertinemment que dans ses rêves c'était Guirec qui la caressait ainsi. Il vit la respiration de sa femme s'accélérer et elle gémit de plaisir quand il lui caressa les seins. Ils étaient lourds et chauds comme des fruits mûrs, tentants au plus haut point. Il défit la cordelette de la chemise et l'ouvrit, dégageant doucement un sein, puis se pencha au-dessus d'elle pour en goûter la saveur. Sa peau était comme celle d'une pêche. Il l'entendit gémir encore et tendre le buste vers lui. Il sourit dans la pénombre, heureux de voir que son corps n'avait pas oublié ce que son esprit lui refusait.

Les lèvres de Katel s'entrouvraient comme si elle cherchait sa respiration, et son corps fut secoué de frissons. Darren glissa une main douce sous la chemise et remonta le long d'une cuisse fuselée, mais arrêta son geste quand deux yeux troublés le fixèrent dans un mélange de peur et d'angoisse qui ne lui plut pas du tout.

— Je suis désolée…

Darren la regarda et lui sourit, puis il lui baisa le front en replaçant à regret les battants de la chemise sur sa jolie poitrine.

— Dormez, madame, la route sera longue demain.

Katel reprit sa place sur le bord du lit sans mot dire et, les yeux grands ouverts dans la pénombre rougie par les braises du feu mourant, elle essaya de recouvrer ses esprits.

Elle était mortifiée : elle aurait dû rêver à son défunt mari, Guirec avait été un bon époux et un très bon amant. Mais elle avait tout de suite su qui la touchait et l'avait laissé faire. Darren avait été doux ; il ne s'était pas servi d'elle comme d'un jouet pour assouvir son désir, mais l'avait caressée avec une tendresse qui l'avait bouleversée. Il méritait mieux qu'une épouse frigide, au passé honteux et à l'âme brisée. Instinctivement, elle mit la main sur sa poitrine encore gonflée et sensible. Elle avait aimé ses caresses, mais comment réagirait-elle, si cela allait plus loin ? Son ventre se crispa à cette pensée. La dernière fois qu'un homme l'avait touchée, il avait ruiné sa vie et ses espoirs de bonheur.

Elle avait beau se raisonner en se disant que jamais Darren ne ferait une chose pareille, il n'en demeurait pas moins un homme capable de la briser d'une seule main. Gilbert de Montpensier était beau, à sa façon : fier, bien bâti et prince. Pourtant, il l'avait violée comme l'aurait fait le plus ignoble des soudards. Elle sentit son corps se recroqueviller, blessé, sale. Elle avait si peur d'être une nouvelle fois meurtrie dans sa chair qu'une nausée acide lui souleva l'estomac. Le plus simple était de faire en sorte que Darren ne la touche plus et qu'il comprenne qu'il valait mieux trouver son plaisir ailleurs.

Chapitre 7

La traversée fut un véritable calvaire pour Aelig, qui fut tout le temps malade, mais une véritable découverte pour Katel, qui regardait, curieuse, les marins aux manœuvres. Elle aimait cette immensité bleue et cette sensation de liberté qu'elle donnait. Le vent lui fouettait le visage et la décoiffait complètement, mais elle n'en avait cure. Elle appréciait tous ces éléments nouveaux et profitait du voyage.

Un matin, le vent se leva et la mer se fit grosse ; le ciel se couvrit de nuages menaçants et les marins se préparèrent à réduire la voilure. Ils remontaient l'Angleterre par l'est pour accoster à Édimbourg quand une tempête se leva.

Katel était sur le pont, regardant, fascinée, la mer se mouvoir en vagues énormes et le ciel éclater dans un orage terrible. Le capitaine du navire hurlait des ordres secs et précis à ses marins.

Soudain, une main ferme saisit la sienne.

— Par tous les saints, Katel, vous voulez me faire mourir de frayeur ? Qu'est-ce que vous fichez sur ce satané pont ! Allez vous mettre à l'abri !

— Non, laissez-moi regarder encore un peu, c'est tellement beau !

Au même moment, un éclair déchira le ciel obscur d'une vive clarté et Darren, médusé, vit Katel, secouée par le roulis, sourire devant le déchaînement des éléments.

— C'est magnifique !

Il la contempla, décoiffée, les cheveux au vent ; les plis de sa robe s'agitaient autour de ses jambes et son sourire paraissait si authentique, si vivant !

— Oui, ça l'est.

Il ne parlait pas de la tempête, mais de la femme émerveillée qu'il avait devant les yeux. Secouant la tête, attendri, il l'entraîna vers la passerelle qui menait aux cabines. Ils y retrouvèrent Wandrille, qui aidait Aelig à se remettre d'une nouvelle nausée.

— Seigneur, vous êtes trempée ! s'écria cette dernière. Que s'est-il passé ?

— Ne vous inquiétez pas, Aelig, votre mère est simplement restée sur le pont à regarder l'orage, expliqua Darren, amusé, en tendant une serviette propre et sèche à son épouse.

— Je trouvais cela joli, se défendit Katel en haussant les épaules.

— Joli ? répéta Aelig, comme si deux nouvelles têtes venaient de pousser à sa mère. C'est horrible, ça tangue…

— Ta mère semble avoir le pied marin, ma douce, ce qui n'est pas ton cas, dit Wandrille en tendant une bassine à Aelig, prise d'un nouveau haut-le-cœur.

— Nous arrivons demain, Aelig. Courage ! Après

cette nuit, vous n'entendrez plus parler de bateau, s'esclaffa Darren, tout en prenant sa belle-fille en pitié malgré tout.

— Vos enfants seront là à notre arrivée ?

— Bien sûr ! En réalité, il n'y aura que la moitié de la troupe. Certains de mes fils sont en France, à la cour, avec leurs épouses. Ils font partie de la garde et ont encore quelques années de service à faire avant de rentrer en Écosse. Ils attendent tous Wandrille de pied ferme !

Tous rirent de cette boutade, mais Katel sentait l'appréhension la gagner peu à peu. Il était certain qu'ils ne s'attendaient pas à voir leur père revenir avec une nouvelle épouse à la place du fiancé promis.

— Je disais à votre mère que mon fils aîné, Robert, vit à Fyvie Castle avec son épouse, Jamesina. Vous rencontrerez Morag également. Elle ne quitte pas beaucoup le château, avec sa cécité, mais de charmantes compagnes comme vous égaieront sûrement ses journées. Et puis, il y a Lachlan, mon dernier. Un chenapan de la pire espèce ! ajouta Darren, mi-courroucé, mi-amusé. J'avoue avoir du mal à être aussi sévère avec lui que je l'ai été avec ses aînés, ajouta-t-il en souriant.

— J'espère que notre présence ne les gênera pas trop, dit Katel avec une moue inquiète.

— Mes enfants m'obéissent, Katel. Ils peuvent avoir leur opinion, mais en aucun cas ils ne se montreraient irrespectueux envers vous, n'ayez crainte. On ne contredit pas son seigneur, en Écosse.

Ni son père, visiblement, encore moins son époux,

se dit Katel en levant des yeux attentifs et curieux sur son mari.

Fyvie Castle était beaucoup plus grand que Ker Glenn. Ce magnifique château en L était bordé d'un joli jardin et d'une cour arrière, qui abritait les animaux domestiques et donnait sur les écuries. Trois tours imposantes se dressaient à l'angle du bâtiment et à ses extrémités. Katel fut étonnée du nombre de personnes qui y vivaient. La famille et les proches de Darren, mais pas seulement ; beaucoup de serviteurs et de soldats y habitaient également avec leurs familles.

Les immenses portes de l'entrée principale s'ouvraient sur un vestibule étroit qui empêchait le froid de pénétrer à l'intérieur, et qui desservait les longs couloirs menant à la salle d'armes des soldats en faction, aux logements des serviteurs ainsi qu'aux celliers et caves. La pièce principale était vaste et comptait deux grandes cheminées où des feux énormes ronflaient.

Darren lui prit le bras et la conduisit sur l'estrade, où deux grands fauteuils sculptés trônaient face à la troupe qui s'était formée depuis leur arrivée. Les gens les saluaient et scandaient le nom du baron, puis un homme qui ne pouvait être que Robert Seton s'avança et salua son père respectueusement. Il était la copie conforme de Darren, en plus jeune, mais son regard était plus froid que celui de son père. Tout comme lui, il portait les cheveux coupés ras sur les côtés et une barbe courte. Il était châtain foncé, et ses yeux bleu glacier tranchaient sur sa peau étonnamment mate.

— Heureux de vous revoir, père. Vous avez été absent plus longtemps que prévu.

— Ils t'ont posé des problèmes ? demanda aussitôt Darren en se rembrunissant et en lui faisant signe d'approcher.

Ce « ils » désignait leurs ennemis de toujours, les Cunningham. Katel écouta attentivement pour mieux connaître la situation. Robert semblait tendu, comme par peur d'annoncer un échec à son père, qui lui avait visiblement confié la baronnie en son absence. Chose qu'il semblait prendre très au sérieux.

— De jeunes imbéciles ont essayé de nous voler du bétail, deux fermes ont été incendiées, mais aucun mort n'est à déplorer. Trois blessés seulement.

— Trois de trop, fit la voix dure de Darren, claquant comme un fouet. Des représailles ?

— Non, j'ai suivi vos consignes, répondit Robert qui semblait regretter de ne pas avoir pu rendre la monnaie de leur pièce aux Cunningham.

— Ils ne perdent rien pour attendre ! J'irai voir le roi, j'ai quelqu'un à lui présenter.

— Qui est cette femme ? demanda alors Robbie en gaélique, parlant de Katel.

— Je reconnais bien là ton style direct ! lâcha Darren. Mais tu me feras le plaisir de montrer plus de tact vis-à-vis de ta belle-mère.

— Père ? fit une voix gracieuse non loin d'eux.

— Morag ! Bonjour, ma chérie.

Il fit virevolter une jeune fille d'environ dix-sept ans dans ses bras. Ses cheveux dorés étaient coiffés en deux longues nattes qui lui tombaient jusqu'à la taille. Elle était longue et fine et souriait, heureuse du retour de son père. Ses yeux d'aveugle regardaient un point fixe sur le côté et semblaient vitreux, comme effacés, ce qui lui donnait un air étrange, un peu magique, comme si elle avait été un elfe sorti de la forêt ou une fée chassée d'un monde merveilleux.

— Qui sont nos invités, père ?

Elle était peut-être aveugle, mais Katel songea qu'elle voyait probablement beaucoup plus de choses que la plupart des gens. Elle paraissait intuitive et maligne.

— Bien, prenez place ! J'ai une annonce à vous faire. Sean, tu traduiras pour nos gens.

— Bien, monseigneur, dit le garde avec sérieux.

Un brouhaha suivit cette annonce et les gens s'approchèrent de l'estrade pour écouter leur seigneur.

— Nous attendions tous Wandrille de Montgomery comme le fils prodigue rentrant enfin en Écosse. Il est parmi nous en ce moment. Venez, mon garçon, ajouta Darren pour introduire Wandrille, qui tenait Aelig par la main. Soyez les bienvenus en Écosse, mes enfants !

Un tonnerre d'applaudissements suivit cette annonce, et Wandrille parut s'amuser du côté théâtral de cette introduction.

— Montgomery n'était-il pas censé épouser Sarah ? demanda Robbie en jetant un regard surpris aux deux jeunes gens.

— En effet, mais, vois-tu, les Français ne font jamais les choses comme tout le monde !

La foule rit de cette plaisanterie et Wandrille leva la main pour arrêter Darren.

— Lorsque votre seigneur est arrivé en France, il se trouve que j'étais déjà marié à cette merveilleuse dame, Aelig de Ker Glenn, officiellement connue sous le nom d'Aelig de Bourbon.

— Ker Glenn ? répéta Robert en haussant les sourcils. Un rapport avec ces insurgés que combattait votre père, Montgomery ?

— En effet. Ceux-là mêmes.

Robbie croisa les bras sur sa large poitrine et fronça les sourcils.

— Ne le prenez pas mal, mon ami, disons que les différends de nos parents ne sont pas les nôtres. Conan de Ker Glenn a épousé ma sœur, Brunehilde, et j'ai épousé Aelig.

— Et moi, leur mère, conclut Darren.

— Eh bien, drôle de… Comment ?

Toute la salle s'était figée et regardait Katel.

— Katel de Ker Glenn est mon épouse. Enfin, Katel Seton, pour être tout à fait exact. Comme Wandrille ne pouvait plus servir d'allié par le mariage, Katel et moi avons proposé au roi de France de nous marier, ce qu'il a approuvé.

— Soyez la bienvenue à Fyvie Castle, milady, fit Morag en tendant la main.

Katel la lui prit et la serra pour remercier la jeune fille de son chaleureux accueil.

— Merci à vous dame Morag – Lady Morag, rectifia-t-elle en souriant. Il va me falloir apprendre vos coutumes.

— Je ne doute pas de votre réussite, madame, répondit Morag dans un français parfait.

— Il manque deux personnes pour que la maison soit complète, ma chère. Robbie, où est ton épouse ?

Une jeune femme rousse aux yeux verts et à la peau d'une blancheur d'albâtre arriva alors timidement devant l'estrade, un petit garçon dans les bras.

— Soyez le bienvenu chez vous, monseigneur, dit-elle en faisant une révérence un peu gauche, à cause de l'enfant qui s'agitait.

— Donnez-le à sa nourrice ! ordonna Robbie d'un ton sec.

La jeune femme baissa les yeux et serra l'enfant contre elle, puis chercha la nourrice du regard.

Katel, la voyant mal à l'aise, vola à son secours.

— Vous devez être Jamesina, n'est-ce pas ? demanda-t-elle avec gentillesse. Je suis ravie de vous rencontrer. Et ce petit homme est le jeune Darren ?

— Oui, milady.

— Vous devez être très fier de votre fils, sire Robert. Il a hérité votre vigueur et les jolis yeux de sa mère.

Robert répondit par un « oui » qui ressemblait à un grognement d'ours. En son for intérieur, Katel ne put s'empêcher de faire le parallèle avec Conan. Cet homme était dur, à n'en pas douter, et semblait écraser complètement son épouse.

— Jamesina et Morag illuminent cette vieille demeure et, à présent, j'ai également le plaisir de vous y voir, ma chère, ainsi que votre Aelig. Nous sommes des hommes comblés.

Galant homme, Darren lui fit un baisemain.

La gouvernante, une femme d'un âge avancé qui se nommait Emma, vint les accueillir également et, à la demande de Darren, les conduisit dans leurs appartements respectifs : Aelig et Wandrille obtinrent un petit logis confortable dans l'aile principale, côté cour, et Katel fut conduite dans la chambre des maîtres, à l'opposé.

La pièce était grande et Katel comprit tout de suite que Darren occupait déjà les lieux. Il y avait des coffres à linge et des armoires sculptées. Sur la chaise du bureau étaient encore déposés un pourpoint de cuir et de velours. Elle passa la main dessus et sentit de petits picotements sur sa paume. Une table de travail massive se trouvait dans un coin. Une plume d'oie et quelques coffrets à encre et papier en garnissaient le plateau. Et il y avait des livres sur une étagère. Des tapisseries représentant des batailles et des êtres de légende ornaient les murs.

Attentive aux détails, Katel remarqua des elfes et des licornes, ainsi que des créatures venues de l'enfer chassées par un chevalier en armure qu'elle devina être saint George. Elle regardait les lieux, consciente qu'elle y partagerait l'intimité du maître de maison. Elle avait observé avec quelle déférence les gens du château étaient venus saluer leur seigneur ; il semblait qu'en Écosse les maîtres fussent salués comme des rois. Elle avait toujours eu des rapports assez simples avec ses gens, mais à Fyvie Castle tous lui faisaient la révérence dès qu'elle leur adressait la parole. Darren semblait aussi à l'aise en voyageur qu'à la cour, ou en maître incontesté de Fyvie. Il l'avait intronisée avec courtoisie mais fermeté, car il avait visiblement l'habitude d'être obéi. « En Écosse, personne ne contredit son seigneur » lui avait-il dit. Était-ce valable aussi pour elle ?

Depuis la mort de Guirec, elle avait pris l'habitude d'être très libre de paroles. Conan la laissait diriger la maisonnée à sa guise et prendre nombre de décisions en son nom. Ici, il en serait sûrement autrement. Qui donc dirigeait la maison ? Jamesina, certainement, en tant qu'épouse de Robert, pensa-t-elle en prenant place dans un fauteuil. Darren dormait donc ici et semblait attendre d'elle d'autres nuits partagées et d'autres baisers. Elle remarqua que les appartements des maîtres donnaient sur l'entrée principale et les plantations, ce qui la ravit. Elle aurait tout loisir de découvrir les bosquets de fleurs et les jardins de simples qu'elle avait vus en arrivant.

L'heure du dîner approchant, Katel et les Montgomery se retrouvèrent à la porte de la grande salle, située à l'extrémité de l'autre aile, en dessous des cuisines. Près d'une cheminée, la conversation s'animait. Robert semblait s'emporter, et Darren restait catégorique sur ses positions. Que se passait-il ? Wandrille écoutait, attentif. Il posa une main bienveillante sur le bras de sa belle-mère.

— Vous les comprenez ? demanda Katel en le voyant froncer les sourcils et suivre la dispute.

Le père et le fils s'exprimaient en gaélique, et Katel ne connaissait pas cette langue.

— Oui, fit seulement Wandrille. Nos parents ont veillé à ce que nous gardions nos racines écossaises et nous ont donné un précepteur pour cela. Mon gaélique n'est pas très bon, mais suffisant pour comprendre ce que dit Robert.

Katel se tourna vers lui en haussant les sourcils.

— Alors ?

— Il désapprouve votre alliance.

— Pourquoi, grand Dieu ?

— Il dit qu'on lui a parlé de la naissance d'Aelig et du fait que Montpensier soit devenu votre amant, alors qu'il était votre vainqueur. Il dit que si vous n'avez pas été fidèle à votre mari, vous n'êtes pas digne de confiance, et qu'il vous gardera à l'œil.

— Et que lui répond Darren ?

— De s'occuper de son épouse au lieu de parler de vous.

— Nous ne sommes pas les bienvenus en Écosse, semble-t-il, commenta Aelig, désolée pour sa mère.

— La meilleure défense reste l'attaque, madame, ne vous laissez pas abattre par ce freluquet ! Allons, mesdames, venez prendre la place qui vous revient de droit.

Wandrille avait raison, le mieux était d'ignorer la vindicte de Robert et de s'installer paisiblement avec les habitants du château. L'avenir montrerait que Robert pouvait lui faire confiance et qu'elle respectait ses engagements. À ce moment-là, une petite voix lui murmura qu'elle n'avait pas respecté tous les engagements du mariage et elle la chassa aussitôt de sa tête, en se concentrant sur les gens présents.

À leur arrivée, Darren leur sourit, et Robert croisa ses bras musclés sur sa large poitrine en se mettant un peu en retrait.

Katel commença à parler breton avec Aelig, à propos du château et de sa jolie décoration. Cette dernière, comprenant où voulait en venir sa mère, répondit avec le plus grand naturel, mais Wandrille les arrêta d'un geste.

— Par pitié, épargnez-nous le breton, je ne comprends pas un traître mot de ce que vous dites !

— Vous avez raison, mon cher, il est fort discourtois d'utiliser une langue inconnue en public. Gardons donc le français, ainsi chacun pourra échanger avec son voisin.

— Si vous avez la prétention de devenir une Seton, le gaélique s'impose, intervint Robert, peu amène.

Katel darda aussitôt ses prunelles noisette sur son nouveau beau-fils.

— Je n'ai pas la prétention d'en devenir une, Robert, je le suis de fait.

Puis elle s'approcha de Darren et lui prit la main, pour clouer le bec de Robert.

— Je vous aiderai, milady, proposa Jamesina qui les avait rejoints sans un bruit, en rougissant joliment.

— J'en serai ravie, vraiment, ainsi nous ferons plus ample connaissance.

— Quant à moi, j'améliorerai mon français. Mes parents le trouvaient déplorable, poursuivit la jeune femme avec un accent très marqué que Katel trouva charmant.

— Des progrès, corrigea Robert, mordant, vous avez en effet besoin d'en faire, et dans beaucoup de domaines !

Sur cette pique acerbe, qui fit blêmir son épouse, Robert quitta les lieux.

— Je vais chercher Lachlan.

Katel sourit aimablement à la jolie rousse, comme si elle faisait fi de la goujaterie de son beau-fils.

— Votre fils est couché ?

— Oui, ce petit diable a une énergie débordante. Je passe mes journées avec lui et je dois avouer qu'il est épuisant.

— Nos servantes peuvent vous soulager un peu de cette charge, Jamesina, si vous en éprouvez le besoin, proposa Darren avec gentillesse.

— Je ne sais rien faire d'autre, monseigneur, répondit-elle, confuse de s'être mise en avant.

— C'est le plus gros mensonge que j'aie jamais entendu, ma chère ! répondit Katel en riant, pour dédramatiser. Vous êtes sûrement une maîtresse de maison accomplie, cette demeure est parfaitement tenue.

— C'est Morag et Emma qui gèrent la maison, milady, et c'est vrai qu'elles se débrouillent à merveille. Moi, je m'occupe de Darren et je crois que Robert trouve que ça suffit.

— Mais vous, qu'aimeriez-vous ?

— Je n'y ai pas pensé, avoua Jamesina en rougissant encore.

— Toutes les mères du monde sont débordées, avec des enfants en bas âge, ça n'a rien d'anormal. Ker Glenn est beaucoup plus petit que Fyvie Castle et pourtant, croyez-moi, après la naissance de Conan, j'ai été heureuse de me décharger sur ma gouvernante de toutes les tâches domestiques, tellement mon fils était accaparant.

Heureuse de trouver une alliée gentille et attentive, Jamesina se détendit et se laissa guider à table par Wandrille. Morag apparut, guidée par la main d'Emma, et s'installa à sa place pour le dîner.

— Il ne manque plus que les garçons, pesta Darren qui n'aimait pas attendre.

Un sauvageon débraillé fit alors irruption dans la salle suivi de Robert et se précipita vers son père, un arc à la main.

— J'ai eu un chevreuil, père ! Et un beau ! Il est gros et Duncan a dit que c'était un sacré coup !

— Ne jure pas, Lachlan, intervint Morag en fronçant les sourcils.

— Mon fils, je te présente Lady Katel, mon épouse.

Le garçon ouvrit des yeux comme des soucoupes et fixa Katel sans vergogne, la détaillant des pieds à la tête.

— Elle n'est pas écossaise.

— Bretonne, expliqua son père, et dépêche-toi de la saluer correctement, si tu veux dîner ! menaça-t-il, mi-amusé, mi-courroucé.

— Soyez la bienvenue à Fyvie Castle, Lady Castle…

— Katel, s'esclaffa Morag.

— Kate, tenta de nouveau Lachlan avec un accent charmant.

— K-A-T, corrigea Katel en refrénant un fou rire.

— *Cat* ?

— Mais non, idiot, Lady Katel !

Cette fois, Morag éclata de rire pour de bon.

— Lady Cat, en voilà une idée ! *Cat* veut dire « chat », madame, expliqua-t-elle alors à Katel.

— Je sais. Du moment que ça ne veut pas dire « dragon », Cat me convient parfaitement, répondit Katel avec indulgence.

Le dîner se déroula agréablement, si l'on oubliait la présence de Robert. Katel rencontra le père Logan, qui était le secrétaire et le chapelain de Fyvie Castle, ainsi que Duncan, le sénéchal verdier de la baronnie. Il servait également de maître d'armes aux écuyers. C'était un homme taillé dans une barrique, dont le sourire bienveillant apaisa Katel. Lachlan parlait à tort et à travers de sa partie de chasse et posait mille questions sur le mariage de son père. Darren raconta les mésaventures d'Aelig avec pudeur et circonspection pour ne pas la gêner.

— Mais pourquoi viviez-vous à Pontorson, si vous êtes une Ker Glenn ?

— Nos familles sont alliées et le seigneur de Lorges m'avait gentiment invitée, mentit un peu Aelig. J'attendais avec impatience et espoir le retour de Wandrille, et Dieu m'a exaucée.

— C'est très touchant, Lady Aelig, on dirait un roman courtois, ajouta Jamesina, avant de se taire sous le regard dur de son mari.

— La guerre n'a rien de romantique.

Dès qu'elle ouvrait la bouche, Robert trouvait le moyen de la rabrouer et Katel vint de nouveau à son secours.

— Vous avez raison, ma chère, ces enfants ont eu beaucoup de chance, car leur mariage était loin d'être gagné. Ils se sont battus avec courage pour l'emporter, et je suis très fière d'eux.

— Vous avez l'indulgence d'une mère, Lady Katel, lança Robert en ingurgitant un verre de whisky. En attendant, Sa Majesté se trouve avec un mariage en moins, même si le vôtre pèse dans la balance. Or, le roi Jacques n'aime pas être contrarié.

— J'en fais mon affaire, coupa Darren.

Il voulait se montrer rassurant, mais Robert avait semé le doute dans l'esprit de Katel.

— Pourrait-il y avoir des retombées sur vous, Darren ?

— N'ayez crainte, madame mon épouse, Robert s'emporte facilement, la fougue de la jeunesse.

Si la voix de Darren était charmeuse, son regard foudroyait son aîné.

— Je pars pour Édimbourg en fin de semaine, poursuivit-il à l'intention de son fils, accompagne-moi si ça te chante, et nous verrons ce qu'en pense notre roi.

Katel était déçue de ce départ, mais comprenait que son mari devait finir la mission commencée et rendre compte au roi de ses décisions.

— Vous serez du voyage, ma chère, le roi voudra sûrement vous rencontrer.

— Comme il vous plaira, mon ami. Je serai heureuse d'apporter mon soutien et, si cela plaît à votre roi, quelques explications.

— Dois-je me joindre à vous et présenter mes hommages à votre souverain ? demanda Wandrille spontanément.

— Non, je ne pense pas que ce soit nécessaire. Installez-vous au château, prenez vos marques. Duncan vous enseignera ce qu'il fait pour nos élevages de moutons et vous comprendrez mieux ce que je projette pour la future coopérative.

— Avec plaisir, mon oncle ! s'enthousiasma Wandrille.

À la fin du repas, Katel et les Montgomery demandèrent à se retirer, les femmes et Lachlan en firent autant. Darren demanda à Robert de rester sous prétexte de préparer l'entretien avec le roi, mais à peine la porte fut-elle fermée qu'on entendit des éclats de voix résonner dans les couloirs attenants à la salle à manger.

Katel se déshabilla, aidée d'une servante qui ne parlait que le gaélique, mais à force de gestes et de patience, elles finirent par se comprendre. La servante était souriante et attentive au besoin de sa maîtresse, et semblait anticiper ses désirs. Peu habituée à se faire dorloter ainsi, Katel paressa un peu dans l'eau chaude du baquet qu'on avait préparé à son attention, puis enfila une chemise propre, avant d'aller se sécher les cheveux devant l'âtre. Elle se jura d'apprendre la langue de sa nouvelle patrie au plus vite. Elle savait que c'était important pour son intégration à Fyvie Castle.

Elle se cala dans un fauteuil garni de coussins moelleux, ne sachant si elle devait attendre son mari ou non. Son regard fut attiré vers un métier à tisser. Toutes sortes de fils de couleur se trouvaient près du bureau. Elle aurait juré qu'il n'y était pas auparavant, elle l'aurait forcément remarqué. Une attention délicate de la part de Darren, certainement, à qui elle avait confié qu'elle aimait tisser.

Elle s'assit donc sur le petit tabouret assorti au métier et commença à installer les fils de trame sur les petites pointes. Ses doigts agiles connaissaient ce travail pour l'avoir fait des centaines de fois ; son côté répétitif ne la lassait pas. Il avait quelque chose de routinier et de rassurant. Elle ne savait pas encore quel serait le motif de son nouveau travail, mais les fils aux couleurs chatoyantes lui donnaient envie de se mettre à l'ouvrage. Et puis, sa chère Bretagne lui venant à l'esprit, elle entreprit de tisser une hermine fuyant des chasseurs dans un bois.

Une bonne heure plus tard, Darren arriva, visiblement surpris de la voir encore éveillée et à la tâche.

— Mon présent vous plaît-il ?

— Oui. Merci beaucoup, il est très beau ! dit-elle en caressant le bois du doigt. Darren, je suis désolée si ma présence irrite Robert, je ne voudrais pas être la cause d'une dispute entre vous.

L'hostilité de ce dernier la gênait beaucoup et elle ne voulait pas que Darren soit obligé de choisir entre son fils et sa nouvelle épouse, d'autant plus qu'elle n'était pas sûre de remporter l'adhésion du baron.

— Robert est un imbécile. Il me ressemble en tout point au même âge, répondit Darren en souriant, un peu las. Borné et sûr de lui. Pourtant, je sais qu'il fera un très bon seigneur pour Fyvie Castle le jour où il me succédera.

— Il a le souci des siens c'est certain, il craint que vous ayez mal choisi votre épouse. Si des bruits circulent venant de France, j'espère pouvoir lui prouver que je suis une femme honnête et digne de son respect.

Katel posa doucement les mains sur les genoux et baissa la tête pour cacher son embarras.

— Ne vous alarmez pas, Katel, cet idiot se calmera. Allons-nous coucher, voulez-vous ? Ce grand benêt m'a pris le peu d'énergie qu'il me restait, ce soir, et je n'aspire qu'à une bonne nuit de sommeil.

Ce soir-là, au lieu de lui réclamer le baiser quotidien, Darren se coucha et s'endormit presque aussitôt, laissant Katel dépitée et déçue. Elle pria pour que le père et le fils s'accordent à son sujet et que la paix revienne sur Fyvie Castle.

Les jours suivants, Darren fit le tour de ses terres et fut absent. Il avait emmené Wandrille et Robert, ainsi que Lachlan, qui persistait à appeler Katel « Lady Cat », et qui, d'ordinaire, passait ses journées dehors avec Duncan. La maison était donc exclusivement féminine durant la journée.

Ce matin-là, Morag poursuivait ses tâches de maîtresse de maison avec Emma, quand Katel entra dans les cuisines.

— Je vous présente mes excuses, Lady Katel, puisque vous êtes l'épouse de mon père, je devrais vous laisser la jouissance de cette maison.

— Nenni, ma fille, gardez donc encore un peu vos prérogatives. N'hésitez pas à me demander si vous avez besoin d'aide. Pour l'heure, je voudrais voir

Lady Jamesina pour ma première leçon de gaélique. Je vous demande à tous de l'indulgence si j'écorche votre langue.

— Je suis sûre que vous apprendrez vite le langage courant, et le reste viendra tout seul, l'encouragea Morag. Et cela fera du bien à Jamesina.

— J'ai cru comprendre qu'elle passait toutes ses journées avec le petit Darren ?

— Je suis très prise par la maison, et j'essaie de lui donner un peu de mon temps chaque jour, mais elle souffre certainement de solitude. Votre arrivée, et celle de Lady Aelig, changera sûrement tout cela.

— C'est avec joie que je lui tiendrai compagnie. Où puis-je la trouver ?

— À la nurserie.

— Évidemment, répondit en souriant Katel, qui comptait bien mettre fin à l'enfermement de la jolie rousse.

Pourquoi Robert était-il si dur avec elle ? Elle semblait pourtant douce et bienveillante, et elle était une très jolie jeune femme. Ils ne semblaient pas du tout communiquer et ce fait, plutôt dommageable, lui fit penser au début chaotique du mariage de Conan et Brune. Difficile et improbable, cette union s'était finalement muée en amour.

Comme annoncé, Katel trouva Jamesina et le petit Darren jouant avec des personnages en bois et chiffon sur un tapis, dans la nurserie.

— Bonjour à tous les deux, dit-elle gaiement en entrant dans la pièce. Aujourd'hui, Darren, tu ne m'en voudras pas, mais je te vole ta maman, elle va devenir mon professeur.

— Il vous faudrait peut-être quelqu'un de plus qualifié que moi, Robert pense que j'ai été prétentieuse de me proposer.

Jamesina prit son fils contre elle.

— Depuis quand devons-nous prendre en compte l'avis de nos maris ? plaisanta Katel, qui avait envie d'égorger son beau-fils. Vous serez parfaite, c'est plutôt moi qui ai peur de vous décevoir.

— Impossible, milady ! Si vous avez eu le courage d'épouser un Seton, vous pouvez tout faire.

Soudain Jamesina rougit violemment et regarda la porte, comme craignant que quelqu'un ait entendu.

— Ce n'est pas ce que je voulais dire…

— Et moi, je suis sûre du contraire, dit Katel avec un malicieux sourire. Ne vous inquiétez pas, je serai muette.

— Ce sera difficile de vous faire réciter vos leçons, alors, plaisanta Jamesina en laissant échapper un petit rire nerveux.

— Vous riez, à la bonne heure ! J'ai cru qu'il n'y avait que timidité derrière ces yeux verts !

— J'ai du mal à me faire ma place ici, avoua Jamesina. C'est étrange, je trouve qu'il est facile de parler avec vous. Mais je ne veux pas vous ennuyer avec mes histoires, elles ne sont pas très reluisantes.

— Allons, ma chère, venez au jardin, un peu d'air vous fera du bien, et puis, vous me servirez de guide.

La nourrice prit le petit des bras de sa mère. L'enfant

agita sa menotte en guise d'au revoir et gazouilla avec sa nourrice sans plus s'occuper d'elles.

— Fyvie Castle est magnifique, j'aime beaucoup cette demeure.

Jamesina s'enthousiasma et lui fit faire le tour de la propriété. Elle connaissait très bien chaque pièce et l'histoire du château ainsi que la généalogie des Seton. C'était une mine d'information et Katel passait un très agréable moment.

— On dit que le château a été construit par Guillaume Ier, roi d'Écosse, l'un de nos rois qui participa à la levée de fonds pour le départ de Richard Cœur de Lion à la troisième croisade.

— Alors, Jean sans Terre n'a pas dû être de ses alliés.

— Eh bien si, figurez-vous. Le fils de Guillaume a même été adoubé par le roi à Westminster ! Les enjeux politiques vont bien au-delà des soucis personnels. Deux des filles de Guillaume ont été également confiées au roi Jean pour des mariages princiers avec la couronne d'Angleterre.

— Les pauvres…, plaisanta Katel, ce qui fit rire sa compagne.

— Le château a cessé d'être bastion royal après la bataille d'Otterburn.

— Quelle est cette bataille ? demanda Katel, curieuse, qui se régalait du savoir de son jeune professeur.

— Otterburn. L'Écosse et l'Angleterre se sont battues là-bas. Et nous avons gagné. C'est assez rare pour être signalé, fit Jamesina avec une grimace comique. L'Écosse a renfloué ses caisses grâce aux rançons demandées pour les prisonniers, et le roi Richard II a renoncé aux représailles. La paix étant revenue, momentanément en tout cas, la forteresse de Fyvie n'a plus servi de garnison aux troupes royales, et les Seton en ont hérité.

— Vous êtes impressionnante, Jamesina, vous écouter est un régal ! Y a-t-il d'autres anecdotes sur la maison ?

— Des histoires de fantômes et de magie, bien sûr. On est en Écosse, milady, tous les châteaux ont leur compte de mythes et légendes.

— Les lieux ont-ils besoin d'exorcisme ? s'inquiéta Katel, qui avait en horreur les histoires d'esprits.

— Mais non, voyons ! On y dort très bien, c'est que la maison est saine. Laissez tout cela, ce ne sont que des histoires à dormir debout pour faire frissonner les idiots, l'hiver, au coin du feu. Elles parlent de fantômes revenus des croisades, de belles épousées mortes sans amour…

Jamesina inspira profondément et secoua la tête, un peu triste.

Enfin, elles s'arrêtèrent au jardin et prirent place sur un banc de pierre, au soleil.

— Je sais plein de choses sur Fyvie Castle, maintenant, mais j'aimerais en connaître davantage sur vous.

Aussitôt, Jamesina détourna la tête.

— Vous semblez malheureuse, Jamesina. Que puis-je faire pour vous ?

La détresse de la jeune femme était palpable et Katel pensa même un instant qu'elle allait fondre en larmes.

— C'est si grave que cela ? demanda-t-elle pour l'encourager à la confidence.

Les épaules de la jeune femme s'affaissèrent.

— Mon mariage est un échec.

— J'ai cru comprendre, en effet, que Robert est un homme difficile.

— Oh non, ce n'est pas sa faute, le pauvre !

Le pauvre ? Katel aurait volontiers donné un tas de qualificatifs à son beau-fils, mais certainement pas « le pauvre » !

— Il a été pris au piège par mes parents qui voulaient me voir faire un beau mariage. Nous sommes de condition inférieure, ma famille appartient à la haute bourgeoisie d'Édimbourg, et ma dot était conséquente. Mon père a toujours souhaité que j'épouse un noble. Il me l'a répété tous les jours durant mon enfance, mais moi je voulais juste être épousée pour moi-même.

— Ça n'a rien de déraisonnable, Jamesina, tout le monde cherche le bonheur.

Katel l'encouragea d'un petit signe de tête et Jamesina se livra totalement.

— Mes parents ont été invités à la cour, il y a deux ans, et j'étais du voyage. Ils étaient très fiers et horriblement pressants, me disant que c'était une occasion inespérée, que je devais absolument revenir avec une promesse de mariage et que, pour cela, je devais aller jusqu'à séduire un homme au besoin. J'étais choquée et révoltée à cette idée. Furieuse, je suis sortie de la suite de mes parents et j'ai littéralement percuté Robert. Mon père m'a suivie pour me sermonner et m'a découverte dans les bras de Robbie, qui m'avait juste rattrapée, pour m'éviter une chute humiliante. Mes parents se sont alors mis en tête que c'était lui que je devais épouser. C'est vrai que, pour eux, Robbie représentait le gendre idéal, héritier d'une baronnie prospère… Ils sont allés jusqu'à payer le chambellan pour que je sois placée à la droite de Robert pendant le banquet. Mon Dieu, que c'était humiliant ! Pourtant, le repas a été très agréable. Robert s'est montré charmant et très attentionné.

Elle fit une pause, comme si ce souvenir l'envahissait tout entière, puis elle reprit son récit :

— Ce soir-là, nous avons même dansé ensemble et puis, les dames ont été conviées à un jeu, dans les appartements de la reine. À la fin de la soirée, ma mère est venue me chercher. Une fois que j'ai été prête pour aller me coucher, elle m'a annoncé que la reine m'avait invitée à partager sa nuit avec plusieurs suivantes, comme cela se fait parfois. Seuls ses familiers ont cet honneur et, moi, je n'ai rien vu venir… Mes parents m'ont accompagnée jusqu'à l'aile où se trouvaient les appartements de la reine ; ensuite, je ne me souviens plus de rien. À mon réveil, j'étais dans un lit, Robert couché près de moi. J'avais mal à la tête et je ne comprenais pas. Mon père est alors entré dans la pièce, accompagné de courtisans de haut rang, et a forcé Robert à réparer mon honneur souillé. J'avais beau lui dire que je ne savais pas pourquoi j'étais là, Robert me foudroyait du regard et les autres riaient comme si ça pouvait être amusant de détruire deux vies. Nous nous sommes mariés le jour même. Mes parents jubilaient, Robert était furieux, il m'a saisie par le bras et puis… Il a été odieux. Il m'a reproché ce subterfuge, refusant d'écouter mes explications. J'avais beau essayer, il n'a rien voulu savoir.

— Mais Darren est né depuis.

— La nuit, il est différent, poursuivit-elle en rougissant et en se tordant les mains. C'est le seul moment où il est doux et où nous nous entendons. Darren est peut-être la seule chose que j'ai faite depuis notre rencontre qui trouve grâce à ses yeux. Robert a été très absent après notre mariage, il faisait encore partie de la garde écossaise en France, à ce moment-là. J'ai passé ma grossesse seule ici et mon fils est venu au monde dans cette maison. Robert n'est rentré que depuis deux mois, et je trouve chaque jour pire que le précédent.

— C'est pour ça que vous passez tout votre temps à la nurserie ?

— Là, au moins, je ne dérange personne.

— Il est bien triste d'entendre parler une jeune personne comme vous avec autant de résignation. N'abandonnez pas, Jamesina, vous avez aussi le droit d'être heureuse. Vous n'êtes plus seule, à présent, vous avez deux alliées de taille !

Jamesina sourit, et elles commencèrent la leçon avec des phrases simples et des mots du quotidien.

À la fin de la journée, Katel maîtrisait une vingtaine de mots et était fière de ce premier succès.

— *Dia duit, fàilte caisleàn*. Bonjour et bienvenue au château, dit-elle avec quelque hésitation à son mari, à son retour d'expédition.

— Eh bien, ma chère, vous vous débrouillez très bien pour une première, la félicita Darren.

— C'est grâce à Jamesina, c'est une perle. Votre épouse est érudite, sire Robert, et connaît de nombreuses choses sur ce château et les Seton. J'ai un professeur d'exception !

— Il est vrai que ses parents ont veillé à son éducation.

Ce n'était pas vraiment un compliment, mais les joues de Jamesina rosirent joliment.

— J'essaie de vous faire honneur, répondit-elle timidement. Je vais aller voir Darren, à présent.

Et voilà qu'elle fuit à nouveau ! pensa Katel, désolée pour sa nouvelle amie.

— Vous êtes un homme comblé par la vie, Robert, votre épouse est une très belle personne et une très belle âme. Il est rare de voir tant de générosité et de courage chez une si jeune femme.

— De courage ? On dirait qu'elle doit affronter l'armée d'Angleterre à elle seule ! fit Robert, sarcastique, tout en suivant son épouse du regard.

Dans ce regard, Katel vit de la passion et un vif intérêt derrière de la colère.

— Non, pas l'armée d'Angleterre, juste un mur de brique écossais…

— Mon mariage ne vous regarde en rien, répliqua Robert avant de se fermer comme une huître.

— En effet, si vous voulez être malheureux, tant pis pour vous. Mais voir votre épouse prostrée au point qu'elle se cache toute la journée dans une nurserie me touche. Vous êtes aussi buté et dur que mon fils et, croyez-moi, ça n'est pas un compliment ! s'emporta Katel, qui n'aimait pas l'injustice. Vous ne vous êtes jamais demandé si ce n'était pas elle la victime, dans tout ça ? Non, bien sûr, vous êtes trop occupé à lécher vos plaies !

— Et vous ne dites rien ? pesta Robert, en regardant son père dont les yeux ne la quittaient pas.

— Oh non, j'aime trop la regarder faire des étincelles, répondit Darren en éclatant de rire. En outre, elle n'a pas tout à fait tort. Ta femme est très bien. Tu aurais pu tomber sur bien pire, étant donné les circonstances de ton mariage.

Robert grogna en gaélique et les planta là.

— Je suis désolée, Darren, j'ai outrepassé la bienséance. Mais je suis si triste pour Jamesina !

— Le temps est leur meilleur atout, ils arriveront à s'entendre, j'en suis sûr. Robert est parfois dur, mais c'est un homme honnête, il saura reconnaître les mérites de Jamesina.

— Oui, mais pour cela il faudrait déjà qu'ils s'adressent la parole.

Darren s'adossa au fauteuil et, jouant avec sa coupe de vin dans ses mains, la fixa avec une lueur amusée dans le regard.

— À peine arrivée en Écosse et vous voulez révolutionner le monde ?

— Pas le révolutionner, mais apporter ma modeste contribution au bonheur de votre famille.

— Et au vôtre, Katel, y avez-vous pensé ?

En avait-elle seulement le droit ? Elle avait déjà

obtenu le bonheur de Conan et celui d'Aelig, n'était-ce pas suffisant ?

— Mes enfants sont heureux, alors, je suis heureuse aussi, expliqua-t-elle en essayant d'être convaincante.

— Vous êtes une bonne mère, une châtelaine attentive, une belle-mère attentionnée.

— Mais pas une bonne épouse, je suis désolée, mais je ne peux pas.

— Pourquoi ?

— N'en demandez pas plus, je vous en prie.

Elle baissait la tête et se dérobait à son regard. Darren lui releva doucement le menton.

— Je ne vous laisserai pas vous enterrer, Katel. Vous devrez apprendre à me faire confiance et à me confier votre vie et votre cœur.

— Je ne peux pas, Darren, je suis désolée, répéta-t-elle, émue, puis elle quitta la pièce pour trouver refuge à la chapelle.

Une petite voix amère lui chuchota alors que, si une certaine rousse se cachait dans une nurserie, une autre femme courait chercher asile dans un lieu saint.

Chapitre 8

La semaine passa et Darren se fit distant : plus de baisers, plus de complicité. Une courtoisie froide et polie qui rendait Katel un peu triste, même si elle comprenait l'amertume de son mari. Elle essayait de correspondre à ce qu'il attendait d'elle et prenait soin de sa toilette et du rang qu'elle devait tenir. Elle prépara longuement sa malle pour partir à la cour et embrassa Aelig et Wandrille au moment du départ.

Jamesina arriva avec son fils et Morag. Elle respirait le bonheur et Katel, surprise, vit un sourire illuminer le visage de Robert quand apparurent sa femme et son fils. Il prit son petit garçon dans les bras et le somma de ne pas faire tourner sa mère en bourrique.

— Essayez de la sortir de la nurserie, Lady Aelig. Votre mère a déjà réussi cet exploit cette semaine, il serait dommage que son absence lui fasse reprendre ses mauvaises habitudes.

En disant cela, il n'avait pas quitté des yeux son épouse, qui soutenait son regard, tout en virant au rouge cerise. Celle-ci regarda Katel et murmura un « merci ». Apparemment, les époux avaient vidé leurs sacs et il s'était ensuivi plus qu'une trêve, à les regarder se dévorer du regard. Katel en fut satisfaite et heureuse pour les deux jeunes gens.

— N'ayez crainte, sire Robert, je veillerai à ce que Jamesina et Morag puissent profiter de…

Aelig s'arrêta et, sans que rien ne le laisse présager, elle s'évanouit. Wandrille la rattrapa de justesse et la garda contre lui, inquiet.

— Elle était fatiguée, ce matin, mais elle a voulu venir vous dire en revoir. Mon Dieu, Aelig, reprends tes esprits, je t'en prie !

Aelig ouvrit les yeux ; elle était toujours très pâle.

— A-t-elle mangé ce matin ? demanda Katel en lui passant sur le visage un mouchoir humide que lui avait apporté une servante.

— Ce n'est rien, mère, je me sens mieux, à présent.

— Rentrons, et faisons venir une matrone, ordonna Katel à Wandrille, qui fit rapidement remonter Aelig dans leur chambre.

La matrone, aidée de Jamesina, dévêtit Aelig qui souriait avec un air plein de douceur.

— Tu te sens bien, ma chérie ?

— Oui, je crois savoir pourquoi j'ai eu ce malaise. Avec le voyage, je n'ai pas fait attention, mais je pense que je suis enceinte.

— Déjà ! s'exclama Katel, attendrie. Oh Aelig, si c'est cela, c'est merveilleux, j'ai eu si peur quand tu es tombée !

— Nous veillerons sur elle, promit Jamesina. Partez tranquille.

— Laissez Wandrille entrer, les pria Aelig, il doit être aux cent coups.

La matrone ouvrit la porte et laissa Wandrille venir près d'Aelig.

— Tu vas bien ? s'inquiéta-t-il en lui prenant la main.

— Oui, rassure-toi, c'est juste un petit malaise. J'en aurai d'autres au cours des prochains mois.

— Pourquoi ? Elle est malade ? demanda-t-il à Katel en fronçant les sourcils.

— Non, Wandrille, rassurez-vous. Eh bien, ma chérie, annonce-lui la bonne nouvelle, avant qu'il ne perde patience.

— Je crois que je suis enceinte.

Wandrille accueillit cette annonce avec un temps d'arrêt, puis explosa de joie. Il serra Aelig dans ses bras et l'embrassa avec passion.

— Merci, ma chérie, je ne sais pas quoi dire.

— On en sera vraiment sûr le mois prochain, mais je crois bien que c'est ça, commenta Aelig dans un léger rire, heureuse de partager ce petit miracle de la vie avec son mari.

Katel redescendit pour rassurer tout le monde, entrant dans la grande salle comme un tourbillon. Elle souriait, très heureuse.

— Tout va bien, dit-elle pour rassurer Darren, qui la fixait, l'air inquiet. Aelig et Wandrille vont avoir un enfant. Votre matrone nous le certifiera dans un mois, mais j'ai bon espoir que cette merveilleuse nouvelle soit juste.

— Pouvons-nous partir pour Édimbourg ou voulez-vous rester pour prendre soin d'Aelig ? Je comprendrais fort bien que vous préfériez rester à ses côtés.

— Ma place est auprès de vous, Darren, et comme il va vous falloir expliquer ce coup de théâtre à votre roi, une alliée sera peut-être la bienvenue.

— Vous êtes toujours la bienvenue.

La voix du baron était chaude et grave, et Katel s'humecta les lèvres, comprenant très bien ce que voulait dire son mari : la porte de sa vie et de son lit lui était ouverte, libre à elle de s'y jeter.

Édimbourg était une fourmilière grouillante de mille personnes, où rues étroites et larges places se succédaient. Katel regardait avec curiosité les étalages débordants de marchandises en tout genre. Le château d'Édimbourg était perché sur un rocher abrupt ; une seule route pentue et peu large y donnait accès. Ils arrivèrent bientôt devant un immense portail contrôlé par de nombreux soldats. Les étendards royaux claquaient au vent et les soldats cuirassés régulaient les entrées et sorties avec rigueur.

— Votre roi craint-il des invités indésirables ? Ce château semble une forteresse.

— Le roi a subi plusieurs tentatives d'assassinat que sa garde personnelle a su déjouer, il est un peu susceptible depuis.

— Des attentats ? Par qui ?

— L'Angleterre probablement. Rien n'a été prouvé, mais la couronne britannique aurait tout à y gagner. Il est aussi possible que certains clans se soient alliés avec la couronne d'Angleterre en vue de renverser notre roi.

— Quand vous voulez trouver le coupable dans une histoire, milady, demandez-vous qui aurait le plus à y gagner, ajouta Robert, dont le cheval piaffait en montant les premières marches qui conduisaient à la cour intérieure.

Ils furent conduits dans un salon avant que des serviteurs leur indiquent leurs quartiers.

— Il y a de nombreux invités aujourd'hui, milord. Tous les clans concernés par les alliances sont là, aussi devrez-vous partager votre suite avec votre fils.

— Je peux habiter le logis des gardes, si cela gêne votre épouse.

— Nenni, Robert, répondit Katel. Après l'incendie de Ker Glenn, j'ai partagé une chambre avec une vingtaine de serviteurs et de pauvres hères qui avaient tout perdu, alors, croyez-moi sur parole, votre présence ne me gênera pas ! Sauf si vous ronflez atrocement, auquel cas ne soyez pas surpris de recevoir un coussin en pleine figure au milieu de la nuit, ajouta-t-elle en riant.

Robert et Darren se joignirent à son hilarité et Katel fut heureuse de voir son beau-fils plus détendu.

— Je croyais que Gilbert de Montpensier s'était montré clément envers Ker Glenn, puisque vous étiez devenus… amis, hasarda Robert.

Katel se tourna vers son mari pour qu'il intervienne, et coupe court aux questions gênantes de Robert, mais au lieu de cela, il resta à attendre qu'elle parle.

— La guerre n'apporte que désillusions et souffrances, Robert, certes pas des amis.

Pour son plus grand soulagement, une servante vint lui prendre sa cape de laine, et elle la suivit à travers les couloirs du château jusqu'à la suite qui leur était dévolue. La chambre était grande ; un lit à baldaquin trônait à proximité d'une cheminée, un renfoncement accueillait une armoire de belle taille et un lit plus modeste.

— Le chambellan vous enverra chercher pour l'audience avec les représentants des clans, leur indiqua un serviteur, avant de s'incliner respectueusement.

La servante se proposa pour aider Katel à ôter ses habits de voyage et lui faire revêtir une robe de cour.

— Nous allons saluer des amis, Katel, aussi prenez votre temps l'avertit Darren. Nous reviendrons pour l'audience, dans deux heures environ.

Derrière un paravent, elle se laissa délester de sa robe confortable et glissa dans un carcan chatoyant de velours bleu roi. La robe était superbe et un peu plus décolletée que celles qu'elle portait d'ordinaire. Par réflexe, elle se couvrit la gorge de la main et la servante sourit.

— Sa Majesté aime les femmes aux gorges garnies, ne rehaussez pas votre robe, si vous êtes venue demander une faveur, lui chuchota-t-elle à l'oreille.

Katel haussa les sourcils devant l'aplomb de son interlocutrice.

— Vous êtes très jolie, milady, laissez-moi faire pour la coiffure, voulez-vous ?

— Votre roi est-il sensible au charme à ce point ?

— Oui, milady, comme beaucoup d'hommes.

— Alors, faites en sorte que je retienne son attention, si j'en suis capable, mes vingt ans sont loin derrière moi.

— Oh sûrement, milady, sa dernière maîtresse avait environ votre âge. Notre roi préfère les femmes d'expérience.

— Pouvez-vous faire quelque chose pour mes cheveux ? s'enquit Katel, jouant le tout pour le tout.

— J'espérais que vous me le demanderiez, répondit la servante en battant des mains. Je vous laisse un instant, le temps d'aller chercher du brou de noix et du vinaigre.

Katel se laissa faire avec plaisir. Il y avait longtemps qu'elle n'avait pas pris soin d'elle et qu'elle ne s'était pas sentie coquette. Elle avait beau se dire que c'était pour aider Darren à convaincre le roi, au fond d'elle, elle était ravie de se prêter à ce jeu.

Elle devait être à la hauteur de cette représentation, afin de conserver intact le bonheur naissant d'Aelig et Wandrille. Ses cheveux avaient été lavés, teints et séchés et, à présent, la servante les massait avec une huile vinaigrée qui les faisait briller, et lissait doucement les mèches rebelles. Une fois secs, ils furent coiffés en un chignon élégant qui habillait sa nuque gracile. La servante poussa l'exercice en appliquant un peu de noir pour étoffer ses longs cils bruns, ce qui donna encore plus de profondeur au regard de Katel.

— Il ne manque plus que la coiffe, conclut la servante en ajustant l'ornement. Qu'en pensez-vous ?

Elle lui présenta un miroir, et Katel sourit en voyant son reflet.

Elle semblait plus jeune, maintenant que ses mèches poivre et sel avaient disparu ; une jolie lumière dorée illuminait sa chevelure, et le bleu de la coiffe rehaussait ses pommettes hautes et lui donnait beaucoup d'assurance. Elle espérait que Darren la trouverait jolie, lui aussi.

À quoi cela servirait-il, puisque tu te refuses à lui ? siffla une petite voix dérangeante.

Au même moment, la porte s'ouvrit, et Darren entra, suivi de Robert. Il s'arrêta en rencontrant le regard de Katel. Il la détailla de la tête aux pieds et, au lieu de la féliciter, il fronça les sourcils et croisa ses bras puissants sur son large torse, attendant visiblement une explication.

— Vous êtes ravissante, milady, dit Robert, admiratif. Père sera fier de vous présenter au roi et au reste du clan. Notre laird est là, nous lui avons déjà expliqué la situation, il a hâte de vous rencontrer. N'est-ce pas, père ?

Katel gardait les yeux rivés sur ceux de Darren, qui semblait très contrarié.

— Je pensais bien faire, milord, mais si ma tenue ne vous convient pas, je vais me changer.

— Vous plaisantez ? Vous êtes superbe ! Dites-lui, père.

— Je vous préférais avant. Personne ne vous a demandé de vous transformer… en courtisane, lâcha enfin Darren en faisant un geste de la main.

— Nous n'avons pas le temps, père, l'audience va commencer. La délégation française est déjà arrivée.

— Une délégation française ?

— Oui, mon cousin Andrew Seton m'a dit les avoir vus, mais comme il n'a jamais mis les pieds en France, il ne sait pas quels hommes votre roi a dépêchés, expliqua Robbie.

— Allons-y ! grogna Darren en passant devant.

Robert resta en arrière et offrit son bras à Katel.

— Je suis désolée, milady, je ne comprends pas son attitude.

— Ne vous excusez pas, Robert, une fois l'audience terminée, je mettrai quelque chose de plus chaste, et nous n'en parlerons plus.

Elle était blessée, mais aurait préféré se faire couper un bras plutôt que de l'avouer. Elle avait attendu la réaction de son mari avec impatience, espérant le voir sourire ou découvrir cette petite étincelle qu'il avait parfois dans le regard. Quel gâchis ! Au lieu de cela, elle avait suscité sa colère. Elle essaya de chasser sa déception en se concentrant sur l'audience à venir. Elle devait obtenir la bénédiction du roi et se rappela les conseils de la servante. Il lui faudrait donc se montrer charmante et séduisante avec le roi.

Arpentant le corridor au bras de son beau-fils, elle fit soudain une bien mauvaise rencontre. Elle crut d'abord à un mauvais rêve sorti du passé, et son cœur manqua de s'arrêter de battre. Charles de Montpensier discutait avec un homme long et maigre, aux cheveux blonds et hirsutes. L'espace d'un instant, elle fut transportée des années en arrière, à la fin de la guerre, le jour du saccage de Ker Glenn.

Comme il ressemble à son père ! pensa-t-elle, médusée, en cherchant son souffle.

— Vous vous sentez bien, milady ?

Katel était tétanisée, et ses yeux hagards et terrifiés fixaient le jeune homme. Robert suivit son regard et fronça les sourcils.

— Benedict Cunningham…, cracha-t-il d'un air dégoûté.

— On peut savoir pourquoi vous traînez ? s'agaça Darren, en revenant vers eux.

Ses yeux se posèrent sur sa femme et son fils, puis sur l'objet de leur curiosité. Il maugréa en reconnaissant son ennemi juré.

— On s'attendait à ce que cette charogne soit présente, non ? dit-il.

Puis il observa Katel et vit la frayeur dans ses yeux. Ses traits étaient crispés et elle retenait sa respiration. Ce n'était sûrement pas Cunningham qui la mettait dans cet état, elle ne le connaissait pas. Alors, il reporta son attention sur le jeune homme richement vêtu qui l'accompagnait. Il était très séduisant, mais semblait arrogant et, vu la façon dont il conversait avec Cunningham, tous deux semblaient être tombés d'accord sur quelques faits.

— Qui est-ce ? demanda Darren en regardant Katel.

— Charles de Montpensier, répondit-elle d'une voix blanche.

— Un rapport avec Gilbert de…

— C'est son fils, le coupa Katel en reprenant sa marche, le dos raide. Ne traînons pas, le roi nous attend.

— Katel, vous devriez…

— Je n'ai pas envie de discourir sur le sujet, Darren, il me semble avoir été claire là-dessus ! reprit Katel en perdant son calme.

Il la rattrapa et la saisit par le bras, l'emmenant à l'écart et loin des regards curieux.

— Je vous interdis de me parler sur ce ton !

Il fulminait et Robert fronçait les sourcils ; il pensait manifestement, lui aussi, que Katel était allée trop loin.

— Je suis désolée, je veux juste qu'on s'en aille, s'il vous plaît, bredouilla-t-elle, au bord des larmes.

Darren enrageait de ne pas comprendre ce qui se passait sous ses yeux. Katel se refermait dès qu'on prononçait le nom des Montpensier et, à présent, juste après lui avoir tenu tête avec agressivité, voilà qu'elle était prête à fondre en larmes.

— Darren, je vous en supplie !

Il trouva cette supplique dissonante. Katel était une femme fière et maîtresse d'elle-même — certains auraient même pu la qualifier de froide. Mais, derrière cette façade lisse et courtoise se cachait une femme terrifiée.

— Il ne pourra rien faire à Aelig, le clan la protégera, ne vous en faites pas.

— Aelig ? Oui, bien sûr !

Darren avait perçu une hésitation dans sa réponse, et il était sûr d'une chose à présent : elle craignait pour elle-même et non pour sa fille. Qu'est-ce que Montpensier pouvait faire ou savoir pour la mettre dans cet état ?

— Pouvons-nous partir ? reprit-elle tout en remettant de l'ordre dans sa tenue.

— Je suis là pour vous, Katel, dit Darren en lui prenant la main.

— Je sais, répondit Katel en jetant un dernier regard craintif au fils de son violeur. Je suis désolée d'avoir haussé le ton. Ce n'était pas contre vous.

Elle inspira, un sanglot dans la voix, et essaya de sourire à son mari.

— Ne soyons pas en retard, ça ne ferait pas bonne impression.

Elle avait le cœur qui battait la chamade, et une violente nausée lui tordait l'estomac. Revoir les traits de Gilbert sur le visage de Charles était déstabilisant. Elle avait beau se raisonner, elle ne voyait que le monstre qui avait tenté de se débarrasser d'Aelig à deux reprises et le fils de son bourreau.

— Je vous prie de me pardonner, je manque de courage, semble-t-il, dit-elle, incapable de mettre un pied devant l'autre.

— Non, ma chère, vous manquez de certaines choses, mais certes pas de courage. Allons, mon épouse, que vos yeux brillants soient au moins le reflet de toute autre chose, si nous voulons convaincre le roi du bien-fondé de notre mariage !

Sans plus attendre, il se saisit d'elle et l'embrassa doucement, jusqu'à ce qu'elle s'abandonne contre lui. Ce baiser doux et fort à la fois la fit chavirer tout autrement. Dieu qu'il était délicieux d'être dans des bras forts, qui semblaient vous emporter loin du monde !

— Bien, conclut-il, visiblement satisfait de sa reddition, maintenant, les courtisans auront de quoi jaser jusqu'au dîner…

De fait, autour d'eux, des messes basses s'échangeaient déjà.

Une nuée de courtisans semblant sortir de nulle part venait les entourer. Katel observa les tartans chamarrés des différents clans ; chacun portait ses couleurs avec fierté et, aux jeux des regards, on devinait aisément quels clans étaient alliés ou ennemis.

Le chambellan appela les clans les uns après les autres.

— Barclay, Montgomery, Seton, Anderson, Brodie, Cunningham.

Au nom des Seton, des hommes de haute stature les entourèrent aussitôt ; à leur tête, un bel homme aux yeux perçants détailla Katel en souriant.

— Je comprends mieux pourquoi Darren est revenu bredouille. Ma Sarah se morfond sans fiancé, mais j'excuse ce méfait par le charme que me procure votre rencontre, milady.

— Katel, je vous présente notre laird, le comte Georges Seton, annonça Darren avec respect.

Katel plongea dans une gracieuse révérence et inclina humblement la tête. Le laird paraissait de la même trempe que Darren et Robert, mais en plus policé, habitué qu'il était à la cour et aux mondanités. Il devait être très proche en âge de son frère, car il lui aurait été impossible de dire lequel des deux était le plus vieux.

— Soyez la bienvenue en Écosse, ma chère.

— *Go raibh maith*, répondit-elle. Merci pour votre accueil et votre indulgence, monseigneur.

— Vous préviendrez quand même ce chenapan de Montgomery : qu'il ne traîne pas trop ses guêtres du côté des Seton, et que les Montgomery récupèrent leur déserteur, railla le comte.

Katel sourit devant la malice qui animait le regard de son beau-frère.

— Avec votre permission, je les garderai encore un peu à Fyvie Castle. Je viens tout juste de retrouver ma fille, et j'espère pouvoir en profiter un peu, avant de la voir disparaître au milieu d'une nuée de Montgomery.

— Ta femme me plaît, Darren. Il faudra venir nous voir à Seton Castle, ma chère, reprit-il amicalement.

— Mais c'est *ma* femme, souligna Darren en souriant à son frère.

— Allons, belle dame, venez que je vous présente au roi, conclut le laird en lui offrant son bras.

Kate haussa les sourcils, surprise, et consulta Darren du regard pour savoir ce qu'elle devait faire.

— Vous serez présentée au roi et à la cour par notre laird, mais ne vous inquiétez pas, je suis juste derrière vous !

— J'ai toujours rendu les oiselles nerveuses, se moqua George Seton en riant.

Touchée par la gentillesse et le charme dont il faisait preuve, Katel se laissa guider dans la salle du trône, sentant derrière elle la présence rassurante de son mari.

Une autre surprise les attendait : le duc de la Trémoille était également présent au conseil royal et il adressa un signe de tête à Katel, qui lui répondit par un sourire. *Voici donc la délégation française*, songea Katel, qui regretta vivement que le duc ne soit pas venu seul. Mais le roi mettait sûrement son cousin à l'épreuve en l'envoyant, surveillé par le duc, sur de nombreuses affaires diplomatiques.

Enfin, le roi Jacques IV arriva, traversant la foule de courtisans, entouré de sa garde personnelle. Robert n'avait pas menti, le dispositif de sécurité autour du monarque était conséquent. Chaque fois que quelqu'un s'approchait, le rang des soldats se resserrait pour faire obstacle à l'intrus.

Le chambellan introduisit les chefs de clan les uns après les autres. Ils s'avançaient alors avec les prétendants et les fiancées, afin de les présenter au roi.

Le comte Seton fut le premier à s'exprimer.

— Notre grand ami le roi de France a convenu à une alliance peu commune, afin de délier Wandrille de Montgomery de son engagement auprès de ma fille, Lady Sarah Seton.

— Votre épouse n'y trouve-t-elle rien à dire, Seton ? plaisanta le roi en regardant Katel avec attention.

La foule rit de cette plaisanterie, et Georges sourit également.

— Ce n'est pas moi l'heureux élu, Votre Majesté, mais mon frère, Darren Seton.

À son nom, Darren s'avança et salua le roi avec respect.

— Vous voilà donc remarié, baron. Et pour quelle raison, je vous prie ?

— Lors de mon arrivée à Pontorson, j'ai appris que Wandrille de Montgomery et Aelig de Bourbon avaient déjà échangé leurs vœux, Votre Majesté.

— Aelig de Bourbon ? Une nièce ou une petite-cousine de Louis ?

— En quelque sorte, Votre Majesté, son père est le comte Gilbert de Montpensier, cousin du roi.

— Alors, Charles, pourquoi ne m'avoir pas dit qu'il s'agissait de votre sœur ? demanda le roi à Charles de Montpensier, qui se tenait près du duc de la Trémoille.

— Car sa naissance est illégitime, c'est une bâtarde de mon père. Encore une…

La foule s'agita, curieuse, et Katel sentit son cœur se serrer.

— Les Français et les femmes…, marmonna le roi, en levant les yeux au ciel. Et qui donc nous présentez-vous, Seton ?

— La mère de la bâtarde, fit Katel haut et fort, foudroyant Charles de Montpensier du regard.

Le roi en resta interdit, et la foule s'enflamma devant cette réponse aussi courte que percutante.

— Je vous présente mon épouse, Votre Majesté, Lady Katel Seton, autrefois connue sous le nom Katel de Ker Glenn.

— Ker Glenn ? demanda le monarque, perplexe,

en étudiant Katel de pied en cap. Ce nom ne sonne pas très français, baron.

— Mon épouse est bretonne, Votre Majesté.

— Très intéressant, reprit le roi en se levant pour tourner autour de Katel. Si ma mémoire est bonne, la France et la Bretagne ont eu quelques mots…

— En effet, Votre Majesté, mais nous aspirons tous à la paix, à présent, répondit Katel, un peu gênée d'être ainsi passée en revue devant toute la cour.

— Il semble que vous ayez conclu une sorte de trêve avec le prince de Montpensier, commenta le roi en souriant, pensant sans doute faire de l'esprit.

Katel ne répondit pas et ce fut le duc de la Trémoille qui vint à sa rescousse.

— Les Montgomery et les Ker Glenn sont un exemple à suivre en termes d'alliance : deux mariages assurent la paix à chaque partie. Ils ont su intelligemment mettre leur rancœur de côté, afin d'offrir un avenir prospère à deux comtés.

— Ce qui est fort louable, en effet. Ainsi, la mère s'offre pour la fille, conclut le roi en laissant ses yeux glisser sur elle. Eh bien, baron, puisque Louis vous a donné sa bénédiction, je ne vais pas jouer le trouble-fête. Soyez la bienvenue en Écosse, ma chère, ajouta-t-il galamment en lui faisant un baisemain.

Il allait s'asseoir à nouveau, mais s'arrêta en chemin et se tourna vers Katel, la gratifiant d'un autre sourire.

— Veuillez céder au caprice de votre roi, baron, et veillez à ce que votre épouse soit des nôtres au dîner de ce soir.

Une fois de plus, la foule s'enflamma, et les commentaires allèrent bon train.

— Vous croyez qu'elle sera admise dans la suite de la reine ?

— Elle est du goût du roi, c'est sûr !

Le roi leva la main, le chambellan frappa trois fois sur le sol, et le silence revint.

— Soyez assurée de notre amitié, milady.

— C'est un honneur de servir Votre Majesté, fit Katel en plongeant dans une gracieuse révérence.

Une fois l'audience terminée, et pour éviter de croiser Charles de Montpensier, Katel demanda à Darren de la raccompagner dans leurs appartements. Celui-ci était sombre et visiblement contrarié. Il marchait vite et la tenait par le bras, si bien que Katel était obligée d'allonger le pas pour suivre.

— Pourriez-vous m'expliquer la raison de votre colère ? pesta-t-elle en refermant la porte derrière eux.

— Il faut vraiment que je vous fasse un dessin ?

— Que devais-je faire, refuser l'invitation du roi ?

— Vous auriez pu commencer par ne pas mettre cette… robe, jeta-t-il avec un geste furieux.

— C'est une robe de cour comme en portent nombre de dames ! Que lui reprochez-vous ? C'est vous qui avez choisi mes toilettes, il me semble. Une fois je suis trop habillée, et maintenant pas assez ?

— Katel, baissez d'un ton sinon…

— Sinon quoi ? J'ai passé l'âge de me faire réprimander comme une gamine ! J'ai fait ce qu'il fallait pour que le roi me remarque. La servante a dit qu'il aimait les femmes aux gorges attrayantes, alors j'ai pensé…

— Que de vous déguiser en catin était la solution ?

Katel resta bouche bée quelques secondes. L'insulte la blessa, mais ce fut sur autre chose qu'elle s'arrêta.

— Vous êtes jaloux ! souffla-t-elle, en écarquillant les yeux. Vous êtes jaloux du roi ?

— Le roi aime les femmes de votre âge, ce n'est un secret pour personne, bougonna Darren en croisant les bras.

Loin de se fâcher, Katel s'approcha et le fixa dans les yeux avec intensité.

— Darren Seton, vous ai-je déjà donné des raisons de craindre que je puisse me comporter sans morale ? Vous ai-je déjà donné des raisons de croire que je puisse fouler aux pieds les serments que j'ai prononcés devant Dieu ?

— Les fouler aux pieds non, mais les manquer par omission…

— C'est un coup bas ! protesta-t-elle, furieuse. Vous savez que je n'ai pas sciemment voulu vous tromper.

— Même pour Aelig ?

Tout en demandant cela, il s'était approché et la saisit par les épaules, la forçant à affronter son regard.

— Même pour Aelig, je vous le jure. Je pensais vraiment que nous nous étions mis d'accord. Je n'aurais pas été parjure. Où allons-nous, Darren ? demanda-t-elle, lasse et triste, en penchant la tête.

— Droit dans le mur !

Il passa une main nerveuse sur son visage hâlé.

— Voulez-vous que je me change pour le dîner ? s'enquit-elle en espérant le calmer un peu.

Il la reprit par le poignet et riva son regard furieux au sien.

— Non, le roi ne comprendrait pas qu'on lui retire sa nouvelle attraction.

Il la lâcha et Katel reçut le coup en plein cœur.

— Ne soyez pas fâché contre moi, je vous en prie, souffla-t-elle, malheureuse.

— Je vais prendre l'air, j'ai du mal à réfléchir avec ça sous le nez, fit-il en montrant son décolleté.

— Vous n'êtes qu'une mule écossaise, Darren Seton ! hurla-t-elle, vexée et furieuse.

La porte s'ouvrit à cet instant sur Robert, qui les surprit face à face, rouges de colère et prêts à en découdre.

— Que se passe-t-il ?

— Rien qui mérite qu'on s'y attarde, Robert, croyez-moi ! rétorqua Katel pour éviter des questions.

Grognant comme un ours, Darren sortit et claqua la porte.

Comme Katel se triturait les mains et faisait les cent pas dans la chambre, Robert préféra se retirer dans l'alcôve et tira le rideau pour laisser sa belle-mère à ses sombres pensées. Il l'entendait pester en breton et souriait intérieurement. Les épouses de son père, y compris sa propre mère, avaient été des femmes fragiles et plutôt discrètes, voire effacées. Il avait beau chercher dans sa mémoire, il ne se rappelait aucun esclandre de ce type.

Dans la soirée, un page vint chercher Katel pour la conduire au banquet. Darren n'était toujours pas revenu et elle pensait le revoir malgré tout au dîner. Elle espérait que sa mauvaise humeur aurait disparu et qu'il aurait compris sa démarche de charme auprès du roi.

Robert se montra courtois et l'accompagna dans un vestibule où tous les invités étaient fouillés par des soldats pour les hommes et par deux matrones pour les femmes. Les tentatives d'assassinat perpétrées contre le roi avaient laissé des cicatrices. Tout le monde, à la cour, semblait trouver cet examen normal, mais Katel se sentit gênée d'être fouillée comme une criminelle.

Chapitre 9

Elle fut conduite à la table du roi, où une servante lui indiqua la place qui lui avait été réservée. Pour son plus grand plaisir, elle fut installée à la droite du duc de la Trémoille, mais sa bonne humeur fut de courte durée, quand elle prit conscience que Charles de Montpensier serait son voisin de gauche. Le dîner fut un supplice, Charles se montra mielleux et charmait son entourage avec ses récits sûrement tronqués et embellis sur les guerres d'Italie. Il se donnait la part belle, mais qui aurait osé contredire le cousin de roi de France ? Heureusement pour elle, le duc lui demanda des nouvelles de Conan et Brune, et Katel fut ravie de saisir cette occasion.

— Aelig et Wandrille attendent un heureux événement, lui apprit-elle.

— Vous les féliciterez de ma part, c'est une bien belle nouvelle.

— Les femmes de votre famille semblent assez fécondes. Enfantez-vous systématiquement dès qu'un homme vous touche ? la piqua Charles, sous couvert d'humour.

— Qu'y a-t-il de mal à faire des enfants, Charles ?

demanda le roi, les yeux rivés sur Katel. Vous devriez vous y mettre, mon garçon ! Avouez qu'il serait mal venu de reprocher à votre père d'avoir succombé au charme d'une aussi jolie femme que Lady Seton.

Katel salua le roi en souriant, dissimulant son dégoût sous le masque de courtoisie qu'elle portait bien souvent.

— En effet, Votre Majesté, si le prince n'y prend pas garde, un jour, il y aura plus de Ker Glenn et de Montgomery que de Montpensier !

La tablée éclata de rire et Charles se rembrunit, Katel venait d'emporter l'adhésion du roi et celle de l'assemblée. Marié depuis une année à Suzanne de Beaujeu, Charles n'avait pas encore d'enfant. Les biens de la famille de son épouse étaient discutés par la famille de Savoie, qui avait intenté un procès contre les Montpensier, et l'on disait déjà à la cour de France que l'opinion publique et celle de Leurs Majestés allaient en faveur des requérants. Charles, se sachant en mauvaise posture dans bien des domaines, cherchait des alliances avantageuses pour assurer son avenir, au besoin hors du royaume de France.

— Votre mari a fort à faire, si vous avez la langue aussi agile.

Le double sens de ces paroles ne trompa personne, mais Katel continua sur la voie du charme.

— Il est encore suffisamment vert pour y survivre, Votre Majesté. Regardez-le, sire, il se morfond, je le crains, tout comme moi quand je suis loin de lui. Nous sommes de jeunes vieux mariés, et nous n'aimons pas être séparés.

Comprenant qu'il n'obtiendrait pas ses faveurs, le roi se montra beau joueur.

— Baron Seton ! Venez partager notre repas, votre épouse vous réclame à cor et à cri !

L'hilarité gagna la table, une fois de plus.

De leur côté, les Seton partageaient la table des Montgomery et des Barclay, mais Darren n'était pas à la fête.

De là où il se tenait, il avait observé Katel depuis le début de la soirée. Elle jouait son rôle de courtisane à la perfection et semblait jouter ferme avec Montpensier, pour le plus grand plaisir des flagorneurs du roi, qui la dévorait du regard. Pour la première fois de sa vie, il sentit un élan régicide lui envahir le cœur. Il ne supportait pas de voir ces rapaces tourner autour de ce qui lui était interdit. Roi ou pas, ce manège commençait à l'agacer prodigieusement. L'invitation du monarque arriva à point nommé, il ne tenait plus en place ! Il fut installé non loin de la reine et, s'il ne voyait pas très bien son épouse, il avait les yeux rivés sur le roi et Montpensier. Dès que le roi parlait, Montpensier rétorquait par une pique pour Katel et, automatiquement, le duc de la Trémoille intervenait en sa faveur. Darren subissait avec patience les bavardages des suivantes de la reine qui étaient friandes de nouveautés et de ragots en tout genre.

À la fin du repas, la reine proposa à Katel de la suivre pour une partie de dames entre dames. Darren était conscient de l'honneur qui était fait à sa femme, mais il aurait préféré quitter le banquet au plus vite, afin de soustraire Katel au roi et à Montpensier. Il la regarda se lever et suivre la reine, non sans un regard pour lui. Elle semblait perplexe, mais obtempéra quand l'une des favorites lui prit le bras.

Au bout de deux heures, Katel fut enfin libérée de ce qui avait été une expérience ennuyeuse à souhait. Toutes ces dames n'avaient cessé de bavasser les unes sur les autres, au fur et à mesure du jeu, passant de tables en tables, et Katel avait entendu les mêmes mièvreries et aigreurs, seul le nom de la dame citée changeait. C'était désespérant. Elle n'avait pu s'empêcher de penser à Brune, qui avait été suivante de la reine Anne et qui, selon elle, avait aimé ce rôle. Mais la reine de France était autrement faite.

Accompagnée d'un page, elle sortit donc des appartements de la reine et, longeant le corridor qui menait aux logis des clans, elle eut le désagrément de croiser Montpensier.

— Déjà sortie de la chambre du roi ? demanda Charles, venimeux.

— De celle de la reine, corrigea Katel, hautaine, en poursuivant son chemin sans saluer le prince.

— Vous ne trompez personne avec vos airs de catin ! cracha-t-il en lui saisissant les deux poignets. Mon père ne vous suffisait pas, il a fallu que vous vous exposiez devant le roi d'Écosse ?

— Vous n'avez aucun honneur, pas plus que votre père. Qu'il rôtisse en enfer avec les porcs de son espèce !

Katel était outrée et furieuse, la simple vue de cet

homme lui donnait la nausée. Elle savait pertinemment qu'elle outrepassait les règles de bienséance en répondant ainsi à un sang-bleu, mais c'était plus fort qu'elle. Cet homme lui répugnait, et jamais elle ne lui pardonnerait d'avoir attenté à la vie d'Aelig. Il était comme un serpent malfaisant, dont il fallait se débarrasser au plus vite. Mais la lueur criminelle qu'elle vit briller dans ses yeux la terrorisa : il allait la tuer ! Elle se défendit bec et ongles pour se soustraire à ses menaces, essayant de trouver de l'aide. Hélas, le corridor était vide et le petit page, parti en courant.

Montpensier la saisit à la gorge et levait déjà la main pour la frapper, quand une voix grave le fit sursauter.

— Je vous saurai gré de lâcher mon épouse, monseigneur, sans quoi je serai contraint d'appeler la garde et d'expliquer au roi pourquoi un prince de France malmène une lady d'Écosse.

La main de Charles se desserra de la gorge de Katel et il la repoussa vers Darren avec un air dégoûté.

— Savez-vous seulement combien d'hommes lui sont passés dessus depuis votre mariage, Seton ?

Darren ne se souciait déjà plus du prince et observait Katel, qui essayait de reprendre ses esprits, mais restait mutique. Elle avait reçu l'insulte en plein cœur. Un pli amer et triste lui déformait la bouche, et elle n'osait pas le regarder.

Il fallait qu'il l'éloigne de cet homme au plus vite. Il lui prit le bras, et l'entraîna à sa suite. Ils arrivèrent assez rapidement à leur chambre. Il savait qu'elle n'était pas prête à parler, et l'aida à retirer sa robe en silence. Elle avait des gestes saccadés qui trahissaient sa nervosité. Elle rejeta la robe loin d'elle, comme si celle-ci la brûlait, et remonta les cordons de sa chemise fermant ainsi le décolleté, ce qui n'échappa pas à Darren.

Dans l'alcôve, Robert dormait déjà, et Darren se coucha sans rien demander.

Katel se glissa silencieusement sous les draps et sursauta quand elle sentit la main de Darren saisir la sienne. Mais ce contact amical et rassurant la calma un peu. Son estomac était vrillé et son cœur battait la chamade. Elle n'avait qu'une hâte, quitter la cour au plus vite. Elle se tourna de son côté, se recroquevillant physiquement et mentalement pour essayer d'effacer cette maudite soirée de son esprit. Une seule chose comptait : le roi avait accepté l'alliance, et Aelig pouvait être heureuse en France comme en Écosse. Pourtant, tous ses sens étaient en alerte et elle ne trouva le sommeil qu'après avoir longuement prié.

— Non ! Je vous en prie, ne faites pas ça ! Guirec au secours ! Guirec ! Non !

Darren se réveilla en sursaut en entendant Katel crier.

— Katel, réveillez-vous, lui dit-il en essayant d'éviter les coups.

Elle se débattait comme une forcenée et il dut l'étendre sur le dos et lui tenir les poignets de chaque côté de la tête, pour qu'elle arrête de le frapper.

— Non ! Lâchez-moi ! hurla-t-elle en ouvrant les yeux, terrifiée et en nage.

— Tout va bien, Katel, c'est moi, vous êtes sauve.

— Oh mon Dieu…

Darren lui lâcha les mains, écarta les mèches de cheveux qui lui barraient le visage et lui caressa la joue. Il était à moitié couché sur elle, elle le poussa et s'assit au bord du lit.

— C'est fini, ils sont partis, murmura-t-elle, hébétée, en se balançant d'avant en arrière.

Puis, soudain, elle fondit en larmes, de gros sanglots qu'elle était incapable de refréner, et mit les mains sur sa bouche pour essayer de les retenir.

— Je suis là, Katel, ça va aller, tenta de la rassurer Darren, bouleversé par sa détresse.

Puis il la prit dans ses bras avec douceur.

Loin de le rejeter, Katel accepta ce refuge bienfaisant et laissa aller son chagrin. C'était libérateur et déstabilisant de pouvoir épancher son chagrin entre des bras forts et protecteurs.

De longues minutes passèrent, puis la voix calme de Robert s'éleva doucement derrière le rideau.

— Tout va bien, père ?

— Oui, juste un cauchemar. Elle aura tout oublié demain. Va te coucher.

Oublié, demain ? Si seulement tout cela n'avait été qu'un cauchemar ! Katel sentait encore les mains et le corps de Montpensier sur elle. Ses grognements bestiaux et ce râle de satisfaction abjecte, quand son corps fut broyé sous le sien, et qu'elle se trouva brisée et sale à jamais. Elle frissonna, dégoûtée, malgré l'épaisse courtepointe et la chaleur que dégageait Darren. Elle ne pourrait jamais oublier, elle devait vivre avec ces affreux souvenirs. Les affronter, comme elle le faisait depuis des années, et essayer d'y penser le moins possible, pour ne pas sombrer dans la folie.

Elle profitait du havre de paix que lui offrait son mari. Darren la tenait près de lui sans trop la serrer, il était statique, ne tentait aucun attouchement. Il était simplement là, présent pour elle, comme à chaque fois qu'elle avait eu besoin de lui.

Elle inspira profondément et expira, en essayant de calmer le tremblement de son corps.

— Je veux partir, Darren, je vous en prie, rentrons chez nous !

— Dès demain, ma douce, dès demain, je vous le promets.

— Merci, souffla-t-elle en se blottissant davantage contre lui.

Ce geste de confiance toucha Darren. Il avait mal au cœur de la voir si bouleversée. Elle avait appelé au secours, et la violence de sa réaction laissait supposer qu'on l'avait attaquée. Avait-elle subi des violences, lors de l'attaque de Ker Glenn ? Les soldats avaient-ils porté la main sur elle ? Avait-elle été blessée ? Elle ne parlait guère de cet épisode de sa vie, et coupait court dès qu'on abordait le sujet. Après tout, se dit-il, quoi de plus normal, elle avait dû être traumatisée par l'attaque. Lui-même connaissait trop la guerre pour savoir à quel point elle était ignoble sous bien des formes, et que les innocents payaient toujours face aux puissants et aux armées. Une chose l'intriguait toujours, cependant… Que Katel haïsse Charles de Montpensier et tremble de colère face à celui qui avait tenté de tuer Aelig, il le comprenait très bien. Mais qu'elle évite systématiquement de parler de Gilbert de Montpensier, il le comprenait moins. Certes, elle s'était apparemment offerte au vainqueur, sans doute par peur d'être tuée. Cependant, il ne croyait guère à cette hypothèse. Il l'imaginait plutôt défendant bec et ongles sa maison et ses gens. Peut-être avait-elle troqué sa vertu pour protéger ses gens, justement ? Ou pour épargner la mort à Conan ? Il était jeune, à cette époque et, pourtant, il avait été enfermé avec ses compagnons vaincus dans les geôles royales. Avait-elle marchandé ses faveurs pour lui assurer un traitement privilégié ? La rumeur disait cependant que les Démons de Dol avaient été scarifiés et brûlés au fer d'un pentacle sur le dos. Montpensier avait-il manqué à sa parole, après avoir obtenu le corps de Katel ?

Quoi qu'il en soit, la simple vue de Charles l'avait fait paniquer, il était donc temps qu'ils quittent la cour et regagnent le château.

« Rentrons chez nous », avait-elle dit. Cette simple phrase signifiait beaucoup pour Darren, qui garda son épouse contre lui jusqu'à ce qu'elle s'endorme.

Le chemin de retour se fit en silence. Darren respectait la retraite de Katel et lui laissait le temps de digérer cette étrange visite à la cour. Le matin même, ils avaient pris congé du roi, et une drôle de chose s'était produite. Alors que Katel et lui se prosternaient pour faire allégeance au roi, le duc de la Trémoille avait souri de façon insistante à Katel, qui n'en avait pas fait grand cas, jusqu'à ce que le roi l'interpelle en personne.

— Baronne Seton, je suis bien aise de vous avoir rencontrée. Soyez assurée de notre amitié et de notre protection. Notre ami le roi de France et sa si valeureuse épouse nous ont transmis toute la bienveillance et tout l'intérêt qu'ils vous portent, ainsi qu'à Lady Montgomery. Il va de soi que tous les Écossais sont désormais vos alliés et vos gardiens.

Le regard du roi avait ensuite croisé celui de Charles de Montpensier, qui était resté statique, comme indifférent. Celui du duc ne se détournait pas de Katel, qui lui rendit son sourire de façon plus appuyée. Conan avait dit à sa mère qu'il avait été contraint de raconter son terrible secret au duc pour sauver Aelig, Aziliz et Pierre, lorsqu'ils avaient été arrêtés pour contrebande. Katel était toujours un peu gênée quand elle le croisait, s'imaginant qu'il ne devait voir en elle qu'une pauvre femme souillée, même si elle devait avouer qu'il se montrait toujours parfaitement courtois et galant. Elle en eut encore la démonstration dans la minute qui suivit : le duc vint lui faire un baisemain respectueux pour prendre congé et l'assurer de son soutien.

— Je regrette que l'Écosse vous ait adoptée, madame, j'aurais été heureux de vous garder en royaume de France. Portez-vous bien et assurez Wandrille et Aelig de mon amitié. Toutefois, si vous aviez besoin d'un allié, sachez que je reste ici plusieurs mois, voire l'année, en tant qu'ambassadeur.

— Merci pour votre soutien, messire duc. Adieu.

— Mais non, ma chère, les amis se disent seulement au revoir.

Se sentant exclu de ce conciliabule, Darren se racla la gorge et vint prendre le bras de sa femme pour la conduire dans la cour nord, où les Seton se réunissaient pour partir. Les cornemuses entamèrent l'hymne du clan et les cavaliers sortirent en ordre de marche, leur laird en tête.

— Vous semblez apprécier le duc, commença Darren, qui broyait un peu du noir depuis le début du voyage.

— C'est un allié des Montgomery, et il a été un ange gardien pour Brune et Aelig.

— Et pour vous-même ?

— Je ne dirais pas ça, juste quelqu'un de bienveillant, répondit-elle en rougissant de cet interrogatoire. Cela vous déplaît-il ?

— Non, mais je suis surpris de constater que, pour une femme retirée du monde et vivant au fond de la Bretagne, nombre de personnages illustres vous ont tourné autour.

— Je sens comme un reproche dans votre voix, rétorqua Katel en redressant fièrement le menton, comme chaque fois qu'elle se sentait attaquée.

— Ne montez pas sur vos grands chevaux, femme, je ne fais qu'énoncer une vérité. Le roi, le prince et le duc…

— Que sous-entendez-vous par là, Darren ?

— Que vous avez raison.

Katel haussa les sourcils avec un regard interrogateur, la mauvaise humeur de Darren lui était très désagréable.

— Je suis jaloux, marmonna-t-il en talonnant son cheval pour lui faire accélérer l'allure.

Il la laissait plantée là mais, au lieu de se fâcher, Katel sentait un incontrôlable sourire lui étirer les lèvres. L'intérêt que lui portait Darren la touchait énormément et le savoir jaloux stimulait sa coquetterie. Alors, elle talonna également son cheval et le rattrapa. Sans un mot, elle se mit à sa hauteur et lui glissa un regard amusé.

— Heureux de voir que vous trouvez cela divertissant, grogna-t-il.

— Votre orgueil souffre-t-il vraiment de savoir que le duc m'a un peu défendue des attaques de Charles ?

— Non, je lui en sais gré, au contraire, mais je n'aime pas sa façon de vous couver.

Katel rit et essaya de donner une note plus légère à la conversation.

— Voici que vous accusez un duc de jouer aux mères poules ?

— Katel, arrêtez de me prendre pour un idiot ! Sa façon de vous couver n'a rien d'innocent ! Vous lui plaisez, martela-t-il avec un geste du menton pour appuyer ses dires.

— Je ne l'ai pas encouragé ! Comme aucun autre homme d'ailleurs, se défendit Katel avec une moue boudeuse.

— Vraiment aucun ? Nous demanderons à Sa

Majesté ce qu'elle a pensé de votre esprit et de votre décolleté.

Katel marmonna quelque chose en breton et Darren lui répondit en gaélique sur le même ton.

— Qu'avez-vous dit ? finit-elle par demander, trop curieuse.

— Que vous étiez une femme têtue et indisciplinée.

— Pas du tout ! J'ai agi de sorte qu'Aelig et Wandrille ne souffrent pas, c'est tout. Une mère ne doit-elle pas tout faire pour sauvegarder le bonheur de ses enfants ?

Voyant la lueur de curiosité qui s'allumait dans le regard de Darren, elle regretta aussitôt ses paroles.

— Comme pour sauver Conan ?

La question avait été posée et méritait une réponse. Réponse que Katel n'était pas prête à donner.

— Laissez donc le passé là où il est, Darren. Ressasser les choses ne change rien, au contraire, même, cela empêche d'avancer.

— Belle maxime que vous devriez prendre pour vous, madame *mon* épouse !

Il avait appuyé sur « mon » avec une amertume patente, et Katel désespérait de changer de sujet.

Leur mariage allait droit dans le mur.

Elle savait qu'elle ne pourrait pas le chasser de son lit éternellement et que les choses devaient évoluer. Mais sa raison butait contre cette peur viscérale de l'homme et de son pouvoir sur elle.

Alors, elle se referma et ils finirent leur voyage en silence.

Arrivée à Fyvie Castle, Katel prit tout de suite des nouvelles de sa fille, qui la rassura sur sa santé.

— Les nausées me soulèvent le cœur tous les matins, mais la matrone dit que c'est normal. Sinon, je vais bien. Morag et Jamesina sont adorables et me tiennent compagnie, depuis que Duncan a enlevé Wandrille à cause de ses maudits moutons.

Aelig souriait, la main machinalement posée sur son ventre.

— Ne maudissez pas ces moutons, ma chère, ils sont l'avenir d'un florissant commerce dont nous profiterons tous, argua Darren, en venant la saluer.

Deux énormes chiens traversèrent la cour en courant et vinrent s'allonger près de lui pour recevoir une caresse.

— Allez viens, Morag ! cria la voix impatiente de Lachlan. Prince, Duke au pied !

— Que veux-tu à ta sœur, garnement ?

Darren passa une main affectueuse sur la tignasse de son benjamin, qui semblait contrarié.

— Depuis que Montgomery est là, Duncan ne m'emmène plus à la chasse ! Il passe tout son temps avec lui. Je voulais que Morag vienne se promener avec moi.

— Ça peut être dangereux pour ta sœur, tu le sais.

— Mais non, père, ça lui fait du bien de se débrouiller toute seule. Les gens du village aiment bien la voir et venir la saluer. Et je suis là pour la protéger !

— Bonjour, père, le salua Morag, qui s'approchait

avec un sourire. Lachlan, tu pourrais saluer notre belle-mère.

— Oh pardon, Lady Cat…

Il reçut une tape sur la tête de son père et s'excusa de nouveau.

— Je n'ai pas fait exprès ! Bonjour, Lady Katel, avez-vous fait bon voyage ?

— Merci à toi et, au risque de contrarier ton père, je trouve Lady Cat charmant.

— Il semble que me contrarier vous plaise, en effet, conclut Darren en se dirigeant vers le donjon.

Aelig prit le bras de sa mère et celui de Morag pour rentrer à la maison et leur servir quelque chose de désaltérant.

Robert et Jamesina les rejoignirent.

— Comment s'est passée votre entrevue ? demanda Jamesina, en posant le petit Darren sur ses genoux.

— Bien, et tout ira pour le mieux, Aelig, tu n'as plus à t'inquiéter. Ici aussi, nous sommes sous la protection du roi. Il a été très explicite à ce sujet.

Après une seconde de silence, elle reprit :

— Charles de Montpensier était à la cour.

— Oh mère, tout va bien ?

— Oui, ne t'en fais pas.

Robert regarda la mère et la fille se tenir la main. Il se posait de nombreuses questions. Il avait bien vu son père contrarié à la cour, et ce dernier était rentré renfrogné, un instant auparavant, au donjon. Cette Bretonne taisait trop de choses pour être tout à fait honnête. Il espérait que les secrets de Lady Katel ne retomberaient pas sur Fyvie Castle et ses occupants.

Ce soir-là, Katel redouta un peu de monter se coucher. Elle soupçonnait Darren de vouloir obtenir des réponses et d'attendre qu'ils soient seuls pour les obtenir. Elle l'avait observé pendant le dîner, courtois avec les femmes, rieur avec ses fils, mais distant avec elle. Et cette attitude la blessait. Elle traîna volontairement en assistant au coucher du petit Darren, puis vint bavarder avec Aelig, jusqu'à ce que Wandrille regagne leur chambre. Elle avait ainsi retardé le plus possible le moment de son coucher, mais avait utilisé toutes les cordes de son arc.

Elle monta donc dans leur chambre, en espérant que son mari se soit déjà endormi. Peine perdue. Quand elle entra dans la pièce où régnait la chaleur bienfaisante d'un grand feu de cheminée, Darren l'attendait devant l'âtre.

Il était de dos, le regard visiblement fixé sur les flammes. Katel ne savait quoi faire. L'ignorer et se coucher, ou attaquer la première pour sa défense ?

— Darren…, commença-t-elle, avant d'être interrompue par la voix grave et sèche de son mari.

— Qu'ai-je fait pour être puni de la sorte ?

— Comment ? demanda-t-elle en papillonnant des cils, surprise de la question.

Darren s'approcha et commença à défaire les aiguillettes qui retenaient ses manches. Katel repoussa ses mains et reprit la tâche elle-même.

— Vous n'avez rien à vous reprocher, Darren.

— Heureux de vous l'entendre dire. Alors, peut-être consentirez-vous à me dire pourquoi vous me rejetez sans cesse ?

Katel recula d'un pas et tenta de poser sa manche défaite sur la table, mais Darren l'attrapa par la main et la fit s'approcher.

— Arrêtez de fuir, Katel, et répondez à mes questions. Est-ce que je vous rebute ?

Elle eut un hoquet de surprise. Il était tout sauf rebutant, il était viril, beau et impressionnant. N'importe quelle femme aurait eu envie de se trouver dans ses bras et de partager son lit. *Mais pas toi*, murmura une petite voix pinçante.

— Non, bien sûr que non ! C'est juste que je suis seule à décider pour moi depuis si longtemps, je…

— Avez-vous peur de moi ?

— Non, dit-elle trop vite.

« Oui » hurlait son cerveau.

— Je sais que vous êtes un homme de bien, Darren, je suis fière d'être votre épouse, mais j'ai peur de disparaître ou de ne plus exister qu'à travers vous. Je ne veux pas être une ombre derrière un homme, ou ne pas pouvoir décider de ce que je veux ou ne veux pas, j'ai peur d'étouffer et…

Il la laissait parler, attendait qu'elle se livre davantage, mais rien ne vint.

Elle s'affola en voyant son visage s'approcher du sien et ses yeux clairs et ardents fixer ses lèvres, qui s'entrouvrirent malgré elle.

— Aimez-vous mes baisers ? chuchota-t-il tout

contre ses lèvres, puis déposant des baisers légers et doux sur sa joue et son cou.

Katel ferma les yeux, sentant une pluie de frissons lui parcourir la gorge et la poitrine, pressée contre le buste sculptural de son mari.

— Répondez ! ordonna-t-il, en lui tirant doucement les cheveux en arrière pour lui faire basculer la tête et capter son regard fuyant.

Elle se contenta de hocher la tête et de rougir davantage.

— Et ça vous gêne ?

— Je ne sais pas.

— Alors, on va essayer, pour voir.

Joignant le geste à la parole, il l'embrassa avec passion, caressant ses bras, son dos, le creux de ses reins. Rien ne l'avait préparée à ce baiser, et Katel se sentit aspirée dans un tourbillon d'une sensualité délicieuse. Quelque chose en elle lui criait de s'y jeter tout entière. La bouche de Darren était chaude et exigeante ; il prenait tout ce qu'il pouvait, et Katel ne retenait pas grand-chose. Fort de son succès, il poursuivit son projet de la dévêtir, retirant la dernière manche, puis délaça le bustier et la jupe. Une fois en chemise, Katel croisa machinalement les bras, comme gênée par le regard de son mari.

— Vous n'aimez pas que je vous regarde.

Ce n'était pas une question, mais une évidence.

— Ce n'est pas ça, c'est juste que je n'ai plus l'habitude, je crois.

— Je compte bien vous regarder, vous admirer

autant qu'il me sera donné de vivre. Il va falloir vous y habituer.

Katel eut un petit mouvement de recul que Darren anticipa. Il resserra juste un peu son étreinte.

— Qui suis-je, Katel ?

Elle le fixa sans comprendre et répondit :

— Darren Seton ?

— Non. Qui suis-je ? réitéra-t-il, sans la quitter des yeux.

— Je ne sais pas ce que vous attendez comme réponse.

Elle avait les larmes aux yeux, le cœur serré, et elle avait honte. Honte de n'être plus qu'un miroir brisé, incapable de réfléchir la lumière. Honte de ne pouvoir donner à Darren ce qu'il était en droit d'attendre d'elle.

— Essayez encore. Qui suis-je ?

— Mon mari ?

— Bonne réponse ! Et que doit faire un mari, Katel ?

Elle haussa les épaules.

— Protéger son épouse.

— C'est tout ce que vous attendez de moi ? Ma protection ?

— C'est déjà beaucoup.

— Ce n'est pas assez. Vous avez le droit à tellement plus ! Qu'attendez-vous de votre mari ?

— Sécurité, respect, tenta-t-elle de nouveau.

— C'est très insuffisant.

Elle-même se sentait très insuffisante.

— Je suis désolée.

— De quoi ?

— Je ne sais pas, avoua-t-elle, chamboulée par toutes les émotions qui lui piétinaient le cœur.

— Je vous fais peur ? En tant qu'homme, je veux dire.

— Je ne sais pas, fit-elle en éclatant en sanglots.

Puis elle se détourna, gênée de fondre en larmes devant lui pour la deuxième fois en l'espace de deux jours. Comme la veille, les bras de Darren vinrent l'entourer ; elle trouva en lui compassion et tendresse, et finit par s'apaiser.

— Je ne voulais pas vous fâcher, à la cour, je pensais bien faire en ayant l'attention du roi. Oh Darren, par pitié, ne soyez pas fâché contre moi !

— Je ne suis pas fâché contre vous, Katel, enfin si, un peu. Je suis un homme possessif et je n'aime pas que d'autres, roi ou duc, puissent profiter de votre personne. C'est pour ça que je vous aime pudique. Vous êtes à moi, Katel, le jour de notre mariage, vous avez accepté de vous allier à moi.

— Oui, je sais.

Elle devait sauter le pas avant de perdre l'amitié de Darren pour de bon.

— Peut-être que si vous m'embrassiez encore un peu, je serai un peu plus… à vous.

— Seriez-vous en train d'essayer de me faire comprendre que vous voudriez que je partage votre lit, madame mon épouse ?

Elle haussa les épaules et se mordit les lèvres, peu sûre de ce qu'elle s'apprêtait à faire. Elle avait adoré devenir femme dans les bras de Guirec. Darren était sûrement prévenant, tout en étant passionné, et il semblait bon amant, si elle en croyait ses baisers. S'offrir à lui ne devait pas être une expérience trop traumatisante. Elle devait au moins essayer pour sauver son mariage.

— Je ne sais pas, je ne voudrais pas avoir à décider.

— Et vous ne voulez pas être une ombre derrière votre mari, pour reprendre vos propres mots. Vous êtes une drôle d'énigme, ma chère ! Je paierais cher pour savoir ce qui vous trouble autant et pouvoir effacer vos craintes.

— Me donnerez-vous un autre baiser, Darren ?

Cette demande cachait en vérité une tout autre intention et Darren sourit. Katel était pudique, certes, mais qu'elle soit incapable de formuler son désir le fit sourire et l'inquiéta tout autant. Avait-elle donc si peur de la chair ? Guirec de Ker Glenn avait-il fait d'elle une femme timorée ? Sûrement pas. Ne lui avait-elle pas dit qu'elle l'aimait toujours ? Si ses sentiments étaient aussi profonds après vingt longues années, c'est qu'elle avait de beaux et doux souvenirs d'amour à chérir.

Elle ressemblait plus à une vierge effarouchée par la perspective de sa nuit de noces qu'à une femme d'âge mûr assumant son plaisir et son désir. Alors, Darren, conciliant, opta pour la vierge effarouchée, et se montra attentif et doux malgré l'envie qui lui brûlait les reins. Il la caressa doucement, tout en reprenant ses lèvres avec langueur. Ses grandes mains parcouraient ses hanches et sa poitrine par-dessus le tissu fin de la chemise. Si Katel était restée statique et dans l'expectative les premiers instants, son corps, qui reconnaissait cette danse, répondit bien vite. Il sentit ses seins réagir à l'effleurement de ses doigts et, bientôt, ses mamelons durs réclamèrent plus d'attention.

Avec des gestes lents, il défit les cordons de la chemise et fit descendre le vêtement le long des épaules de Katel, qui le regardait, l'air hébété. Ses pupilles noires et dilatées dévoraient ses yeux bruns et lui donnaient un air sensuel et décadent qui l'enflamma davantage. Derrière son attitude peureuse et déraisonnée, il savait que se cachait un volcan qui ne demandait qu'à entrer en éruption.

Il la souleva pour l'allonger sur le lit. Elle tenta de se cacher en tirant le drap pour s'en couvrir, mais il l'en empêcha.

— Pourquoi te caches-tu ? Tu es très belle, Katel.

— Je suis vieille.

Le ton de sa voix le fit rire. Elle semblait en vouloir au temps, à présent.

— Je suis vieux aussi.

— Mon corps n'est plus aussi beau qu'avant.

— Ça, c'est à moi d'en juger, et je le trouve très beau.

Il se pencha et caressa de ses lèvres et de sa langue les seins tendus et sensibles de Katel.

— J'ai des marques à cause de mes grossesses, reprit-elle, en posant les mains sur son ventre et ses hanches.

Répondant à l'invite, Darren lui souleva les hanches

pour la dévêtir entièrement et rejeta la chemise inutile au loin, comme un objet encombrant.

— Ces marques sont là parce que tu as donné la vie, dit-il en suivant du doigt une ligne plus claire sur sa peau.

Il se dévêtit devant elle et tourna lentement sur lui-même pour qu'elle puisse observer les siennes. Cicatrices qu'elle connaissait déjà pour avoir observé en douce son mari se dévêtir des dizaines de fois déjà.

— Les miennes sont moins glorieuses, parce que je les ai récoltées en semant la mort.

Katel détourna le regard devant la virilité de Darren qui n'avait rien d'anodin. Sa respiration s'accélérera ; elle sentit son ventre se serrer et une nausée lui envahir la gorge.

Darren n'est pas Gilbert ! Darren n'est pas Gilbert ! Katel se criait cette vérité pour ne pas perdre pied.

Toujours avec tendresse, il reprit la découverte de son corps et, sentant de nouveau ses mains sur elle, et cette grande retenue qu'il s'imposait, elle se détendit. Bien sûr que Gilbert et lui n'avaient rien en commun ! Darren n'était que sensualité et douceur, il la faisait venir à lui avec une prévenance qui la touchait vraiment. Il embrassait sa peau veloutée comme une pêche avec un désir grandissant.

Elle lui saisit le visage, tout en caressant sa barbe qui lui chatouillait la peau du ventre. Elle savait ce qu'il allait faire, Guirec lui avait donné bien souvent cette caresse, qui la faisait toujours chavirer dans le plaisir. Elle dut reconnaître qu'elle avait envie des lèvres et de la langue agile et conquérante de Darren sur sa féminité. Elle souleva les hanches malgré elle quand il s'approcha davantage. Elle se sentait transportée et libre comme jamais, et quand elle sentit la douce pression sur elle, elle faillit défaillir de désir.

Les gémissements de Katel lui avaient donné raison. Cette femme était faite pour la passion et l'amour. Pas celui que l'on prend à la sauvette, mais celui que l'on construit jour après jour, nuit après nuit. Il ouvrit avec mille baisers ses cuisses fuselées et se hissa au-dessus d'elle pour la prendre.

Tout son corps n'était que feu et lave, il la désirait comme un fou et voulait se fondre en elle. Il la voulait tout entière, corps et cœur. Il savait qu'elle chérissait le souvenir de Guirec et n'éprouvait pas de jalousie à cet égard. Mais elle était sienne, à présent. Rien qu'à lui.

Il la sentit poser ses mains sur son ventre et tenter de refermer les jambes. Sursaut de pudeur ? Probablement. Il se promit d'être doux. Il lui prit les poignets et les plaça de part et d'autre de sa tête, puis la couvrit de son corps. Il se plaça à l'entrée de sa féminité, sentant son sexe dur s'aboucher au sien, brûlant. Il voulait faire durer ce moment et attendit qu'elle réclame qu'il la pénètre. Il voulait l'entendre l'appeler en elle. Il l'embrassa dans le cou, mais la respiration saccadée de Katel ne devait plus rien au désir. Il leva la tête et croisa son regard terrifié. Elle semblait dans un état second et à deux doigts de hurler de frayeur. Elle le regardait avec horreur et terreur, et Darren se redressa sans comprendre.

— Allez-vous-en ! cria-t-elle comme une folle,

avant de mettre les mains sur sa bouche comme pour en arrêter le cri. Ne faites pas ça ! Oh mon Dieu !

Elle tremblait comme une feuille et se couvrit du drap comme si sa vie en dépendait. Son bras droit était levé comme pour le repousser, et Darren reçut ce geste comme un coup violent. Il avait espéré qu'elle lui laisse une place dans sa vie, peut-être même dans son cœur, mais ce rejet le lui brisait. Un goût de sang et de fureur envahit sa bouche et tout son être. Il se leva en silence et enfila ses vêtements, laissant Katel à sa folie.

— Ne m'abandonnez pas, l'entendit-il gémir.

— C'est vous qui venez de le faire. Adieu, Katel.

Sans un regard pour elle, il quitta la chambre, faisant claquer la lourde porte derrière lui.

Darren descendit les escaliers furieux comme un animal blessé. Il aimait cette femme de toute son âme, mais elle se refusait à lui malgré sa patience, son respect et toute la tendresse qu'il avait pu lui donner. Il n'aurait pas été aussi blessé par son refus, s'il ne l'aimait pas autant. Il était rapidement tombé sous le charme de ses mains fines, de ses yeux en amande, de ce sourire qui cachait tant de choses. Il avait espéré qu'elle s'ouvre à lui, qu'elle lui confie son passé, son présent et son futur, mais elle avait voué son cœur à Guirec de Ker Glenn, et sa féminité semblait morte avec la trahison ou le départ de Gilbert de Montpensier. Et lui avait hérité de cette écorchée vive, aussi fermée que les geôles royales. Il estimait en avoir assez fait. Si elle voulait avoir une vraie vie de femme, eh bien, elle viendrait le chercher. En attendant, il comptait jeûner, s'entraîner et prendre des bains glacés. Peut-être que dans la mortification de son propre corps, son désir bouillonnant se calmerait.

Restée seule dans la chambre, Katel reprenait ses esprits. Elle avait paniqué en sentant le sexe de Darren se presser contre elle, conquérant. Surtout, elle se souvenait de la manière dont Gilbert l'avait contrainte, en demandant à l'un de ses soldats de lui tenir les mains au-dessus de la tête. La similitude du geste lui avait fait perdre pied. L'espace d'un instant, c'est le visage de Gilbert qu'elle avait vu, et non celui de son époux.

Et maintenant, il était parti. Elle en était désolée, mais ne savait pas comment lui avouer ce qu'elle avait sur le cœur. Si Darren savait qu'elle avait été violée, il pourrait demander l'annulation de leur mariage, mais si cette union n'était pas consommée, il pourrait tout autant en demander l'annulation. Dans tous les cas, elle serait perdante.

Pourtant, son corps sentait encore la chaleur et la douceur des mains de Darren. Pourtant, elle s'était sentie revivre entre ses bras… Avait-elle rêvé ce délicieux frisson et les gémissements que ses lèvres avaient été incapables de refréner ? Elle avait de la chance d'avoir épousé Darren. D'autres ne lui auraient pas demandé son avis et auraient exigé leur dû. Elle s'était montrée injuste envers lui, et elle était malheureuse de le priver d'elle et de sa tendresse.

Elle ignorait quels étaient ses sentiments envers

lui, mais elle ne lui voulait certainement pas de mal. Malgré tout, elle lui en faisait beaucoup. Elle avait été mariée ; elle savait les hommes orgueilleux de nature, leur virilité et leurs désirs n'étaient pas à prendre à la légère. Mais plus que tout, elle savait qu'elle avait blessé le cœur de Darren et c'était cette blessure-là qui la peinait le plus. Elle avait tout gâché !

Durant les mois suivants, Darren ne dormit pas avec elle, et Katel se demandait où il passait ses nuits. *Sûrement dans les bras d'une femme conciliante*, persiflait la voix amère de la jalousie. Elle avait bien vu les regards flatteurs que lançaient les femmes qui croisaient le chemin de son mari. Les Seton étaient loin de laisser la gent féminine indifférente. Et si Darren voulait une femme pour partager sa couche, nombreuses seraient celles qui répondraient présentes. Malgré sa peine, elle essayait de ne rien laisser transparaître, pour ne pas inquiéter Aelig, dont la grossesse était un peu compliquée. Sa fille faisait de nombreux malaises et les matrones avaient préconisé le repos le plus total. Jamesina et Robert filaient à présent le parfait amour, et Katel ne souhaitait pas ternir le tableau en confiant sa peine à sa jeune amie. Elle avait cependant remarqué que Morag venait lui tenir compagnie plus souvent qu'à l'accoutumée. La jeune fille était perspicace, malgré sa cécité. Elle ne lui demandait rien, elle se contentait d'être là avec sa gentillesse et sa simplicité.

Quant à Darren, il restait attentif et courtois, comme à son habitude, mais ne la touchait plus du tout. Il ne lui prenait même pas le bras pour marcher au jardin, ou pour l'aider à monter à cheval. Il ne lui adressait la parole qu'aux repas, sinon, il semblait fuir Fyvie Castle autant qu'il la fuyait, elle.

Un matin, il annonça que le roi demandait ses services pour aller convaincre deux clans des Highlands de se rallier au trône et d'arrêter toute querelle entre eux. Katel proposa alors de l'accompagner, mais il refroidit son enthousiasme en lui répondant « non ».

— Je voyagerai léger et n'emporterai que ce dont j'ai besoin, ajouta-t-il, avant de quitter la table.

Ces paroles crucifièrent le cœur de Katel. Elle sursauta presque en sentant la main d'Aelig se poser sur la sienne.

— Vous serez là pour la naissance.

— Oui, tu as raison, c'est mieux comme cela.

— Oncle Darren ne vous aurait pas emmenée, sachant votre fille sur le point d'accoucher.

— Certes, Wandrille, c'est sûrement pour cela qu'il préfère partir seul.

— Il ne vous avait pas parlé de ce voyage ?

— Il est très occupé, ces derniers temps, et n'a pas de comptes à me rendre pour ses missions royales. Il se doit d'abord à son roi.

Katel se leva et alla au jardin, sentant derrière elle les regards pleins de questions de ses enfants. Aelig et Wandrille avaient dû deviner que quelque chose clochait, mais pour le moment personne ne posait de question. *Et c'est aussi bien comme cela*, se dit-elle, en entrant par habitude dans la chapelle.

À sa grande surprise, elle y vit Darren qui priait à

genoux devant l'autel. Il l'avait vue et ne détalerait pas comme un lapin. Reprenant contenance, elle s'avança et s'agenouilla sur un banc à une certaine distance.

— Priez-vous pour moi ?

La voix grave de Darren emplit l'air, et Katel savoura d'être seule à l'entendre, même en ce lieu saint.

— Bien sûr, tous les jours.

— J'aimerais être Dieu ne serait-ce qu'un instant.

— Souhait étrange et risqué.

— Je voudrais l'être pour une seule raison, pouvoir lire en vous de façon limpide, afin de savoir si je puis espérer être un jour aimé de vous.

Il se leva et se plaça face à elle, sans ciller. Fier, droit, fort.

— Je vous aime, Katel, sans aucune chance de retour, probablement, mais sachez que mon cœur vous appartient, et que si vous le voulez vôtre, il vous suffira de le dire.

Katel en resta bouche bée. Elle s'était attendue à des reproches, à des récriminations, certes pas à une déclaration d'amour exposée comme un ultimatum, avec un soupirant dans la posture d'un guerrier prêt à l'attaque. La bouche toujours ouverte, elle le vit quitter la chapelle et se lança à sa poursuite, prise de panique à l'idée qu'il disparaisse sans un au revoir.

— Darren, attendez ! Est-ce que vous… Où passez-vous vos nuits ? demanda-t-elle en chuchotant et en se tortillant les doigts.

— Ici, répondit-il avec un sourire triste.

Katel se mordit les lèvres et retint ses larmes avec d'énormes efforts.

— Je voudrais tellement que les choses soient différentes Darren ! Je vous fais du mal, mais je ne peux pas…

Il mit fin à ce discours en posant les doigts sur ses lèvres.

— Vous savez tout ce qu'il y a à savoir, Katel, à vous de faire votre choix.

— J'ai pensé que vous aviez trouvé une compagne de lit plus coopérative que moi, confessa-t-elle, honteuse. Je ne vous en aurais pas voulu.

Cette fois-ci, deux larmes s'échappèrent de ses yeux, qu'elle balaya rapidement en se frottant les joues et en battant des cils.

— Je vous aime, Katel, et je ne couche pas avec des femmes qui ne m'appartiennent pas. Le plaisir sans l'amour laisse un arrière-goût amer, au matin. J'ai assez vécu pour le savoir.

Cet aveu lui chavira le cœur et elle posa la main sur la joue de Darren, émue.

— Je suis désolée.

— Ne vous excusez pas. C'est moi qui ne semble rien comprendre du tout. Penserez-vous à moi pendant ce mois d'absence ?

— Tout un mois ?

Ce cri du cœur toucha Darren, qui était heureux de constater que son absence ne lui était pas égale.

— Oui, je prierai pour vous tous les jours.

Il lui prit la main et, de sa main libre, alluma un cierge qu'il plaça devant une statue de la Vierge à l'Enfant, puis ils sortirent de la chapelle, et Darren lui fit un galant baisemain avant de repartir préparer son voyage. Il avait un courrier à envoyer en France avant de partir, il cherchait un appui, quelqu'un qui saurait lui donner la clé du cœur de Katel.

Le départ de Darren laissa une ombre de remords et de tristesse planant sur le cœur de Katel. Pourtant, la maison débordait de joie à l'idée de l'arrivée prochaine du bébé Montgomery.

Trois jours plus tard, une visite surprise étonna tout le monde, et Wandrille, ravi, accueillit Arès Gabrieli.

— Je t'avais bien dit que je reviendrais pour voir comment tu t'en sortais en mari. Ah, ma chère *gattina*[1] qu'est-ce que cet imbécile a osé vous faire ? taquina-t-il Aelig, en regardant sa silhouette arrondie.

Il lui avait donné ce surnom en raison de sa silhouette menue et de ses yeux en amande.

— Tu as même le droit de me féliciter ! le nargua Wandrille en lui donnant une tape dans le dos.

— Je suis si heureuse de vous revoir, Arès ! s'écria avec chaleur Aelig.

— Ce sourire m'a manqué, *gattina*, répondit-il, galant, en lui faisant un baisemain.

Robert l'observait, manifestement étonné que Wandrille tolère de telles privautés.

— Arès est italien, autant dire incapable de ne pas charmer tout ce qui porte une jupe !

— Wandrille, tu exagères ! Arès se montre simplement galant, ce que, nous, femmes, apprécions gran-

1. Note de l'éditeur : on peut traduire « gattina » par « chaton ».

dement, le défendit Aelig. Mon cher, je vous présente l'épouse de Sir Robert, Jamesina Seton.

— Je suis heureux de vous rencontrer, milady, dit Arès en regardant la jolie rousse avec admiration.

Katel s'approcha à son tour et le sourire espiègle de l'Italien se porta sur elle.

— J'avais espéré ce changement, madame, et ne puis qu'en féliciter votre mari !

Il lui prit la main, son regard enveloppant la jolie silhouette de Katel, enserrée dans un velours vert profond brodé de perles.

— Darren est en mission en tant qu'ambassadeur du roi, pour rallier deux clans du nord à sa cause, l'informa Katel. Mais faites-moi la promesse de rester au moins jusqu'à son retour, il sera heureux de vous saluer.

— L'Écosse possède un climat des plus horribles, fit Arès en mimant un frisson, ce qui fit rire toute l'assemblée. Je ne sais pas si je survivrai jusque-là !

Morag arriva au bras de sa fidèle suivante et Katel présenta sa belle-fille au visiteur.

— Mais elle possède également des merveilles qu'il me tarde de découvrir, reprit Arès, les yeux rivés sur la nouvelle venue.

Un silence pesant, mais court, suivit cette déclaration, puis Arès retrouva son allant habituel et ravit tout le monde en racontant ses dernières aventures en Italie, où l'Espagne et le Vatican semblaient régner en maîtres et se disputer la moindre parcelle de terre ou de butin.

— Penses-tu réellement que le pape laissera la

Couronne d'Espagne lui grappiller ses terres ? demanda Wandrille, dubitatif.

— Tu connais assez bien les Borgia pour savoir qu'il n'en sera rien. César les boutera hors de Milan et Naples à la première occasion, dès qu'Alexandre aura retourné son pouce pour désigner le perdant.

— La trahison est monnaie courante au Vatican. Et la fin justifie les moyens.

— Il est assez agréable de pouvoir critiquer la politique vaticane sans risquer l'empoisonnement ou d'être poignardé dans la nuit ! s'esclaffa Arès.

— Qui vous dit qu'un espion ne vous a pas suivi jusqu'ici, sourit Morag, taquine.

— Le climat, ma chère, le climat ! Qui serait assez fou pour quitter Rome et venir mourir de froid dans vos contrées inhospitalières ?

— Vous, apparemment !

— Mais toi, tu es fou, tout le monde sait ça ! plaisanta Wandrille.

— Longue vie à la folie, alors, car je suis ravie que vous soyez là, enchaîna Aelig en levant son verre pour son ami.

— Aux amis anciens et nouveaux, répondit avec chaleur Arès, qui leva également son verre sans quitter Morag du regard, ce qui n'échappa pas à Katel.

De son côté, Arès se dit que la mission qui justifiait son voyage en Écosse pouvait bien attendre un peu. Il servait d'espion au pape dans une certaine affaire qui risquait de faire scandale dans l'Europe tout entière, mais, pour l'heure, seule la maison Seton aurait son intérêt. Il trouverait peut-être des alliés ici même, le temps venu.

Les jours suivants, Katel observa le manège d'Arès d'un œil amusé et bienveillant. Il était évident que Morag avait éveillé son intérêt, et sa cécité ne semblait le déranger en rien. Elle espérait tout de même qu'Arès ne jouerait pas le bourreau des cœurs et que Morag ne souffrirait pas trop, le jour où il les quitterait. Ils passaient le plus clair de leur temps ensemble, et Katel s'occupait du quotidien au château avec plaisir, gentiment guidée par Jamesina et les servantes. Son gaélique s'améliorait de jour en jour et, si ses erreurs faisaient rire tout le monde, au moins la comprenait-on bien. Elle voulait faire cette surprise à Darren pour son retour, et elle était une élève très attentive aux cours que Jamesina lui donnait quotidiennement. Aelig était de plus en plus fatiguée et peinait à se lever, mais Wandrille se montrait aux petits soins pour elle.

Un matin, celui-ci vint la chercher, car le travail avait commencé.

— Je crois qu'Aelig a besoin de vous, moi, je ne sais pas comment l'apaiser, avoua le futur père avec un calme qui surprit Katel.

— Elle est angoissée, comme toutes les mères se préparant à donner la vie. Ne vous en faites pas, elle s'en sortira très bien.

— Je sais, elle est plus forte qu'elle ne le croit. J'ai confiance en elle.

Katel était heureuse de voir son gendre si serein et confiant dans la vie et son épouse.

Dans la chambre, les matrones s'activaient déjà en chantonnant une ritournelle apaisante. Mais Aelig pleurait dans son lit, en serrant son ventre.

Katel approcha doucement.

— Mais enfin, ma chérie, dans quel état es-tu ?

— J'ai peur, avoua Aelig.

— Il est bien naturel de craindre d'enfanter, mon ange, mais tout se passera bien, aie confiance en toi.

— Je n'ai pas peur d'accoucher, dit Aelig en sanglotant. J'ai déjà assisté à des naissances.

— Alors que crains-tu ? demanda Katel en s'asseyant au bord du lit et en lui prenant la main.

— Le bébé… Et si je ne l'aimais pas ? Si je n'en voulais pas ? sanglota-t-elle, éperdue.

Katel sentit son cœur se briser et serra sa fille contre elle en pleurant aussi. Elle savait d'où lui venait cette crainte ; c'était le bébé abandonné autrefois qui parlait en elle à cet instant.

— Oh mon ange, tu l'aimes, ce bébé. Il est l'amour que tu portes à Wandrille et ton plus précieux trésor. Bien sûr que tu vas l'aimer, parce que c'est le vôtre !

Elle la berça doucement contre elle et sourit à travers ses larmes.

— Tu seras une mère merveilleuse. Certes, pas parfaite, aucune ne l'est, et peu importe d'ailleurs. Tu seras sa mère, son univers. C'est vers toi que se tourneront ses premiers sourires, ses premières larmes aussi. Tu seras son chemin et ses remparts, son jardin et son repos. C'est ça, être une mère, ma chérie, c'est ouvrir ton cœur sans réserve à ce petit être qui vient de toi.

— Et si, malgré tout, je ne l'aimais pas, poursuivit Aelig, angoissée.

— Alors, je serai là pour l'aimer à ta place et pour te montrer combien être mère est merveilleux. Wandrille aussi sera là pour te guider. Tu es aimée ma chérie, n'aie pas peur.

Une forte contraction la fit gémir et elle fut mise sur la chaise d'accouchement.

Katel se leva et se dirigea vers la porte pour permettre aux matrones d'officier et ménager la pudeur de sa fille.

— Mère, ne me laissez pas !

Ce cri ramena Katel des années en arrière. Aelig n'avait-elle pas crié de désespoir et de chagrin, quand Morgane l'avait emmenée loin d'elle ?

Elle revint vite près d'elle et lui sourit avec amour.

— Je suis là, mon ange. Je suis là.

Apaisée par sa voix et sa présence, Aelig poursuivit sa douloureuse attente. Tout son corps semblait se fendre en deux et ce fut dans les cris qui résonnent depuis le commencement du monde qu'elle donna naissance à un petit garçon.

Katel prit le bébé des mains de la matrone et le posa sur la poitrine d'Aelig qui reprenait son souffle. Ses traits tirés disaient toute la souffrance et le courage qu'il lui avait fallu pour faire naître son fils, mais déjà, dans ses yeux fatigués, Katel voyait le petit miracle de l'amour opérer.

Aelig se redressa en grimaçant un peu, et prit l'enfant dans ses mains.

— Mon Dieu qu'il est petit, dit-elle, émue.

Elle se pencha sur son nourrisson, inspira son parfum, puis déposa un baiser fragile sur sa petite tête. Ensuite, un peu maladroitement au départ, elle lui proposa le sein. L'enfançon chercha un instant avant d'ouvrir grand la bouche, heureux de cette manne bénie, et téta goulûment.

— Il est magnifique, Aelig, félicitations !

— Merci.

Elles se regardèrent. Le regard qu'elles échangèrent traduisait une émotion bien plus grande qu'un simple lien entre une mère et sa fille ; il disait un secret de femmes, de mères, en toute honnêteté et sur un pied d'égalité.

— Je t'aime, ajouta Katel en embrassant sa fille sur le front.

Aelig sourit, heureuse, puis reporta son attention sur le petit garçon qu'elle tenait dans ses bras.

— Veux-tu que j'aille chercher Wandrille, ou préfères-tu attendre d'être lavée ?

— Attendez un peu, milady, dit une matrone en souriant, on n'en a pas pour longtemps pour ranger tout cela, mais il nous faut attendre le temps de la délivrance. Ensuite, vous pourrez aller chercher sire Wandrille. En attendant, vous pouvez peut-être vous occuper de ce petit bonhomme, pendant qu'on masse le ventre de Lady Aelig.

Aelig laissa donc son fils aux bons soins de sa mère. Katel parlait doucement et chatonnait une vieille ritournelle bretonne à ce petit Montgomery.

Une heure plus tard, Wandrille entra dans la chambre et découvrit, émerveillé, les deux êtres qu'il aimait le plus, enroulés l'un contre l'autre. Katel se retira alors discrètement pour ne pas gêner l'intimité de cette nouvelle famille.

Naturellement, elle alla à la chapelle rendre grâce à Dieu pour ce miracle. Elle était heureuse d'avoir su apaiser les doutes d'Aelig, heureuse de la savoir si aimée par Wandrille, comblée de la voir devenir mère à son tour. Elle se rappela la joie de Guirec, quand il avait tenu Conan dans ses bras pour la première fois, cette joie si caractéristique de tout homme qui tient contre lui son avenir. Elle se souvint également de son baiser si reconnaissant et si amoureux, quand il avait reposé le petit contre elle.

Elle sourit dans la pénombre de la chapelle. Elle avait tant de beaux souvenirs d'amour avec Guirec, des souvenirs qu'elle chérissait comme des trésors malgré le temps qui passait et semblait vouloir lui faire oublier les traits de l'homme qu'elle avait tant aimé. Aussitôt, ses pensées s'orientèrent vers Darren. Elle prit un cierge de plus, qu'elle alluma, puis elle regarda quelques secondes la flamme vaciller. Pensait-il à elle, dans le nord ?

« Je vous aime. »

Cet aveu fait sur le ton de l'évidence la touchait vraiment. Il provoquait en elle une joie immense et un fol espoir, aussitôt suivi d'un vide béant et d'une grande frayeur. Elle ne savait pas quoi faire des sentiments de Darren, mais ne voulait pas les rejeter. Posséder le cœur d'un homme tel que celui du baron Seton n'était pas à prendre à la légère. Il lui avait dit ne pas confondre désir et amour, ne pas vouloir d'une amourette, mais rechercher l'amour stable, celui qui dure, qui ne s'enflamme pas comme un feu de paille pour mourir aussitôt, celui que l'on construit, en vérité.

Les jours passaient… Katel savait qu'elle devait une réponse à l'aveu de son mari et décida de sortir, seule, pour réfléchir. La maisonnée était accueillante et charmante, mais ô combien bruyante, aussi se rendit-elle au village, faire le tour des marchés. Elle voulait tester son gaélique et s'aérer un peu l'esprit. Un soldat désigné par Robert lui servit d'escorte, Sean, qui avait suivi Darren en France. Elle partit à cheval, galopa le long du bois qui jouxtait le château. Elle aimait monter et eut une soudaine envie de vitesse. L'animal, sentant son excitation, s'en donna à cœur joie pour satisfaire les exigences de sa cavalière. Katel filait droit devant elle, se moquant éperdument de savoir si le soldat suivait ou non. Une fois repue de vitesse et de vent, elle ralentit et caressa l'encolure de sa monture en riant.

— Vous montez bien, la complimenta Sean, admiratif.

— J'ai de beaux restes, en effet, je n'avais pas fait ça depuis des années !

Elle était ravie de sa prestation.

— Voulez-vous continuer ou aller au marché ? Si je vous le demande, milady, c'est parce que vous vous approchez un peu trop de la frontière qui sépare les Seton des Cunningham. De l'autre côté de ce champ, ce sont leurs terres.

— Oh ! dit seulement Katel, à qui Darren avait expliqué les relations très tendues entre les deux clans. Je ne voudrais pas causer d'incident diplomatique.

— Le baron ne serait pas content, c'est sûr. Il en aurait après moi, précisa-t-il devant la mine inquiète de Katel. Il me reprocherait de vous avoir laissée galoper si près d'ici. Allons, faisons demi-tour, voulez-vous ?

Avec un signe de tête, Katel repartit dans l'autre sens, et ils arrivèrent au marché sous les regards curieux des villageois. Katel allait d'étal en étal, achetait de petites choses et saluait chacun.

— C'est bien que vous parliez un peu le gaélique, commenta Sean en souriant. Nous, on apprécie.

— Elle doit devenir nôtre, maintenant qu'elle a épousé notre baron, dit une vieille femme en se mêlant de la conversation.

Katel l'observa ; sa silhouette racornie évoquait celle d'une sorcière, mais son sourire bienveillant et son regard clair et franc lui inspiraient confiance.

— Milady, voici Myr, elle est un peu sorcière.

Il reçut aussitôt un coup de bâton dans les mollets, et la vieille cracha par terre.

— Sorcière ? Imbécile, dirais-tu à notre baronne que je suis de la mauvaise graine de Satan ?

— Mais non, Myr, ne te fâche pas ! Je veux juste dire que tu n'es pas ordinaire, tu vois des choses, tout ça…

— Je suis voyante, oui, mais seulement parce que notre Seigneur le veut bien !

— Ma foi, si vous pouvez aider les gens grâce à vos

visions, c'est une bonne chose, dit Katel en essayant de faire le moins de fautes possible.

— Elle est bien, déclara Myr en souriant, regardant Katel droit dans les yeux, tout en parlant à Sean.

Sean rougit, visiblement gêné de la familiarité de la vieille femme.

— Bonne Myr, c'est à notre baronne que tu t'adresses !

— Oui et alors ? On est tous nés d'une femme et on finira tous sous terre, alors, on est tous les mêmes !

— Ce que tu dis est juste : sous le regard de Dieu, nous sommes tous les mêmes.

— Elle est très bien, répéta Myr. Allons, venez avec moi, milady, j'ai des choses à vous dire.

Katel se laissa guider par sa drôle de compagne et entra dans une cahute propre et rudimentaire qui sentait bon les herbes médicinales.

— Tu peux rester dehors, ajouta-t-elle pour Sean, qui s'exécuta.

Elle semblait bénéficier du respect des autres et de leur attention. *Elle doit jouer un certain rôle au village*, songea Katel, en prenant place sur un banc de bois.

— Vous avez épousé notre maître, commença la vieille femme en jetant un peu d'herbes dans le feu, ainsi que du sel béni, mais vous n'êtes pas encore de cette terre, milady. Il vous faut d'abord laver votre cœur de la souffrance du passé et dire au revoir à ce qui vous pèse.

— Ce n'est pas si facile.

— Aucune naissance ne l'est.

Renaître, mais comment ? se demanda Katel, perplexe.

— Il vous faudra écouter et comprendre le chant des bruyères. À cet instant seulement, vous serez de cette terre.

— Je ne comprends pas ce que tu dis.

— Vous comprendrez le moment venu. Et ce moment est tout proche. La vie vous donnera une deuxième chance, milady, le tout est d'écouter le chant des bruyères, et tout deviendra clair, vous verrez.

La vieille femme se leva et lui indiqua la porte.

— Vous pouvez reprendre vos emplettes. Une chose encore… La petite Morag aura de la visite, celle d'un étranger. Ne rejetez pas cet étranger, il lui donnera quelque chose de précieux, d'inestimable même.

Elle ouvrit la porte et laissa Katel passer devant.

— Je vous souhaite une belle journée, milady.

Katel, perdue dans ses pensées, ne répondit pas tout de suite.

— Bonne journ…

Mais la porte s'était déjà refermée.

— Elle fait toujours cet effet-là, dit Sean en la rejoignant. Mais aussi loin que remontent mes souvenirs, tout ce qu'elle a prédit s'est réalisé. Attention, ajouta-t-il en levant l'index, ce qu'elle dit ne regarde que vous, il ne faut pas divulguer la prédiction.

— Bien, je la garderai pour moi et, étant donné qu'elle a été formulée de manière très embrouillée, ce ne sera pas difficile, dit la baronne avec un sourire.

— Jusqu'à ce que tout s'éclaire.

— Vous semblez croire en elle…

— Oui, mon épouse et moi avons attendu des années la venue d'un enfant, et Myr souriait, chaque fois que je venais la voir à ce sujet. Elle me disait que Dieu donne toujours en abondance à ceux qui supplient sept fois sa Sainte Mère. Elle a touché le ventre de mon épouse. Nina m'a dit qu'elle avait senti une grande chaleur en elle, comme un soleil. Nous avons donc fait sept pèlerinages. Ma Nina pleurait beaucoup, elle s'en voulait terriblement de ne pas me donner d'enfant, et puis, neuf mois plus tard, après le dernier pèlerinage, nous avons eu des jumeaux. Puis encore d'autres jumeaux, deux ans après. J'ai donc arrêté de prier, conclut en riant Sean, qui semblait un père comblé.

— Deux fois des jumeaux ? Et en bonne santé ?

— Oui, ça paraît fou, la plupart du temps, ce sont des bébés fragiles et beaucoup meurent. Mais Dieu était avec nous, mes quatre fils vont bien, trop bien au goût de leur mère !

— C'est un bon présage, alors.

— Avec Bonne Myr ? Toujours. Je crois que c'est un ange envoyé par Dieu, ou une fée. En tout cas, Nina en est convaincue.

La pluie commença à tomber et tous deux rentrèrent au château le plus vite possible.

Arrivant dans la cour trempée, mais l'esprit léger, Katel eut une bonne surprise : Darren était revenu plus tôt que prévu. Elle sentit une grande allégresse envahir son cœur, mais elle resta en retrait quelques secondes. Il dut sentir sa présence, car il se retourna et se dirigea vers elle à grands pas, la couvrant de sa cape pour la protéger de la pluie qui tombait toujours.

— C'est trop tard, je crois qu'il n'y a plus rien à

sauver ! dit-elle en riant, lui montrant les dégâts sur sa robe. Vous avez fait bon voyage ?

À ce moment-là, le tonnerre gronda et la fit sursauter. Elle se rapprocha de Darren et lui posa la main sur le bras. Un éclair suivit, puis un nouveau coup de tonnerre.

— Vous voulez rentrer, ma douce, ou rester dehors et vous transformer en flaque ?

Katel sourit et accepta la main qu'il lui tendait.

— Vous trouvez peut-être cela beau, mais ce qui me réjouirait davantage, ce serait un bon feu, des vêtements secs, un bon verre de whisky et votre compagnie.

— Accordés ! répondit-elle. Vous êtes rentré plus tôt que prévu.

— Cela vous déplaît-il ?

— Vous savez bien que non, Darren !

Elle se sentit rougir et n'osa soutenir son regard ardent.

— Aelig et Wandrille ont eu un petit garçon.

— Félicitations à l'heureuse grand-mère ! la taquina-t-il. Tout s'est bien passé en mon absence ?

— Oui, nous avons la visite d'Arès Gabrieli, le compagnon d'armes de Wandrille. Vous l'avez croisé à Pontorson.

— Je me souviens de lui, il est le bienvenu, naturellement.

— Autant vous le dire tout de suite, Morag et lui s'entendent très bien.

Darren fronça les sourcils et sonda son regard.

— Ce qui signifie… ? demanda-t-il d'un air soupçonneux.

— Juste cela, mon cher, qu'ils s'entendent très bien. Je ne lui prête aucune mauvaise intention vis-à-vis de votre fille, si cela peut vous rassurer, et ils ont toujours un chaperon lorsqu'ils se promènent.

— Ah, lâcha Darren, toujours dubitatif, on en est déjà aux promenades ! Je vous confie ma maison un mois et je trouve un godelureau batifolant avec ma fille en rentrant.

Katel éclata de rire devant sa mine déconfite.

— Darren, pour l'amour du ciel, qu'y a-t-il de mal à cela ?

— Eh bien, Morag est fragile et…

— Aveugle, oui, mais elle n'en est pas moins femme et charmante pour autant. Son esprit vif a su plaire à Arès et j'en suis ravie.

— Seulement son esprit vif ? rétorqua Darren.

— Vous n'êtes qu'un vieux barbon grognon et moralisateur, Darren Seton ! Mais vous me faites rire en père possessif et jaloux, dit-elle en mettant ses mains sur sa bouche pour refréner un gloussement qui se mua bientôt en fou rire.

— Vous vous moquez de moi en plus !

Le fou rire redoubla, et Katel entra dans la grande salle sous les regards curieux de ses occupants.

Elle profita des chaleureuses retrouvailles pour aller se changer et sursauta en entendant la porte s'ouvrir, alors qu'elle enfilait une chemise propre derrière son paravent.

— Je viens juste chercher du linge, la rassura Darren.

— Vous êtes chez vous, monseigneur, dit-elle d'une voix rauque qui la surprit elle-même.

Elle eut soudain envie de sortir de sa retraite et d'aller vers lui, de lui offrir ses lèvres et…

Puis la vague de froid familière s'abattit de nouveau sur elle.

— Je vous rejoins en bas dès que je suis prête.

— Bien, se contenta de répondre Darren.

Était-ce son imagination ou elle avait senti de la déception dans la voix de son mari ? Était-il vraiment venu chercher du linge ou avait-il espéré un baiser ? Davantage peut-être ? Quoi qu'il en soit, il s'installa dans de nouveaux appartements, dans l'aile est, non loin de sa propre chambre.

Chapitre 10

La semaine suivante, on organisa le baptême du bébé qui reçut le nom d'Ann-Jacques, en l'honneur de la reine de France et de son oncle normand. Aelig était encore alitée, attendant la fête de ses relevailles pour pouvoir reprendre une vie sociale et revenir officiellement dans l'église. Après une naissance, les femmes étaient placées dans une petite bulle de confort et de paresse. Elles ne quittaient pas leur chambre, afin d'allaiter en paix et de permettre à leur corps de se remettre de l'accouchement. La chambre d'Aelig était donc devenue le salon de ces dames, et Wandrille s'en sentait un peu exclu, aussi passait-il son temps avec Robert ou Duncan. Il avait bien vu l'inclination d'Arès pour Morag et se réjouissait que son ami se sente bien en compagnie de cette charmante personne.

Le printemps s'installait encore une fois sur la lande, et Katel respira l'air frais du matin en ouvrant ses volets, ce matin-là. Darren était un merveilleux compagnon et devenait un ami précieux. Ils passaient du temps ensemble, mais jamais il ne l'avait embrassée de nouveau, n'avait tenté une caresse ou le moindre attouchement. Il se contentait d'être là pour elle et de lui tenir compagnie, sans rien exiger en retour. Il laissait Arès et Morag poursuivre ce qui semblait être le début d'une idylle, tout en les tenant à l'œil.

— Pensez-vous que ça donnera quelque chose ? demanda-t-il, cet après-midi-là, en voyant les deux jeunes gens partir en promenade.

Arès jucha Morag sur son étalon et monta derrière elle, puis s'éloigna au petit trop vers l'étang.

— Ils sont bien l'un avec l'autre et apprennent à se connaître. Désapprouvez-vous Arès ?

— Non, mais j'avoue avoir demandé quelques informations sur lui à Wandrille. Cet Italien est un coureur, je ne veux pas que Morag souffre.

— C'est une femme, Darren, pas une fillette. Arès est un séducteur, c'est vrai. Mais a-t-il couru une seule de vos servantes depuis son arrivée ? Non. Je le sais, je me suis renseignée, je surveille nos deux tourtereaux, moi aussi, avoua-t-elle, complice.

— Elle est aveugle, Katel, peut-elle faire une bonne épouse pour un homme comme lui ?

— J'ai posé la question à Arès.

— Vous avez quoi ? demanda Darren, estomaqué.

— J'ai également le bonheur de votre fille à cœur, alors j'ai mis les pieds dans le plat. Et savez-vous ce qu'il m'a répondu ? demanda-t-elle en souriant.

— Je m'attends au pire…

— Que l'avantage d'avoir une femme aveugle était qu'on devait lui donner la main presque toute la journée.

— Vil séducteur !

— Non, Darren, c'est très romantique et, franchement, je crois qu'il a des intentions tout à fait honorables.

— Honorables ? Il veut ma fille. Vous avez vu la façon dont il la regarde ? On dirait qu'il bave devant une sucrerie !

Katel rit de nouveau.

— Eh bien, il ferait bien de l'épouser et de la croquer.

— Quel langage, madame ! fit-il, moqueur.

— Je me demande bien pourquoi il met si longtemps à se déclarer. Peut-être que vous lui faites peur.

— Peur, Gabrieli ? Vous l'avez vu à l'entraînement ?

— On peut être fort et guerrier, et un vrai timide pour avouer ses sentiments.

Un grognement peu convaincu suivit cette explication.

— Morag est heureuse, cela trouve grâce à vos yeux, n'est-ce pas ?

— S'il lui fait du mal, je l'écharpe, grommela Darren en suivant les deux jeunes gens du regard. Vous croyez qu'il l'a déjà embrassée ?

Katel éclata de rire en levant les yeux au ciel.

— J'espère bien que oui, sinon, c'est un idiot !

Darren suivit des yeux la jolie silhouette de son épouse, qui se dirigeait vers le donjon. Il aimait son rire et sa bonne humeur. Est-ce qu'il rêvait ou bien avait-elle une démarche plus chaloupée que d'ordinaire ? Elle avait revêtu une jolie robe d'un rouge foncé dont la coupe était très féminine. Elle paraissait plus détendue et sereine. Il aurait tout donné pour un baiser, donné spontanément et non quémandé, mais il refusait de s'imposer à elle. Si elle voulait de lui, elle n'avait qu'à le lui dire. Il l'attendait. Il lui avait ouvert son cœur en toute franchise, que pouvait-il faire de plus ?

Katel sortit à cheval en fin d'après-midi. Elle avait repris goût à l'équitation et à beaucoup d'autres choses, d'ailleurs, depuis son arrivée en Écosse. Elle tenait la maison avec facilité ; son gaélique étant devenu bon, elle avait réussi à convaincre les cuisinières d'agrémenter les recettes écossaises de recettes bretonnes, ce qui faisait la joie de tous les convives. Elle souriait davantage et sentait ses épaules beaucoup plus légères, surtout depuis le retour de Darren. Elle pensait à lui à chaque instant, et pas seulement comme on pense à un ami.

Elle aimait se promener seule, de temps à autre, et Sean, avec qui elle entretenait des liens très cordiaux, comprenait son besoin de solitude. Il la suivait de loin, juste au cas où. Si elle voulait bavarder, elle s'arrêtait et il la rejoignait.

L'air était doux et le vent, léger. Katel galopa en direction des collines, au nord du château. Après une lieue, elle arriva en haut d'une colline couverte de bruyère rose et mauve. Le soleil déclinant rougissait le ciel. L'endroit était désert et enchanteur, seule une croix dominait l'ensemble.

Katel descendit de cheval et poursuivit sa route à pied. Elle gravit le monticule de pierres sur lequel était fixée la croix de bois et regarda l'horizon. Il était clair et dominait la forêt. De l'autre côté, elle voyait Fyvie Castle au loin. Le vent se leva doucement et secoua la lande d'une caresse ; les bruyères dansaient et bruissaient doucement, comme dans un murmure.

« Il vous faudra écouter et comprendre le chant des bruyères. »

Les paroles de la vieille Myr lui revinrent à l'esprit ; son regard se porta de nouveau sur Fyvie Castle, puis sur la croix de bois à laquelle elle se tenait pour ne pas perdre l'équilibre. Elle ferma les yeux et entendit de nouveau ce murmure. Il était apaisant, et le parfum de la lande emplissait ses poumons. Ses émotions se bousculaient, elle avait envie de rire autant que de pleurer. Le vent agitait les bruyères en vagues successives ; c'était comme une mer rose et mauve tout autour d'elle. Une mer parfumée, où elle avait envie de plonger, pour oublier, tout effacer et renaître, nouvelle et pure.

Ses jambes ne la portaient plus. Elle se laissa doucement glisser sur la pierre et pleura sur sa vie, sur son cœur brisé, sur la mort de Guirec, sur son corps et son âme blessés.

— Guirec, Guirec. Je t'ai tellement aimé ! Tu me manques tellement ! J'ai si peur d'oublier ton visage.

Le vent souffla plus fort, lui ébouriffant les cheveux, faisant gonfler les pans de sa jupe. Le murmure semblait s'intensifier.

— Ne m'en veux pas, je t'en prie. Je t'aimerai toujours, mais je veux vivre. J'ai attendu si longtemps déjà.

Le soleil perça les nuages et elle fut éblouie un instant. Elle laissa la lumière vive lui caresser le visage et sécher ses larmes. Elle sentit une émotion nouvelle enflammer son cœur, une émotion en mouvement, qui fit battre son cœur très vite. Elle voulait vivre, respirer. Son instinct de survie semblait reprendre forme et force, après vingt années de sommeil contraint. Elle souriait à travers ses larmes et se redressa, les idées claires. Elle savait ce qu'elle voulait : elle voulait appartenir à cette terre, être comme la lande qui se confie au vent sans arrière-pensées. Elle voulait s'unir à la vie et laisser le chant des bruyères lui laver le cœur.

Et elle voulait Darren.

Elle descendit le monticule de pierre au risque de se rompre le cou et courut vers sa monture qu'elle enfourcha sans aucune élégance. Elle talonna l'animal et galopa à vive allure vers le château. Elle passa devant Sean qui s'était assis contre un arbre en attendant qu'elle redescende et qui l'appela. Elle arrêta son cheval un instant, juste pour lui crier :

— Je l'ai entendu ! Le chant des bruyères !

Sean se mit à rire et secoua la tête en la voyant filer comme un diable vers le château.

Elle n'avait pas la moindre idée de ce qu'elle allait dire à Darren et s'en moquait éperdument ; elle savait qu'elle allait vers lui et ça suffisait pour le moment.

Arrivée dans la cour, elle fila en contrebas vers les greniers à grains. Darren devait y être, il avait dit vouloir faire le tour des réserves avec Emma. En effet, il y était. Elle fonça, tête baissée, et sauta la barrière. Les hommes qui travaillaient dehors se poussèrent pour éviter les sabots du cheval, et cette arrivée en force fut saluée par des jurons et par des applaudissements.

Surpris, Darren la détailla. Sa robe était froissée, ses cheveux défaits, son souffle court, mais l'étincelle qui brillait dans ses yeux la rendait très belle.

— Je suis peut-être un miroir brisé, mais je peux encore réfléchir la lumière, commença-t-elle avec précipitation. Et je veux réfléchir la lumière ! cria-t-elle presque devant son inertie.

— Tu es sûre de toi ?

La question était directe, sans détour. Katel comprenait qu'elle jouait sa dernière carte en cet instant. Il serait trop tard, ensuite, pour revenir sur son choix.

— Morte de peur, mais sûre de moi.

— Emma ? Tu poursuis l'inventaire, j'ai une affaire à régler avec ma femme.

Il la regardait avec convoitise, et toute trace d'amusement avait quitté son visage. Katel sentit son cœur battre la chamade : ce qu'elle lisait dans les yeux de Darren était loin de lui déplaire. Il lui prit la main et l'entraîna à grands pas vers le donjon. Comme il était beaucoup plus grand qu'elle, elle dut presque courir pour le suivre. Ils gravirent les marches quatre à quatre, Darren la fit entrer dans la chambre et referma aussitôt la porte.

Il resta là quelques secondes à la dévorer du regard. Elle était nerveuse.

— Je crois que j'ai oublié comment on fait, bégaya-t-elle en se tordant les doigts. Ce serait peut-être bien si c'était vous qui preniez l'initiative. Oh Darren, pour l'amour du ciel, dites quelque chose !

Il s'approcha doucement et la prit dans ses bras.

— J'ai envie de toi, et toi ?

— Oui, répondit-elle en rougissant, j'ai envie de toi. C'est affreusement embarrassant, ajouta-t-elle en posant une main sur sa joue brûlante.

— Non, c'est charmant. Je t'ai déjà dit que j'appréciais la pudeur chez les femmes. Mais je ne crois pas que tu sois si pudique que cela, Katel Seton.

Elle le fixa en haussant les sourcils, sans comprendre.

— N'as-tu pas sciemment roulé des hanches, ces derniers jours ? Ne t'es-tu pas parée de jolies robes qui soulignent ton corps à merveille ?

Il lui embrassait la gorge avec sensualité et éveillait en elle de délicieux frissons.

— Ai-je vraiment fait cela ?

— Oh oui ! Et j'ai cru en avoir une attaque plusieurs fois !

Katel rit et resserra son étreinte. Elle était heureuse autant que fébrile, et voulait savourer chaque instant de bonheur.

Darren la dévêtit avec des gestes précipités, et cette impatience la ravissait ; elle se sentait belle sous son regard. Au diable les rides, les marques de ses grossesses et le temps qui passait, elle était femme et désirée.

Elle se retrouva en chemise et fut presque déçue qu'il s'arrête en si bon chemin. Mais quand il se dévêtit et s'exposa nu, sa déception s'envola à la seconde. Dieu que cet homme était beau !

Elle laissa son regard caresser ses bras musclés et

impressionnants, les méplats de son torse, le creux de ses hanches, la force de ses cuisses et cette virilité qui n'attendait que de se fondre en elle.

Darren revint vers elle sans aucune pudeur et la prit dans ses bras comme on soulève un paquet précieux. Il la déposa sur le lit, reprenant ses lèvres à la seconde où son corps toucha le matelas.

C'était un baiser passionné, affamé et dévorant. Il n'y avait pas de place pour les faux-semblants. Il s'allongea presque sur elle, remonta sa chemise sur ses hanches, puis s'arrêta en souriant.

— Je me comporte comme un imbécile. Tu n'aimes pas que je sois sur toi. Je ne veux pas te faire peur.

Le souvenir de leur nuit ratée lui était probablement revenu à l'esprit, et il ne voulait pas faire la même erreur. Il s'assit sur le lit et laissa Katel prendre l'initiative. Elle vint vers lui en se mordant les lèvres et, remontant sa chemise, s'assit à califourchon sur ses cuisses.

— Comme ça, ça ira ?

En guise de réponde, Darren enfouit son visage contre son buste et gémit en sentant ses seins réagir sous ses paumes.

— Je hais cette chemise !

Katel sourit et gesticula un peu sur ses cuisses pour ôter le vêtement. En bougeant, elle effleurait le sexe de Darren qui se crispa et soupira de désir.

— Tu veux me tuer, femme ?

— Surtout pas, pas tout de suite, en tout cas !

— J'adore te voir rire, tu es si belle ! dit-il en savourant sa peau de pêche.

Il remonta les mains le long de ses hanches voluptueuses et l'attira un peu vers lui. Il repoussa doucement ses longs cheveux tombés en cascade sur sa figure, son visage frôlant le sien. Katel se pencha pour l'embrasser. Elle caressa ses lèvres de sa langue pour approfondir ce baiser. Il enfouit ses mains dans l'épaisse chevelure bouclée et la pressa contre lui pour dévorer éperdument sa bouche aventurière. Ses mains fiévreuses poursuivaient leur découverte et balayaient mille fois ses hanches, son dos, ses seins lourds. Katel tremblait. Il savait que ce n'était ni de peur ni de froid. Il frotta ses mamelons durcis de ses doigts, la faisant gémir de plaisir. Elle était nue, haletante et consentante. Sa langue agile caressait la sienne, goûtant sa bouche. Ils étaient peau contre peau, poitrine contre poitrine, Katel rougissant de sa propre audace.

Elle rejeta la tête en arrière, lui offrant sa gorge et ses seins comme le mets le plus fin qu'on donnerait à un affamé. Darren embrassa cette peau sucrée et veloutée à en perdre haleine. Il glissa la main entre ses cuisses, les ouvrant davantage, et remonta vers sa féminité, heureux de constater qu'elle était prête à le recevoir. Il caressa la douce toison qui recouvrait sa chair la plus intime et ses doigts s'activèrent doucement, puis plus vite. Katel gémit plus fort et s'accrocha à ses épaules.

— Je n'ai pas peur de toi, dit-elle, le souffle court, en frottant son sexe contre lui.

Elle se hissa au-dessus de lui et bloqua sa respiration en sentant la virilité de Darren contre elle. *Elle avait peut-être été prétentieuse*, songea-t-elle, en prenant la mesure de son mari.

— Prends-moi en toi, ma douce, chuchota-t-il en reprenant ses lèvres.

Katel poursuivit son mouvement langoureux jusqu'à s'ouvrir complètement et, s'accrochant à ses hanches, elle sentit Darren la pénétrer. Il perdit toute retenue et reprit le dessus en une seconde. Ils accordèrent leur rythme, se regardant dans les yeux. Chaque poussée leur arrachait des gémissements de plaisir et des cris. La voix rauque et grave de Darren se mêlait à celle de Katel, plus aiguë et plus suave. Il sentait monter sa jouissance, fulgurante et rapide, mais ne voulait pas gâcher le plaisir de sa femme. Katel ne fut pas longue à le rejoindre et gémit longuement, s'affalant contre lui, en cachant son visage dans son cou.

Darren laissa l'extase le terrasser et il la maintint contre lui le plus fort possible. Puis il la bascula sur le côté et posa la main sur son sexe palpitant. Elle s'arc-bouta violemment, le désir la tenait toujours, et cette simple pression fut récompensée par un long cri.

Elle ferma les yeux, éperdue de plaisir et heureuse que Darren en soit la cause. Il se cala à côté d'elle, caressant la peau nacrée de son dos, et l'embrassa doucement.

— Je vais bien, tu sais, dit-elle dans un sourire, gardant les yeux fermés.

— Tu lis dans mes pensées. J'ai eu peur d'avoir été trop… empressé.

Elle souriait toujours et se tourna doucement pour se couvrir un peu avec le drap.

— Qu'est-ce qui m'a valu ce revirement de situation ? demanda-t-il en lui caressant les cheveux.

— J'ai fait un tour sur la lande, sur le conseil d'une fée ; j'ai écouté le chant des bruyères et j'ai su ce que je voulais.

— Tu m'intrigues.

— J'ai rencontré Myr au village et nous avons discuté. J'ai dit au revoir à Guirec, je crois que j'avais besoin d'un peu de temps.

— Plus de vingt ans…

— Non, je veux dire du temps pour toi et moi. Je n'avais pas du tout envisagé de me remarier avant ton arrivée à Pontorson, j'avais enterré ma vie de femme avec lui.

Darren songea à Gilbert de Montpensier, avec qui elle avait eu une aventure, après la mort de Guirec, mais il ne l'interrompit pas pour autant.

— Tu es ma femme, maintenant, mais je ne serai jamais jaloux d'un souvenir, Katel. Tu as aimé Guirec, il est normal qu'il fasse partie de ton passé.

— As-tu aimé tes épouses ?

— Ethel, oui, la mère de Robert. J'étais un jeune homme plein de fougue et d'orgueil, et un piètre mari. Quand j'ai essayé d'obtenir son pardon et son cœur, il était trop tard. Elle s'est tuée à cheval un jour où nous avions eu une violente dispute. J'ai mis des années à me le pardonner. Après sa mort, mon frère m'a pressé de me remarier, il avait besoin d'une alliance avec les MacDougal, et Robert, d'une mère. Margaret était douce et effacée, elle tenait son rôle et moi, le mien. Nous sommes devenus amis au fil du temps, et les garçons sont nés, ce qui a fini par la tuer. Des années plus tard, j'ai rencontré Rebecca, une jeune veuve. Elle cherchait à se protéger d'un cousin de son défunt mari, qui voulait l'épouser pour sa fortune. Il a tenté de l'éliminer, lorsqu'elle a refusé. Elle a été ma maîtresse, puis je l'ai épousée lorsqu'elle m'a annoncé qu'elle attendait un enfant. C'était Morag. Lachlan était un gros bébé, et Rebecca y a laissé la vie.

— Tu n'étais pas obligé de me dire tout cela, mais je te remercie de ta franchise. Il vaut peut-être mieux oublier le passé, dit-elle en regardant le plafond.

— Moi, je te demande de me donner ton présent et ton futur.

Katel secoua la tête et la posa au creux de l'épaule de Darren. Elle était sienne désormais, qu'avait-il besoin de connaître toute la vérité ?

Une semaine plus tard, alors que Katel rêvassait au jardin, assise sur un banc de pierre et adossée à un arbre, elle eut une étrange vision. Entre sommeil et réveil, elle revit Guirec qui arrivait vers elle en souriant. Mais son cœur de mère reconnut Conan, dès qu'elle ouvrit parfaitement les yeux. Comme elle était fière de son fils ! Il ressemblait tant à son père ! Elle eut alors sa réponse. Elle avait eu peur d'oublier son amour pour Guirec, mais il survivait à travers Conan, preuve vivante qu'elle avait aimé cet homme de tout son cœur.

— Par quel miracle es-tu ici ? demanda-t-elle en se redressant, étonnée de le voir en Écosse.

— J'ai pensé que cela vous ferait plaisir de revoir Conan, et qu'il aimerait aussi s'assurer que vous étiez saine et sauve chez les barbares d'Écosse, se moqua gentiment Darren.

Par quelle magie était-il lui aussi arrivé près d'elle sans qu'elle s'en aperçoive ? N'avait-il pas annoncé qu'il irait visiter les métairies de l'est ?

— J'ai remis ma visite à demain, dit-il, devinant sa question. Vous regarder dormir sous ce cerisier est beaucoup plus agréable que de réparer des toitures.

Galamment, il lui fit un baisemain et l'aida à se lever.

— Je vous laisse à votre fils, ma douce. À ce soir.

Il fit quelques pas, mais elle le retint d'une main légère.

— Merci pour ce merveilleux cadeau.

Elle était émue de cette attention.

— C'est un peu égoïste de ma part, mais je vous raconterai tout cela quand nous serons seuls ajouta-t-il avec un clin d'œil.

Conan les observait avec un sourire en coin et, lorsque Darren fut à bonne distance, il déclara :

— Vous semblez bien vous entendre.

— En effet, répondit Katel tout en se sentant rougir, comme prise en faute.

— Est-ce qu'il vous traite bien ?

Katel le regarda avec tendresse : il éprouvait une inquiétude véritable.

— Tu n'as pas à t'en faire, Conan, je vais bien et je réapprends à vivre doucement. Darren a été très patient et je suis vraiment sa femme, maintenant.

— Comment a-t-il pris la chose ?

— Quelle chose ?

— Mère…

Les sourcils de Conan se froncèrent.

— Vous ne devriez pas lui cacher la vérité.

— Et subir son mépris ? Non ! Je suis heureuse, je commence tout juste à reprendre goût à la vie et au bonheur, alors, je ne veux pas voir tout cela s'effondrer !

— Vous construisez ce bonheur sur un mensonge.

— Par omission seulement ! se défendit Katel, mal à l'aise.

— Par omission ou pas, cela reste un mensonge.

— *Péoch !* Silence ! fit-elle sèchement. Je sais que je devrais lui dire, poursuivit-elle d'un ton radouci, mais pas tout de suite.

— Ne tardez pas trop, plus on tarde, plus c'est difficile.

— Je sais. Tu n'es pas blessé que je sois avec un autre homme que ton père ?

Elle avait parlé vite et attendait sa réponse, légèrement fébrile.

— Mère, dit-il en lui prenant les épaules. Vous lui avez été fidèle plus de vingt ans. Nul n'est tenu de se sacrifier si longtemps. Je sais ce que vous éprouviez pour mon père et je garde ce doux souvenir. Si Seton fait de vous une femme heureuse, je ne puis que l'en remercier. Nous avons tous hérité des larmes, il est temps de passer à autre chose.

— Hérité des larmes…, répéta Katel.

Ils avaient tous eu leur lot de souffrance, en effet.

Conan avait raison : si le soleil voulait briller de nouveau, il ne fallait pas l'en empêcher.

— Vous êtes très belle comme cela, ajouta-t-il en lui caressant les cheveux.

Puis il la serra dans ses bras et l'embrassa sur la tête. Elle sentit alors de nouveau une paix immense lui gagner le cœur.

— Je suis rassurée, alors. Maintenant, parle-moi de Ker Glenn. Est-ce que tout le monde va bien ?

— Oui, Brune se porte à merveille, Guirec est un chenapan qui passe sa vie aux écuries avec nos chiens, et Ann-Aurore marche, à présent.

— Déjà ? C'est vrai qu'elle a plus d'un an. Suis-je vraiment partie depuis si longtemps ? Et Morgane ?

— Elle suit le régime et les médecines qu'Aelig lui a recommandés. Brune la garde comme conseil, mais Morgane ne fait plus aucune tâche pénible. Elle va bien, ne vous inquiétez pas.

— Regarde qui vient !

Conan se retourna à ces mots et vit Aelig, qui portait un nourrisson dans ses bras. Sa demi-sœur venait de fêter ses relevailles et avait repris sa place dans la maisonnée.

— Il fallait que je le voie de mes propres yeux pour y croire. Bienvenue à vous, Conan, quelle bonne surprise !

Elle était rayonnante, et Conan la salua chaleureusement.

— Je crois que des félicitations s'imposent.

— C'est un garçon. Nous l'avons prénommé Ann-Jacques.

— Quoi ? cracha Conan, en écarquillant des yeux de chouette.

— Ann pour notre reine et Jacques pour…

— Tu es sérieuse ? Tu pouvais lui donner n'importe quel prénom, mais pas celui de Montgomery !

— C'est un Montgomery, mon cher, rétorqua Aelig, qui avait du mal à cacher son hilarité.

— Ah oui, c'est vrai… Mon pauvre bonhomme, tu commences bien mal dans la vie ! déplora-t-il en prenant son neveu et en le portant à bout de bras. Heureusement pour toi, tu es à moitié Ker Glenn : ça sauvera sûrement tes petites miches de Normand.

— D'Écossais, dirait Darren. Après tout, il est né ici.

— Ce n'est pas parce qu'une vache naît dans une écurie, que ça en fait un cheval !

— Tu n'es qu'un rabat-joie, Conan. Ce petit ange sera un parfait Écossais, j'en suis sûre, fit Katel en prenant son petit-fils. N'écoute pas ton oncle, mon amour. Ann-Jacques, c'est très joli.

Ils rentrèrent au donjon pour ne pas exposer le bébé au vent et Wandrille les rejoignit.

— Joli choix de prénom ! attaqua Conan, sans saluer son beau-frère.

— Je suis sûr que Brune le trouvera très bien.

— En plus, il a raison !

La moue dégoûtée de Conan fit sourire Katel, qui connaissait la plaisanterie que sa belle-fille avait faite à

Conan au sujet du prénom à donner au petit Guirec. Elle l'avait fait marcher des jours durant en assurant qu'elle voulait l'appeler Jacques. Conan avait poussé des hauts cris, jusqu'à ce qu'il comprenne qu'elle se moquait de lui.

— Jacques va être infect avec ça… Nous devions le recevoir avec sa fiancée pour fêter Pâques, mais je sens que je vais annuler.

Katel rit et donna une petite tape sur l'épaule de son fils, qui sourit.

— Va pour Ann-Jacques ! conclut-il avec un petit frisson de dégoût, je m'en remettrai. Mais ce pauvre gosse peut-être pas !

Wandrille éclata de rire et l'emmena pour lui présenter Robert et Duncan. Conan fut heureux de revoir Arès, et les hommes firent le tour du château entre eux.

Les femmes organisèrent un banquet pour le soir même et firent venir des jongleurs et des musiciens. À la droite de Darren, Katel rayonnait d'avoir ses enfants près d'elle, la table était garnie de viande juteuse, du mouton principalement, de tartes aux légumes, de grands plateaux de fromages et de desserts aux fruits des bois, ainsi que de cakes qui avaient macéré dans l'alcool tout l'hiver. Le whisky coulait à flots et Conan ne se privait pas.

— C'est peut-être la seule chose qui nous manque, en Bretagne, avoua-t-il en demandant au bouteiller de remplir son verre à nouveau.

Il but une gorgée et appela une servante pour se

laver les mains. Une fois propre, il se leva et tendit la main à sa mère.

— Avec votre permission, monseigneur, je voudrais inviter la plus belle femme de ce château à danser.

— Conan, voyons, il y a des années que…

— Eh bien, justement ! Si mes souvenirs sont bons, vous aimiez beaucoup danser.

— J'adorais ça.

— Alors, qu'attendez-vous ? demanda Darren, en enjoignant aux musiciens de se mettre en place.

La musique s'éleva, les cornemuses et les flûtiaux entamèrent un air gai et enjoué. Il fallait une danse au pas rapide pour suivre le tempo, et Conan l'entraînait dans un passe-pied endiablé. La combinaison de pas et de sauts la tenait hors d'haleine, mais elle riait aux éclats. Conan la saisit par la taille et la souleva à bout de bras, la faisant tournoyer, puis la reposa au sol et repartit dans une passe de pas qu'elle suivit sans souci.

— Oh seigneur ! s'exclama-t-elle à la fin du morceau, je ne pensais pas en être encore capable !

Les convives applaudirent la prestation, et Darren se leva pour lui prendre la main.

— Et si nous montrions à ces petits Français ce que les Écossais savent faire, mes enfants ?

— Bretons, corrigea Conan avec un sourire carnassier.

— Alors, si vous êtes celtes, comme nous, un petit défi ne vous fera pas peur, Ker Glenn !

— Je suis votre homme, Seton.

— Parfait ! Morag, tu seras la cavalière de sire

Conan, Robert et Jamesina, en piste. Wandrille, peut-être Aelig est-elle encore trop fragile pour…

— Et desservir le nom de Ker Glenn ? Jamais ! dit Aelig en se levant et en tirant Wandrille par la manche.

— Quelle danse choisissez-vous ?

— Je pense que mon père a en tête de vous montrer une petite tradition locale…, répondit Robert.

Autour d'eux, les serviteurs étalaient et empilaient tréteaux et chaises, selon un étrange parcours.

— Le but du jeu consiste à danser et à porter sa cavalière à bout de bras au-dessus de ces obstacles, tout cela, bien sûr, sans chuter et en rythme.

Arès, beau joueur alors qu'il se voyait retirer sa compagne l'espace d'un instant, se proposa d'arbitrer l'exercice.

Les cornemuses et les tambourins reprirent leur sarabande vive et envolée.

— N'ayez crainte, milady, je ne vous ferai pas tomber, dit Conan pour rassurer Morag.

— Ni moi perdre, j'aime beaucoup la danse ! Même si je suis un peu gauche.

Elle semblait déborder de vitalité malgré sa cécité et Conan se sentit envahi d'un sentiment de protection à son égard. Elle était très touchante et ne suscitait que de la sympathie. Ce n'était pas une miséreuse dont on avait pitié, mais une fière demoiselle dont on voulait se faire une amie. Il comprenait l'inclination d'Arès.

— Épatons-les, alors. Vous êtes prête ?

— À votre signal.

Conan la guidait de la voix et Morag, agile et légère,

marquait le pas en cadence et suivait les portées avec un étonnant sens de l'équilibre.

— Bravo ! cria Jamesina à la fin de ligne. Tâchons de faire aussi bien, dit-elle en entraînant son mari en début de piste.

La musique changea et s'accéléra encore, compliquant la donne, mais Robert souleva sa femme sans difficulté en de jolies figures, et poussa même le spectacle jusqu'à effectuer la dernière portée d'un seul bras.

Ils furent applaudis ; Arès se leva même pour les saluer. Aelig et Wandrille réussirent également l'exercice.

— Bien, maintenant que ces petits morveux ont fait leur part du spectacle, à nous, ma chère !

Plus tard, dans le calme de leur chambre, Darren et Katel se préparaient à se coucher, un peu fatigués de cette folle soirée. Ils avaient dansé comme des adolescents et avaient surpris tout le monde avec leur énergie.

— Je ne ferai pas cela tous les jours, avoua Darren en s'affalant sur le lit avec un soupir de bien-être.

— Moi non plus, mais on n'allait quand même pas laisser nos enfants retirer toute la gloire de cette soirée, dit-elle en faisant de même.

— Hors de question !

Katel rit, elle aimait leur complicité. Darren se redressa et la prit dans ses bras d'un geste vif qui la fit crier de surprise.

— Je croyais que tu étais épuisé ?

— Je crois qu'il me reste encore un peu d'énergie…

Il la plaqua sur le lit en lui dévorant la bouche avec passion. Puis, il lui troussa les jupes et la pénétra avec passion.

— L'avantage du tartan, ma douce, c'est qu'on gagne du temps.

Katel éclata de rire et, bientôt, la chambre ne résonna plus que de leurs soupirs de plaisir.

Conan promit de rester à Fyvie Castle encore une semaine et demanda dès le lendemain à se rendre utile : l'inactivité ne lui convenait pas. Darren proposa alors aux hommes présents une partie de chasse, afin de les divertir et de remplir le saloir de viande. Katel fit préparer des paniers de victuailles et les donna aux écuyers chargés d'accompagner les chasseurs.

Elle finissait de ranger les provisions et de donner quelques ordres en cuisine, quand elle vit Lachlan arriver visiblement très contrarié.

— Lady Cat, ce n'est pas juste ! Père emmène Duncan avec lui. Et puisque sire Conan et sire Arès sont là, il n'y a plus de chevaux pour suivre la chasse ! Il ne reste que celui du relais de poste et père dit qu'on ne doit l'utiliser qu'en cas d'urgence.

— Et ?

— Comment ça, et ? Eh bien, je suis condamné à rester ici tout seul avec les femmes ! pesta le garçon, comme si c'était la pire sanction du monde.

Katel avait envie de rire, mais elle savait les adolescents susceptibles. Au même âge, Conan n'était pas à prendre avec des pincettes.

— Tu pourrais peut-être débaucher un garde pour aller te promener avec les chiens, proposa-t-elle en prenant un pot de miel pour le ranger sur une étagère.

— Je voulais aller à la chasse, moi !

— Je m'en doute bien, mon grand, mais si ça peut te faire plaisir, je peux te préparer quelques gâteaux pour ton retour, avec une bolée de cidre, ajouta-t-elle à mi-voix, pour l'appâter.

— Aurais-je un petit frère quelque peu grognon ? demanda Morag en arrivant au bras de sa suivante.

— Lachlan est déçu que les hommes soient partis sans lui, c'est bien naturel, l'informa Katel.

— Oui, ils nous ont abandonnés pour la journée, soupira Morag, qui se languissait sûrement de l'absence d'Arès.

L'air rêveur de la jeune fille était criant de vérité : elle était amoureuse.

— Lachlan, sois gentil, et va demander à un garde de t'accompagner, il faut que je parle à ta sœur.

— Bon d'accord, maugréa-t-il en partant d'un pas lourd.

— Il avait autrefois l'exclusivité de père et celle de Duncan aussi ; alors, depuis un an, il se sent un peu délaissé.

— Mon arrivée a un peu perturbé la maison, j'en suis consciente. C'est un bon garçon, sous sa couche de poussière.

Morag rit et Katel lui expliqua que son fils avait la même dégaine crasseuse à son âge.

— Père est heureux avec vous, je l'entends rire plus souvent et j'aime ça.

— Merci, Morag, ce que vous dites me touche beaucoup. Nous avons réussi à nous accorder et je suis assez contente du résultat, c'est vrai.

— L'aimez-vous ? D'amour, je veux dire.

— Je ne sais pas, Morag, répondit sincèrement Katel. Mais j'espère de tout mon cœur que ce sera le cas un jour.

— Lui vous aime, en tout cas.

Katel sourit et ne répondit pas.

— Et vous-même, Morag, vous ne semblez pas indifférente à Arès…

— La situation est très différente, dit la jeune fille en prenant place sur une chaise. Je ne lui demande rien, je prends uniquement ce qu'il veut bien me donner. Mais ça n'ira pas plus loin qu'une idylle de passage et il m'oubliera bien vite en retournant en Italie. Je ne suis pas l'épouse idéale, je le sais bien. Il me dit que je suis trop pure pour m'attacher à un homme tel que lui, mais c'est ma cécité le véritable problème et je ne lui en veux pas.

— Pardonnez ma franchise, Morag, mais je pense que votre cécité lui est complètement égale. Je crois qu'Arès est sincère quand il dit que vous êtes trop pure pour un homme comme lui. Comment vous expliquer…

Tandis que Katel cherchait ses mots, Aelig entra dans la pièce et posa la main sur l'épaule de Morag.

— Ne me pensez pas indiscrète, mais j'ai entendu votre conversation. Je pense que ma mère a raison. Arès a vécu à Rome, à la cour des Borgia, et en termes de débauche et de vice, il a eu son compte. Il a aussi fait la guerre, et aucun homme n'en ressort indemne. Il y a de la noirceur dans son cœur et il a peur d'entacher votre âme avec.

— Alors, il ne m'a tenu compagnie que par pitié ?

Deux « non » fusèrent en chœur, deux « non » indignés qu'elle puisse penser une chose pareille.

— Vous avez su le toucher, c'est certain, seulement, il a peut-être besoin d'être rassuré pour se déclarer. Ne le laissez pas partir, vous feriez une grosse erreur.

— J'ai des défauts et de la noirceur en moi aussi, comme tout un chacun, dit Morag en rougissant.

— Certains ont besoin de voir un peu de lumière pour sortir de l'obscurité, et je crois que votre lumière l'éblouit trop.

— Je dois vraiment être aveugle, alors, car je n'ai rien vu !

Katel rit de l'aplomb de sa belle-fille.

— Vous êtes forte, Morag, et vous avez un beau cœur, exactement ce dont notre Italien a besoin.

— Je ne suis pas sûre que qui que ce soit ait besoin de moi répondit la jeune fille, modeste.

— Moi si ! s'écria Lachlan, qui revenait, l'air dépité.

Il leur expliqua que les gardes étaient à l'exercice, sous les ordres de Sean, et qu'aucun ne serait détaché pour satisfaire sa demande.

— Vas-y seul, proposa Katel.

— Je n'aime pas être tout seul, bougonna Lachlan.

— Arrête tes jérémiades, petit frère, je me dévoue, lui dit Morag en tendant la main devant elle.

— Ce n'est peut-être pas très prudent pour vous, objecta Aelig.

— Il a juste besoin de compagnie et moi, d'exercice. Rester au château tous les jours n'est pas très amusant, un peu de nature me fera du bien. Ma suivante nous accompagnera. Nous n'irons pas loin. Le lac, ça te dit ?

— Je vais sortir les chiens, déclara Lachlan en guise de réponse, courant déjà vers l'extérieur.

Morag sortit au bras de sa suivante et partit en promenade avec son frère. Katel savait que Jamesina faisait la sieste avec le petit Darren, et Aelig était montée à l'étage se reposer également. La maisonnée était calme ; elle se mit donc à préparer les biscuits promis à Lachlan. Elle aimait cette maison et ses habitants, elle se sentait chez elle, à Fyvie Castle, et cette émotion lui apportait un véritable sentiment de plénitude. Il ne restait plus qu'une seule ombre au tableau : elle devait ouvrir son cœur à Darren et lui avouer la vérité. En aurait-elle seulement le courage ?

Chapitre 11

Les deux Anglais qui sortaient de la taverne d'Eendjes, au bord du loch Fyvie, avaient assez bu au goût du tenancier obligé de dire à sa servante de disparaître dans les cuisines, tant le comportement des deux voyageurs laissait à désirer. La pauvre fille avait été prise à partie et pelotée comme une catin, malgré ses protestations. Les hommes présents avaient prévenu l'aubergiste qui, aidé de quelques-uns, les avaient alors mis dehors en bonne et due forme.

— Sales chiens d'Écossais ! cracha le plus vieux des deux, en se relevant, titubant, et époussetant sa redingote. Comme si vos catins n'étaient pas assez bien pour nous. Gardez-la donc, votre chèvre !

La porte se ferma violemment au nez de l'homme qui gratta son crâne chauve et cracha par terre. Son visage rubicond suintait l'alcool et la sueur. Il aida son compère à se remettre debout.

— Tu ne pouvais pas la fermer, Jones ! La barbe, il va nous falloir marcher jusqu'au prochain village pour trouver un endroit où dormir, se plaignit son compagnon de beuverie.

— Pense à la fille qui réchauffera ton lit, cette nuit, Morton, ça devrait t'aider à te bouger le cul.

— Ouais, eh bien moi, c'est maintenant que j'ai envie d'une fille, rétorqua l'autre en jurant comme un charretier.

Ils reprirent leur route, remontant vers le nord du loch, en direction du village de Fyvie qui se trouvait à moins d'une demi-lieue. En passant près d'un bosquet, ils virent une jeune fille assise sur une pierre au bord de l'eau et un gamin qui jouait avec ses chiens. Elle avait légèrement relevé ses jupes pour se mouiller les pieds, et le joli galbe de ses mollets attira le regard des deux hommes.

— On n'a peut-être pas besoin d'aller au village pour s'amuser, fit sournoisement Morton en regardant autour de lui pour être sûr qu'aucun homme ou gardien ne viendrait les déranger. Tu te charges du gamin et moi de la vieille. Et je passe en premier, ajouta-t-il en laissant son regard concupiscent glisser sur la silhouette gracile de la jeune fille.

Lachlan relança le bâton dans le loch, et les deux chiens s'y précipitèrent, faisant la course, pour revenir avec le trophée et être félicités par leur jeune maître. Au gagnant revenait une lanière de viande séchée, alors les deux chiens se prêtaient volontiers à l'exercice. Il jeta un coup d'œil à Morag qui bavardait avec sa servante, et appela ses chiens pour les encourager.

— Allez Duke, allez Prince ! Allez les chiens, c'est bien ! Brave Duke !

Il rit en voyant le chien rapporter le bâton dans

sa gueule. L'énorme animal se précipita sur lui et le renversa dans le loch en lui léchant le visage.

— Arrête, espèce d'imbécile, je suis tout mouillé maintenant !

Une douleur fulgurante lui vrilla soudain le crâne et il sentit son corps s'enfoncer dans l'eau. Il perdit connaissance juste après avoir entendu le hurlement de Morag.

Jones regarda le corps de la servante allongé au sol ; sa tête avait craqué comme une noix d'un seul coup de gourdin. La jeune fille avait crié de stupeur, puis tendu les bras devant elle en regardant dans le vide.

— Qui est là, que faites-vous ? cria-t-elle. Lachlan ? Emma ?

— Hé Morton, viens voir ça ! Elle est aveugle, en plus ! C'est presque trop facile.

Il s'esclaffa, attrapant la fille par le bras pour la faire revenir sur la rive.

— Lâchez-moi ! ordonna-t-elle avec fureur.

Il la fit taire d'un coup de poing en pleine figure qui l'étourdit à moitié.

— Je t'ai dit que je passais le premier ! grogna Morton en débouclant la ceinture de ses culottes.

Lachlan avait l'impression que sa tête allait exploser. Quelqu'un criait, pleurait. Une femme. Il entendait des voix d'hommes aussi, et ouvrit les yeux. Les chiens aboyaient et un homme criait en retour. Il faillit boire la tasse et se releva pour voir sa sœur se faire violenter par un homme blond qui bougeait au-dessus d'elle. Il la violait !

Un cri de fureur sortit de sa bouche, il ordonna aux chiens d'attaquer. Les deux molosses se mirent à montrer les crocs et grognèrent tant et si bien qu'ils mirent en fuite les deux bandits et les poursuivirent quelques instants.

— Duke ! Prince ! Au pied ! cria-t-il en se précipitant vers Morag qui pleurait, essayant de rabattre ses jupes sur ses cuisses. Morag, parle-moi, parle-moi !

Il voulut l'aider à se relever, mais elle le rejeta, refusant tout contact.

Elle resta assise, tremblante et suffocante.

Les aboiements de chiens avaient alerté les gens qui se trouvaient à l'auberge, et Lachlan vit un homme, sans doute un pêcheur au vu de la canne qu'il tenait, et son fils apparaître.

— Des bandits nous ont attaqués, il faut ramener ma sœur au château.

— Bien sûr, monseigneur, dit le pêcheur.

— La servante est morte, annonça le fils du pêcheur après avoir examiné la tête d'Emma.

— La demoiselle a l'air mal en point.

— Ils l'ont frappée.

— Sûrement pour son argent. Il y a quelques brigands sur les routes, ces temps-ci. J'ai une carriole. J'allais au village, mais je vais vous conduire au château, bien sûr.

Au moment où il toucha Morag pour l'aider à se lever, elle hurla comme une folle et se recroquevilla sur elle-même.

— Viens, Morag, je t'en prie, lui dit Lachlan en

pleurant. On rentre à la maison. Lève-toi, je ne peux pas te porter.

— Je vais prendre les grands moyens, mon garçon, c'est pour son bien.

Malgré les cris de Morag, le pêcheur se saisit d'elle et la porta jusque dans la carriole. Duke et Prince montèrent également et se calèrent contre elle, comme pour l'isoler du reste du monde. L'homme chargea également le corps d'Emma et la couvrit d'une couverture qui sentait le poisson, mais Lachlan n'en avait cure. Il regardait, désespéré, sa pauvre sœur qui tremblait comme une feuille. Il n'avait pas pu la défendre et elle avait été blessée par sa faute. Parce qu'il avait été assez égoïste et stupide pour vouloir partir en promenade, plutôt que de se rendre utile au château. Il approcha la main de celle de Morag et s'arrêta en chemin, elle l'avait déjà repoussé peu avant, elle ne voulait sûrement pas de sa présence. Il retint son geste et étouffa des sanglots silencieux.

Katel couvrit d'un torchon propre le plat de biscuits, froids à présent, et sourit, satisfaite de son travail. Les Écossais semblaient apprécier la cuisine bretonne, ce qui n'était pas pour lui déplaire. Le maître queux, d'abord sur la réserve, avait finalement appris à tolérer sa présence en tant que nouvelle châtelaine dans ses cuisines. Elle poussa les miettes par terre, et les poules, qui envahissaient régulièrement la cuisine depuis qu'on laissait la porte ouverte, se firent une joie de venir picorer à ses pieds.

Des pas précipités résonnèrent soudain, et Lachlan,

en larmes, vint la chercher. Il bredouillait des choses incompréhensibles à propos d'une attaque et de Morag.

— Respire, lui dit-elle en lui prenant les épaules, alarmée.

— Ils lui ont fait du mal, et c'est ma faute !

— Calme-toi et dis-moi ce qui s'est passé.

— Ils ont tué Emma et ils… ils ont violé Morag, avoua le garçon tout bas, avant de fondre en sanglots une nouvelle fois.

— Qui le sait ? demanda Katel d'une voix sèche.

— Moi seulement.

— Alors, jure-moi sur la tombe de ta mère que tu ne diras rien pour le moment.

— Mais…

— Jure-le, Lachlan, c'est très important ! Tu dois être muet comme une tombe, tu m'entends ?

— Oui Lady Cat, je jure.

— Bien, maintenant tu vas dans ta chambre et tu te reposes. Ils t'ont blessé ?

— Juste un coup sur la tête. J'ai perdu connaissance et je suis revenu à moi pour le voir lui faire ça. J'ai crié pour que les chiens attaquent, mais c'était trop tard.

— Je vais prendre soin de ta sœur, va maintenant, ajouta Katel après l'avoir embrassé.

Il obéit, les yeux rivés au sol, et Katel se hâta de cacher les faits, avant que toute la maison ne soit au courant. Elle demanda à deux hommes de porter Morag dans sa chambre. Elle était tétanisée et dans un état second. Elle ne réagissait plus, ni à son prénom, ni aux stimuli extérieurs.

— Les enfants ont été attaqués par des voleurs,

elle a dû avoir la peur de sa vie, la pauvre petite ! Regardez, ils lui ont pris le collier qu'elle portait ce matin.

Ce mensonge fut pris pour argent comptant, et Katel resta seule avec Morag qui, allongée sur son lit, semblait éteinte. Avec des gestes lents, elle la déshabilla et entreprit de la laver, approchant tout doucement de ses cuisses qui demeuraient serrées et tremblantes.

— Je vais vous laver, ma chérie, cela vous fera du bien.

Morag se crispa quand le linge humide et tiède effleura son corps. Les cuisses blanches de sa belle-fille étaient griffées, couvertes d'ecchymoses, tout comme ses poignets et sa joue droite. Elle avait dû se battre de toutes ses forces contre ces brutes.

Katel se souvint alors des mêmes gestes doux et compatissants que Morgane avait effectués pour elle, des années auparavant. Elle essayait d'être forte, mais avait envie de hurler de rage, impuissante contre le monde et la méchanceté des hommes. Pauvre Morag, qui s'était vu ravir avec violence sa virginité, songea-t-elle, l'estomac retourné. La jeune fille sanglotait, les yeux dans le vague, et semblait perdue dans l'obscurité. Mais une surprise attendait Katel : il n'y avait pas de sang sur le linge, or elle était pratiquement certaine que Morag était vierge.

— Morag, parlez-moi, dit-elle doucement.

Mais la jeune fille mit les mains sur ses oreilles comme pour se couper du monde et cria.

— Je sais que vous avez peur, mais parlez-moi, pour que je puisse prendre soin de vous.

Katel sentait toute sa frayeur et tout le dégoût qu'elle avait de ses agresseurs… ou d'elle-même. Soudain, Morag eut un haut-le-cœur et Katel réagit vite en lui présentant une bassine, où elle put vider son estomac.

— Ça va aller, ma chérie, respirez doucement.

Katel lui essuya la bouche et lui donna un verre d'eau pour qu'elle puisse se rincer.

— Parlez-moi, faites-moi confiance.

— Ils étaient deux, ils ont tué Emma ! dit-elle, secouée de frissons.

Puis elle s'affola :

— Et Lachlan ?

— Il va bien, il est juste terriblement inquiet pour vous.

— Il est blessé ?

— Une bosse sur la tête, il a eu de la chance.

Morag se rallongea en se recroquevillant sur elle-même, les bras croisés sur le ventre.

— Je dois savoir s'ils vous ont violée, reprit Katel lui en caressant les cheveux.

— Il m'a frappée et puis, il s'est allongé sur moi et… Oh mon Dieu, je sens ses mains sur moi, c'est horrible ! Il a essayé de me forcer, je l'ai senti tout contre moi, c'était répugnant. J'ai crié, je me suis défendue autant que j'ai pu.

— Bien sûr que vous vous êtes défendue avec courage, qui en douterait ?

— Il sentait l'alcool et la sueur, je crois qu'il était ivre. Il devait sortir de la taverne d'Eendjes, elle est près du loch.

— Morag, dites-moi la vérité.

Elle semblait se remémorer certains souvenirs, mais Katel voulait être sûre de ce qu'elle supposait.

— Les chiens aboyaient très fort et puis, j'ai entendu Lachlan, il a dit aux chiens d'attaquer, alors l'homme m'a lâchée. Il n'a pas eu le temps de…

— Dieu soit loué ! lâcha Katel.

Morag se remit à pleurer et Katel la laissa vider son cœur.

— Vous avez besoin de temps et de repos. J'informerai votre père de…

— Non ! Pas mon père ! Je ne veux pas qu'il sache.

Le cri de Morag fit sursauter Katel, qui la regarda, éberluée.

— Je ne veux être en présence de personne, ni même les entendre, ajouta Morag en remettant les mains sur ses oreilles.

— D'accord, d'accord, calmez-vous. Ils n'entreront pas, vous avez ma parole.

— Je ne veux pas qu'il me voie. Personne, personne !

Katel la berça comme une enfant et Morag, vidée de toute énergie, sombra dans un profond sommeil.

Katel sortit de la chambre les jambes tremblantes. Soigner sa belle-fille lui avait demandé beaucoup plus de force qu'elle ne l'avait pensé.

— Restez devant sa porte et que personne n'entre sans mon autorisation, dit-elle à un garde en faction dans le couloir.

Elle descendit dans la grande salle, où beaucoup de monde s'était rassemblé, attendant des nouvelles de leur demoiselle.

— Mère, enfin ! Comment va Morag ? demanda Aelig en la voyant arriver.

— Elle est terrorisée et a été battue, la pauvre chérie, mais elle est saine et sauve.

— Je vais aller la voir, déclara Jamesina, le petit Darren sur la hanche.

— Non, ma fille, elle a besoin de repos. Elle dort et ne souhaite personne aurpès d'elle, elle a été très choquée par l'attaque. Laissez-lui du temps, voulez-vous ?

— Et Lachlan ? Il refuse d'ouvrir sa porte !

— Je vais aller lui parler. Vous verrez, tout va s'arranger, les rassura Katel. J'ai hâte que les hommes rentrent, ajouta-t-elle tout de même.

Elle remonta jusqu'au quartier des gardes, qui se trouvait au deuxième étage du donjon ; Lachlan y partageait une chambre avec Duncan.

— C'est moi, Lachlan, ouvre, veux-tu ?

Katel entendit le loquet de la clave se relever, et la porte s'ouvrit un peu. Lachlan renifla.

— Tout va bien, ne pleure plus, ta sœur est sauve.

— Mais ils lui ont fait du mal, j'ai vu ! Et c'est ma faute, ma faute !

Il se jeta dans ses bras, redoublant de sanglots.

— Comment cela pourrait-il être ta faute ? demanda Katel avec douceur. Est-ce toi qui as voulu lui faire mal ? Non. Ils ont essayé, mais tu t'es réveillé à temps et tes courageux chiens l'ont défendue.

Il s'essuya le visage d'un revers de manche et la regarda, l'air incrédule.

— Je l'ai vu sur elle…

— Tu l'as vu essayer de la violer, reprit-elle, et sans tes chiens et toi, cela aurait sûrement été le cas. Tu l'as sauvée, au contraire, mon chéri.

— C'est vrai ? Alors, pourquoi elle n'a pas voulu que je la touche ? Elle m'a repoussé.

— Lachlan, ta sœur était terrifiée, ne lui en veut pas. Elle a été agressée par un homme, alors, tout ce qui ressemble de près ou de loin à un homme lui fait peur, tu comprends ? Elle a besoin de temps pour se retrouver. Ensuite, elle sera ravie de te voir. Elle t'aime beaucoup, tu sais ?

— Je suis tellement désolé, Lady Cat !

Katel était émue par sa détresse et essaya de le réconforter comme elle le put.

— Voudrais-tu manger quelque chose ?

— Non, je n'ai pas faim.

Étant donné les quantités astronomiques qu'il avalait tous les jours, Katel s'inquiéta un peu.

— Même les gâteaux que j'ai faits pour toi ?

— Qui voudrait manger, après avoir vu ça.

— Ça va aller, repose-toi et prends ton temps. Tout le monde s'inquiète aussi, en bas, et j'espère que les hommes ne vont pas tarder à rentrer.

— Père va me tenir pour responsable.

— Mais non, voyons, il t'écoutera et je serai là aussi. D'accord ?

Lachlan acquiesça piteusement et, quand Katel se leva pour partir, il la retint en lui prenant la main.

— Si personne ne mange les gâteaux, ils risquent de sécher, non ?

— C'est sûr, et ça m'ennuierait un peu, vu le temps que j'ai passé à les faire.

— Si cela peut vous aider, je peux peut-être en manger quelques-uns.

Katel sourit, heureuse de faire sortir son beau-fils de sa retraite. Elle remarqua tout de même son regard lourd et triste, quand ils passèrent à l'étage où dormait Morag.

Darren ne fut pas long à comprendre que quelque chose s'était produit en son absence. Tous les visages inquiets s'étaient tournés vers lui dès son entrée dans la grande salle. Katel, le regard grave, s'avança vers lui pour l'accueillir.

— Les enfants sont sains et saufs, Darren, mais ils ont été attaqués lors de leur promenade.

— Que s'est-il passé ?

— Ils ont été victimes de bandits de grands chemins, je suppose. Morag s'est fait dérober son collier, et la pauvre Emma a été tuée en essayant de la défendre.

— Seigneur ! souffla Robert qui paraissait très inquiet pour ses cadets.

— Seulement quelques bosses, sire Robert, rien qui doive vous alarmer. La dépouille d'Emma est à la chapelle, j'ai envoyé quelqu'un prévenir son fils.

— Morag doit en être très affectée, elle adorait Emma qui ne la quittait plus depuis qu'elle a perdu la vue.

— Elle se réveillera sous peu et sera sûrement heureuse de vous voir. Lachlan est à la cuisine, et se console de sa mésaventure avec des biscuits.

Darren sourit en imaginant la scène.

— Nous avons fait bonne chasse, deux cerfs et une biche.

— Donc, du travail pour tout le monde ! Gardez un cuissot pour le dîner, dit-elle à la cantonade, pour le reste, nous le salerons.

— Bien, Milady, répondirent les serviteurs en sortant dans la cour, où le gibier était vidé et dépecé.

Une fois seule avec Darren et Robert, Katel changea de ton.

— Je voudrais vous voir, ainsi qu'Arès, s'il vous plaît. Tout de suite.

— Que se passe-t-il ? demanda Robert qui comptait sans doute retrouver sa femme au plus tôt pour lui raconter sa chasse.

— Montons si vous le voulez bien, proposa Katel assez fermement pour que Darren envoie Robert chercher Arès et Conan.

— Faut-il aussi quérir Wandrille ?

— Non, c'est inutile. Ils vont bien, Darren, ne vous inquiétez pas, ajouta Katel devant l'air grave de son époux.

— Et vous ?

Cette question la prit au dépourvu et elle sentit ses yeux s'embuer un peu, mais elle se reprit aussitôt.

— Je vais bien.

Arès accourut, suivi de Robert et Conan, et Katel le rassura sur l'état de santé de Morag, puis elle les fit monter dans ses appartements. Elle les fit entrer et resta contre la porte, comme pour en bloquer la sortie.

— Je vous demande de m'écouter sans m'interrompre.

Sa voix était peu assurée ; elle était bouleversée.

— Ce ne sont pas des bandits de grands chemins ou des voleurs qui ont attaqué les enfants. Et Morag ne portait aucun collier en partant, j'ai menti, dans leur intérêt.

— Katel, qu'est-il vraiment arrivé ?

La voix grave de Darren claqua comme un fouet et la fit presque sursauter.

— Lachlan a été assommé et Emma tuée par deux hommes qui voulaient abuser de Morag.

— Je vais les tuer ! rugit Arès en se précipitant vers la porte.

— Je vous interdis de sortir de cette pièce, Arès, je n'ai pas fini ! hurla Katel en écartant les bras pour l'empêcher de sortir. Attendez, je vous en prie, poursuivit-elle d'une voix blanche. Morag est blessée, elle a les cuisses griffées et elle est couverte d'hématomes. Ils l'ont frappée pour tenter d'arriver à leurs fins, mais les chiens ont grogné et attaqué, dès que Lachlan a repris conscience. Elle a eu plus de peur que de mal, je le sais, car je l'ai lavée. Elle est intacte, Dieu soit béni !

Conan vint la prendre dans ses bras.

— Je vous remercie pour les soins que vous lui avez donnés, Katel, je regrette juste que cette mésaventure vous affecte autant.

— Quoi de plus naturel, Darren ? J'aime beaucoup vos enfants, répondit-elle pour détourner la conversation.

— Morag est forte, elle s'en remettra, dit Robert comme pour se rassurer lui-même. Le pire a été évité.

— Je veux la voir, reprit Arès, dont les yeux noirs étaient menaçants.

— Essayez de comprendre… Elle a eu une peur effroyable. Elle a été malmenée par des hommes, alors, croyez-moi, s'il y a bien une chose qu'elle ne souhaite pas du tout, c'est voir un homme passer le pas de sa porte.

— Mais…, commença Arès, aussitôt interrompu par Katel.

— Ce n'est pas uniquement son corps qui a été blessé, Arès, c'est son cœur et son âme. On a voulu la déposséder de sa dignité d'être humain. Elle a besoin de temps pour ne pas se dégoûter elle-même, ou ne plus sentir l'odeur répugnante de ces hommes sur elle, vous comprenez ?

Elle parlait vite, submergée par ses émotions.

— Non, je ne la laisserai pas se refermer comme cela, ce n'est pas elle. Morag est vivante et pure, et je me moque de savoir si…

— Pensez à son orgueil, Arès ! Il ne lui reste plus que cela. Elle ne veut ressentir ni mépris ni pitié de votre part, surtout pas de vous.

— Du mépris ? souffla Arès, qui semblait atterré.

— Il faut qu'on retrouve ces hommes et qu'ils soient traduits en justice ! reprit Robert en levant le poing.

— Je m'en charge, répondit l'Italien avec un air farouche qui fit frissonner Katel.

Il y avait de la noirceur chez lui, et si son bras

s'abattait sur ces hommes, elle ne donnait pas cher de leur peau. Il ne resterait plus rien à présenter au juge.

— Morag pense qu'ils sortaient de la taverne d'Eendjes, ils sentaient l'alcool, a-t-elle dit. Lachlan est aux cuisines, il pourra peut-être vous donner leur signalement.

Arès passa devant elle et ouvrit la porte.

— Ne retenez pas votre bras, souffla-t-elle doucement quand il passa près d'elle.

Il la regarda un long moment puis, inspirant fortement, sortit de la pièce.

— Robert, monte une équipe de recherche, et ramène-moi ces hommes, dit Darren, sortant de son silence. Je veux rester seul avec mon épouse.

Puis il demanda également à Conan de quitter la pièce. Katel hocha la tête pour rassurer son fils, mais elle savait que l'heure de vérité était arrivée. Heureusement, elle aurait en son fils quelqu'un à qui confier sa peine, quand Darren l'aurait répudiée, ce qui ne manquerait sûrement pas d'arriver.

Conan s'exécuta à contrecœur et posa la main sur son épaule avant de partir, en signe de protection. Elle la recouvrit de la sienne et l'enjoignit de sortir.

La porte se referma lentement et Katel, déglutissant péniblement, fit face à son mari.

— Tu as toutes les raisons du monde d'être en colère, je t'ai menti. J'ai dissimulé certaines choses pour que notre alliance soit conclue. Je partirai avec Conan, si c'est ce que tu veux, ajouta-t-elle dans un murmure. Mais que mes fautes ne retombent pas sur Aelig et Wandrille, je t'en prie !

Darren s'approcha d'elle et la regarda avec sévérité.

— Je suis furieux, en effet.

Katel baissa la tête. Voir sa colère était une chose, mais essuyer son mépris et son dégoût en était une autre, et c'était certainement ce qui allait suivre.

— Pourquoi ? demanda-t-il d'une voix grave et douce, tout en lui faisant relever le menton.

Incapable de retenir ses larmes, Katel suffoquait.

— Je ne voulais pas que ton regard sur moi change. Je ne voulais pas te salir.

— Me salir ? Je t'aime, Katel, et je suis désolé de ce qui a pu t'arriver. Si je le pouvais, je souffrirais mille fois les tourments de l'enfer pour que cet épisode n'ait jamais existé.

Katel pleurait à présent, sans retenir son chagrin.

— J'avais peur, peur de revoir du désir dans les yeux d'un homme, peur qu'on me fasse du mal à nouveau. Oh Darren, c'était si horrible… Jamais je ne pourrai oublier.

— Alors, tu as préféré qu'on pense que tu t'étais vendue à Montpensier pour sauver Conan.

— Je n'aurais pas supporté le regard de pitié ou de rejet des gens avec lesquels je vivais. Et puis, si Conan avait su, il aurait voulu me venger et aurait affronté le cousin du roi, un prince de sang. C'était la mort assurée. J'avais déjà perdu Guirec, je ne pouvais pas prendre le risque de perdre aussi mon fils.

— Raconte-moi.

Kate sentit ses jambes se dérober sous elle, et Darren la soutint jusqu'à leur lit, où il l'aida à s'asseoir pour qu'elle se repose. Il la prit dans ses bras et lui caressa les cheveux.

— Ils ont pillé le château, mes tapisseries, mes bijoux. Montpensier m'a obligée à tout lui remettre, il a même pris le pendentif en griffon que m'avait donné ma mère, et mon alliance. Je me suis mise en colère après qu'il m'a jeté la mort de Guirec au visage, et je lui ai demandé s'il comptait prendre racine. Il m'a répondu qu'il avait encore une chose à prendre et... Il m'a jetée sur le lit, m'a fait tenir les mains au-dessus de la tête par un de ses gardes... Tu connais la suite.

— Mon pauvre amour, je suis si désolé ! Si seulement je pouvais remonter le temps, je tuerais ce monstre de mes propres mains.

— Et tu aurais été écartelé. Je ne l'aurais jamais supporté, dit-elle avec force.

— Pourquoi ?

Il la regardait avec tant d'amour et de tendresse que les dernières murailles de fer qui empêchait son cœur d'être totalement libre s'écroulèrent et partirent au vent. L'évidence s'imposa à elle.

— Parce que je t'aime, signala-t-elle, le découvrant à l'instant. Oui, je t'aime ! C'est merveilleux !

Elle avait cru ne plus jamais ressentir ce sentiment. Elle riait et pleurait, comme si elle voyait le soleil pour la première fois. Darren la serra contre lui et l'embrassa à perdre haleine. Ces baisers au goût de larmes étaient le serment scellé dans la douleur et l'espérance dont Katel avait tant besoin.

— Tu me diras ce que je dois faire avec Morag.

Je ne veux pas lui faire peur ou qu'elle puisse penser qu'elle a perdu mon estime.

— Arès a peut-être raison, après tout. Si quelqu'un était venu me consoler ou me soutenir, alors peut-être mon cœur ne se serait-il pas fermé si longtemps.

— Ils ramèneront les coupables, j'en suis sûr. Et ma justice sera sans pitié.

Katel resta en sécurité dans ses bras et pensa qu'Arès ne lui en laisserait peut-être pas l'occasion.

Des coups à la porte les firent se lever.

— Qui est là ? demanda la voix sèche de Darren.

— Conan.

— Laisse-le entrer, s'il te plaît.

— Comme s'il allait attendre dehors…, marmonna Darren.

Il alla ouvrir et le regard de Conan se porta aussitôt sur elle, dont les yeux rouges attestaient qu'elle avait beaucoup pleuré.

— J'espère que vous ne la tenez pas pour responsable ? attaqua-t-il, un peu agressif.

— De son manque de confiance en moi ? Si. Du reste, non. J'aime votre mère, Conan, et j'admire son courage et la façon dont elle a porté ce drame seule des années durant. Vous méritez d'être heureuse, ma chérie, et j'espère avoir le privilège de vieillir à vos côtés et de vous voir sourire tous les jours.

Conan regardait, satisfait, sa mère rougir comme une jouvencelle. Qu'un homme de la stature du baron se montre si romantique avait quelque chose de surprenant, voire de déplacé. Il se gratta ouvertement la gorge en les voyant s'embrasser.

— Je n'en demandais pas tant, commenta-t-il, se sentant de trop.

Il sortit en entendant sa mère rire et le baron lui susurrer quelque chose à l'oreille.

Robert regardait l'homme aux mains couvertes de sang qui chevauchait en silence à côté de lui. Il avait connu la guerre et ses horreurs, mais c'était la première fois qu'il avait failli vomir de dégoût. Arès avait vite remonté la piste des deux voyageurs qui avaient agressé Morag et Lachlan, et tué la pauvre Emma. Lachlan avait décrit très précisément les deux hommes, et ils les avaient retrouvés à la sortie de la forêt qui jouxtait le village, grâce aux indications de l'aubergiste. Arès était descendu de cheval, les avait menacés de son épée, puis les avait fait entrer dans une grange. Robert avait tout d'abord pensé qu'il voulait les séquestrer avant d'appeler du renfort, mais Arès s'était enfermé avec eux, et les cris de terreur et de douleur qui s'étaient échappés du bâtiment durant les quinze minutes suivantes lui avaient laissé présager que l'Italien s'était défoulé pour les punir de leur crime. Il ne s'était pas trompé.

Il avait appelé Arès à maintes reprises, le sommant d'ouvrir la porte qu'il avait bloquée. Mais, hormis les cris des bandits, il n'avait obtenu aucune réponse. Wandrille lui avait conseillé de ne pas se mettre entre les bandits et lui. Puis, enfin, la porte s'était ouverte et Arès était sorti, les mains couvertes de sang, le couteau encore en main.

De la grange, des gémissements hideux leur

parvenaient. Robert entra et vit les deux hommes attachés à des poutres : Arès leur avait fait subir les pires sévices. Une nausée acide et bilieuse lui avait envahi la bouche et il était sorti en regardant son compagnon, incrédule. Arès était remonté à cheval et semblait l'attendre.

— Achevez-les, au moins, suggéra Robert avant de monter à son tour.

— Un ami m'a dit un jour que certains crimes ne méritaient pas la mort. Et puis, ainsi, je leur laisse une chance d'expier avant d'être envoyés en enfer.

— Cénéric ? demanda Wandrille, qui reconnaissait la dureté de leur ami commun.

Cénéric avait été le soupirant d'Aelig un an plutôt. Wandrille, comme Arès qui l'avait d'abord pris pour l'archétype du chevalier courtois et galant, avait vite découvert que sommeillait un guerrier dur et sans remords derrière la façade lisse qu'il montrait en société.

Arès se contenta de hocher la tête.

— Père ne tolérera pas cela, fit Robert en rebroussant chemin.

Un bruit de lame fusa à deux reprises dans le silence du soir, et Robert ressortit de la grange, l'épée rougie.

— Ne croyez pas que je leur pardonne ce qu'ils ont essayé de faire à ma sœur, Arès, mais je refuse de me comporter en monstre. Ce serait leur ressembler, et nous valons tous mieux que cela.

— Peut-être pas tous, répondit Arès avec un sourire désabusé. Moi, cela m'a plu, de les entendre crier.

— Qu'est-ce que vous croyez ? Que je les absous ?

Qu'ils aillent brûler en enfer, si Dieu le veut ! Mais je doute que Morag ait voulu qu'on en arrive là.

— Elle, peut-être pas, mais des milliers d'autres femmes qui ont vu leur vie marquée au fer rouge par ce genre de porcs, si, rétorqua Arès.

— Rentrons, conclut Wandrille, j'ai hâte de retrouver ma femme à Fyvie Castle.

Arrivé dans la cour, Robert démonta et foudroya l'Italien du regard.

— Ne vous approchez pas de Morag, c'est clair ?

— Robert…, commença Wandrille, dans une attitude conciliante.

— Non ! Je sais quel genre d'homme il est au fond de lui à présent, et ce n'est pas ce que je souhaite pour ma sœur.

Arès rit avec aigreur.

— Laisse-le, Wandrille, tu sais qu'il a raison. Gardez-la loin de moi, Robert, c'est en effet la meilleure chose qui puisse lui arriver !

— Comment peux-tu dire cela, Arès ? Tu connais ses sentiments ! Ne penses-tu donc pas à elle ?

— Si, Wandrille, cria Arès avec colère en l'empoignant par le col. Je ne fais que ça, jour et nuit ! Il faut que je parte, ce sera mieux pour tout le monde.

Katel galopa jusqu'au village pour chercher conseil auprès de la vieille Myr. Au château, l'ambiance était exécrable. Robert avait fustigé Arès au dîner, épargnant tout de même aux dames présentes les détails les plus répugnants. Wandrille défendait son ami ; Darren était furieux que les criminels aient été tués et non présentés à la justice. Robert avait interdit à Arès de s'approcher de Morag, et Darren lui avait clairement fait comprendre qu'il était invité à quitter les lieux. En ce moment même, l'Italien préparait son départ sans avoir revu Morag.

— Myr, tu es là ? demanda Katel en frappant à la porte de la chaumière.

— Je n'ai rien de plus à vous dire, milady, fit la voix de la vieille voyante.

— Ce n'est pas pour moi. J'ai entendu le chant des bruyères et j'ai trouvé ce que je voulais au plus profond de mon cœur. Si je viens te voir, c'est pour Morag. Tout va de travers au château, et Arès, l'homme qu'elle aime, est sur le point de s'en aller. Ne peux-tu rien pour elle ?

— Moi non, mais l'étranger, si. Souvenez-vous : un étranger lui apportera quelque chose d'inestimable.

— Mais il s'agit bien de lui, Arès est italien.

— Laissez le temps faire, milady.

— Mais on n'en a plus, du temps, justement !

Myr se mit à rire.

— À votre âge, vous devriez savoir que les choses les plus importantes en prennent. Ayez foi, milady, Morag a un ange qui veille sur son sommeil.

Arès entra, comme chaque nuit depuis l'agression, dans la chambre de Morag, et s'assit dans le fauteuil près de son lit, puis la regarda dormir de longues minutes.

Depuis la veille, tous avaient eu le plaisir de lui

rendre visite, sauf lui. Et d'après Wandrille, elle ne l'avait pas demandé.

Il avait préparé ses affaires et comptait partir à l'aube.

— *Fiore di giglio, addio.* Fleur de lys, adieu.

Il se leva et s'apprêtait à sortir, quand une voix l'arrêta.

— Vous partez sans vous battre pour moi ?

Morag s'était assise sur son lit, le visage tourné vers lui.

— Je ne suis pas un homme bien, Morag, les vôtres ont dû vous le dire.

— Et vous les laissez décider pour vous ? Pour nous ?

— Votre père et votre frère ont été assez clairs à ce sujet.

— Alors, enlevez-moi, emmenez-moi chez vous, en Italie !

— Pour rendre ainsi tristes ceux qui vous aiment et peuvent prendre soin de vous ?

— Vous vous cachez derrière de faux-semblants. Ai-je seulement eu un peu de valeur à vos yeux ?

— Je ne suis qu'un vaurien, un profiteur, un jouisseur qui ne sait résister à un joli minois quand il en voit un. J'emporterai votre doux visage avec moi, en souvenir.

Morag l'écoutait redevenir le séducteur impénitent, l'amuseur de service, cette facette de lui qui sonnait si faux quand on le connaissait vraiment.

— Je vous vois comme vous êtes, Arès, avec le bon et le mauvais. Vous ne pouvez pas me mentir.

Sa voix se brisa dans la pénombre : elle pleurait à cause de lui. Il quitta la chambre et partit se coucher, sans trouver le sommeil.

Le lendemain, Arès passa à la cuisine pour prendre quelques victuailles et tomba sur Aelig et Wandrille, venus lui souhaiter bonne route.

— Je regrette tant votre départ, Arès ! dit Aelig.

— Les amis se retrouvent, *gattina*. Prenez soin de cet idiot, voulez-vous ?

— Je vous le promets. Ma mère voudrait vous voir.

— Je lui ferai mes adieux. Où puis-je la trouver ?

— Dans la grande salle, avec les autres.

Arès poussa un grognement. Il n'était pas le genre d'homme à éviter l'affrontement, mais être désavoué par Darren et Robert le touchait plus qu'il ne l'aurait pensé.

— Besoin de renfort ? le taquina Aelig, son bébé dans les bras. Viens, Ann-Jacques, oncle Arès a besoin d'aide !

Wandrille lui donna une tape amicale sur l'épaule et tous trois se dirigèrent vers la table des maîtres, où la famille déjeunait.

Arès salua courtoisement l'assemblée et présenta ses respects à la châtelaine.

— Je n'aurais pas dû vous inciter à la vengeance, Arès, je vous en demande pardon.

— Vous n'avez rien à vous reprocher, madame.

Un brouhaha parcourut soudain la pièce, et tous les regards se portèrent vers Morag qui avançait au milieu de la pièce, en chemise et les cheveux détachés. D'ordinaire, une servante l'accompagnait ou quelqu'un de sa famille lui tenait la main pour la guider. Mais elle était là, seule et fière. Elle fit encore quelques pas hésitants et s'arrêta devant Arès, le souffle un peu court.

— Vous voyez, Arès, je n'ai pas besoin d'avoir d'yeux pour savoir qui vous êtes.

Un lourd silence s'abattit sur l'assemblée et, avant que Robert puisse ouvrir la bouche, Morag leva la main pour le faire taire.

— Les murs parlent et je sais que vous avez rendu justice vous-même. On m'a dit que vous partiez, alors, je tente ma chance malgré vous. Je ne devrais pas approuver, mais je me moque de ce qu'on pense. Vous avez puni ceux qui font du mal aux faibles, et je suis bien contente qu'ils aient payé pour cela et pour tout ce qu'ils ont sûrement fait à d'autres.

Les larmes commençaient à inonder ses jolies joues roses.

— Je ne suis pas grand-chose, j'ai des milliers de défauts, je me mets en colère parfois, et je maudis bien souvent le ciel pour ça, fit-elle en montrant ses yeux voilés. Je ne suis pas une belle madone d'Italie ou une rose de France ; je suis juste Morag, pauvre demoiselle aveugle et sans intérêt, mais j'ai un cœur prêt à vous accepter comme vous êtes. Je ne vous demande pas de changer pour moi. Le plus grand des courages n'est-il pas de se montrer tel que l'on est vraiment, au risque d'être rejeté ou montré du doigt ? Moi, je ne vous rejette pas.

Arès était torturé, partagé entre enfer et paradis.

Il s'approcha d'elle, si belle avec toute sa fierté et son cœur ouvert.

— J'ai peur de noircir votre âme avec la mienne, dit-il tout bas en lui caressant la joue.

— Impossible. Je vous vois.

— Et je dois me contenter de cela comme réponse ? demanda-t-il en souriant.

— Non, vous pouvez prendre cela en compte également…

Et elle se hissa sur la pointe des pieds pour l'embrasser.

Le brouhaha reprit. Arès ne savait comment réagir. Morag l'embrassait devant tous les siens !

— Il semblerait, ma fille, que ton futur mari ne soit pas très doué pour embrasser une femme ! lâcha Darren en mordant dans une cuisse de poulet.

Katel lui serra le bras, reconnaissante, et le baron se dit que son épouse lui paierait cette entourloupette le soir même. Il savait pertinemment qui était ce « on » qui parlait à travers les murs. Elle les avait tancés après la messe du matin, en expliquant qu'elle avait demandé à Arès d'abattre son bras sur les criminels et qu'ils ne devaient pas mettre en péril le bonheur de Morag par orgueil. C'était probablement la première fois, dans l'histoire de Fyvie Castle, qu'une femme se permettait de critiquer ouvertement et sans mâcher ses mots l'attitude du maître des lieux et de son fils. Jamesina et Aelig étaient venues en renfort, et Robert s'était vite retrouvé en minorité. Mais c'est son épouse qui emporta le mot de la fin.

— Robbie écoute, et si ça avait été moi ?

— Je les aurais poursuivis jusqu'en enfer !

— Et tu les aurais rendus à la justice sains et saufs ?

Robert ne répondit pas et se contenta de marmonner quelque chose en gaélique qui fit rougir sa femme et rire son père.

— Monseigneur, un drôle d'homme demande l'hospitalité, vint annoncer une servante, l'air un peu décontenancé. Je ne comprends pas tout ce qu'il dit, il est étranger.

— Fais-le entrer, l'hospitalité est le devoir de tout chrétien.

Chapitre 12

La servante alla chercher le visiteur, tandis qu'Arès couvrait les épaules de Morag de sa cape et l'aidait à prendre place à table. Katel regardait les amoureux avec tendresse, et elle fit une petite prière pour remercier la bonne étoile qu'était Myr.

— *Shalom*, fit l'étranger en entrant et en les saluant. La paix soit sur vous et votre maison.

Katel l'observa avec curiosité. Il semblait d'âge moyen, était vêtu d'une longue robe brune et portait un étrange chapeau.

— Bienvenue, étranger, lui dit poliment Darren. Qui es-tu ?

— Je suis David Ben Abbas, humble chirurgien, répondit l'homme en s'inclinant.

— D'où viens-tu ?

— D'Orient, monseigneur. J'ai étudié en Arabie, en Égypte et en Grèce, et je parcours l'Europe pour soigner mes semblables.

— Il n'y a pas de juifs en Écosse, rétorqua Wandrille, sarcastique.

— Je soigne tous les hommes, femmes et enfants qui en ont besoin.

— À prix d'or ?

— Oui, sire, une soupe et un gîte n'ont pas de prix, dans vos contrées froides, repartit le juif en souriant.

— Pourquoi quitter vos foyers et venir si loin ? demanda Katel, curieuse, tout en l'invitant à prendre place en bout de table.

L'homme s'assit, et une servante s'approcha pour lui verser un bol de soupe.

— J'ai fait une promesse à Dieu, j'essaie de l'honorer. Dans son infinie bonté, Yahvé a redonné vie à mon fils unique, j'ai donc promis de soulager les souffrances des gens partout dans le monde pendant dix ans, sans revenir chez moi, jusqu'à ce que ma dette soit payée.

— Une bien belle et triste histoire, commenta Katel, touchée.

— Je rentrerai bientôt.

— J'ai vu des médecins comme vous à Rome, des Arabes et des Juifs, vous êtes plutôt réputés. Quelles sont vos spécialités ?

— Le soin des yeux et de la vue. Je suis venu ici sur le conseil d'une femme du village. Une vieille femme bien étrange qui…

— Myr vous a demandé de venir ici ? s'enquit Katel en se levant. Elle m'a dit qu'un étranger offrirait un cadeau inestimable à Morag, mais j'ai cru qu'elle parlait d'amour et d'Arès !

— Vous êtes allée consulter Myr ? demanda Darren, incrédule, avant d'éclater de rire. Alors c'est que vous devenez vraiment écossaise ! Soyons sérieux, la cécité de Morag est irréversible, nous avons déjà tout essayé.

— Pas la chirurgie, apparemment.

— C'est peut-être dangereux, protesta Robert.

— Et puis, qui nous dit que vous êtes vraiment chirurgien, glissa Wandrille, dubitatif.

— Il y a beaucoup de choses que nous ne connaissons pas en médecine, intervint alors Aelig. Au mont Saint-Michel où je travaillais avec les moines, à la maladrerie…

— Vous êtes allée au mont Saint-Michel ? J'en viens, madame ! s'exclama leur visiteur. J'ai passé deux mois avec le père Bernard.

— Un homme exceptionnel, à qui je pense bien souvent.

— Étiez-vous souffrante ?

— Mon épouse est guérisseuse et coupeuse de feu, lui apprit fièrement Wandrille. Et elle utilise l'art des pierres également.

— Vous avez un don précieux, madame. Vous avez dû profiter des sciences des moines pendant votre séjour.

— Leur bibliothèque est merveilleuse ! s'enthousiasma Aelig.

— Vous savez lire le latin ?

— Le grec aussi, mais pas l'arabe, ce qui est regrettable, car certains ouvrages d'anatomie et de chirurgie étaient dans cette langue.

— Ils ont un moine originaire du Liban qui a traduit certains passages.

— Le frère Youssef, confirma Aelig. Je donnerais cher pour pouvoir parcourir le monde, de faculté en faculté. Sauf que je suis une femme. Quel dommage !

— Je ne suis pas de cet avis, objecta Wandrille avec un clin d'œil.

— En Orient plus qu'ailleurs, c'est en effet inenvisageable, confirma le voyageur.

Chacun y alla de sa petite anecdote et, soudain, la voix claire de Morag s'éleva au milieu du brouhaha.

— Pensez-vous vraiment pouvoir tenter quelque chose ?

— Ne lui donnez pas de faux espoirs ! trancha Darren très sèchement.

— Tout d'abord, il me faut connaître votre histoire, madame, ensuite, je devrais faire quelques tests avec la lumière. Rien de très compliqué. Je verrai alors si c'est opérable ou non. Je ne vous donnerai aucun faux espoir. Si je ne peux rien faire, je serai honnête.

— Alors, je veux bien faire vos tests, cela n'engage à rien. Robert, arrête de froncer les sourcils ! Vous aussi, père.

La tablée riait sous cape, il ne fallait pas être devin pour savoir que ces deux-là resteraient sceptiques jusqu'au bout. Wandrille aussi était sur la réserve.

— Vous avez raison, Morag, il faut toujours tenter pour ne rien regretter, dit Conan avec sérieux.

— Qu'en pensez-vous, Arès ? demanda Morag à son fiancé, qui avait gardé le silence depuis le début.

— Ne le faites pas pour moi, *fiore di giglio*, vous me plaisez telle que vous êtes.

— Je vous vois avec mon cœur, mais si je pouvais vous voir avec mes yeux, j'en serais heureuse.

— Comme il vous plaira, mon cœur. Je serai à vos côtés.

Le chirurgien officia dans la grande salle, chacun voulant être témoin des tests qu'il effectuerait, tout d'abord parce qu'il était hors de question de manquer un événement pareil, puis parce qu'aucun homme ne devait rester seul avec une demoiselle sans chaperon, médecin ou pas.

— Que voyez-vous ? Le noir ou des ombres ?

— Je vois des ombres par moments, sur les côtés. Au milieu, c'est noir, je ne vois rien.

— Êtes-vous aveugle de naissance ?

— Non, j'ai perdu la vue progressivement, de mes sept à mes dix ans. Avant, je voyais très bien.

David Ben Abbas prit une bougie et fit quelques essais, pour confirmer les dires de Morag : sa vision était floue, mais pas inexistante sur les côtés, elle était en revanche totalement absente de face.

— Je ne vous garantis pas un franc succès, mais je suis sûr de pouvoir grandement améliorer votre vue, annonça-t-il, soulevant l'enthousiasme général. Vous êtes atteinte de cataracte précoce, ce qui est étonnant pour une enfant, mais pas impossible. Nous avons une technique apprise chez nos confrères arabes…

— Les musulmans maintenant ! C'est le bouquet ! râla Wandrille.

— Nous avons beaucoup à apprendre des médecins d'Orient, rétorqua Aelig en fronçant les sourcils.

— Laissez-le parler, coupa Katel, curieuse d'en savoir plus.

— Un éminent médecin de l'Andalousie musulmane du Xe siècle…, reprit Dabid Ben Abbas, avant d'être interrompu de nouveau par Wandrille.

— L'Andalousie est chrétienne, Dieu soit béni !

Aelig lui donna un coup de coude et le foudroya du regard.

— Abulcasis était un très grand médecin, et nombreux sont les aveugles qui ont retrouvé la vue grâce à lui !

— Je ne tenterai pas de te contredire, ma chérie, fit aigrement Wandrille.

— Votre épouse connaît bien des choses, poursuivit David Ben Abbas, visiblement admiratif. Mais je dois ma technique à un autre : Omar Ben Ali el Mausli.

— C'est un seul homme ou une tribu entière, avec un nom pareil ? lança Wandrille.

— Ne l'écoutez pas, par pitié, dit Aelig.

Le chirurgien sourit en la regardant et s'arrêta un instant.

— Vous vous méfiez de moi, car je suis un étranger, et je comprends cela. Je ne suis pas venu apporter la discorde ou le doute dans cette maison, juste un peu de médecine à une femme qui en a besoin. Si ma présence vous perturbe, monseigneur, j'en suis désolé. Cependant, avec votre accord, j'aurai besoin du concours de votre épouse comme infirmière pour opérer Lady Morag.

— Bien sûr ! s'empressa de répondre Aelig. Enfin, si tu n'y vois pas d'inconvénient, ajouta-t-elle pour son mari.

— J'ai l'impression que, si j'y voyais un inconvénient, tu passerais outre.

— Je suis une épouse obéissante, ajouta-t-elle en papillonnant des cils.

— Vas-y, tu en meurs d'envie !

Le médecin eut un sourire en coin.

— Je vous ferai appeler dès que ce sera terminé, dit-elle à Arès, qui semblait très nerveux.

— Elle aura mal ?

— Ses yeux vont brûler un peu le premier jour. Je lui donnerai de quoi calmer cela.

— Je lui prendrai sa douleur, Arès, n'ayez crainte.

À ces mots, ce fut Wandrille qui s'inquiéta. Aelig détala alors comme un lapin, de peur que son mari ne revienne sur son accord.

Conan et elle emmenèrent Morag à l'étage dans sa chambre, où l'on fit monter une table sur tréteaux. Le chirurgien les suivit avec sa sacoche et demanda de faire bouillir de l'eau salée et de la camomille.

— Pour faire dégonfler les yeux et éviter l'inflammation, dit Conan qui connaissait cette plante.

— Guérisseur aussi ? demanda David. C'est une vocation, dans votre famille ?

— J'ai appris sur les champs de bataille et en prison, expliqua Conan en le regardant préparer ses instruments.

— Deux lieux où soulager les souffrances est nécessaire. On peut être un bon guerrier et avoir de la compassion.

— Ce sont là les fondements mêmes de la chevalerie. Qu'allez-vous faire ?

— Lui faire respirer des herbes soporifiques et boire une drogue. Ne vous en faites pas, madame, c'est sans danger, ajouta-t-il pour Morag, qui se crispait un peu.

Aelig imposa ses mains sur la tête et le cœur de la jeune fille, et celle-ci se détendit en quelques secondes, ressentant une chaleur bienfaisante en ces deux endroits de son corps.

— De toute façon, ça ne peut pas être pire, n'est-ce pas ? souligna-t-elle, par bravade.

— Tout va bien, asseyez-vous et buvez cette potion.

— C'est sucré, dit Morag, qui s'était attendu à quelque chose d'amer.

— Et respirez cette fumée. Reculez-vous, c'est elle qui doit s'assoupir, pas vous ! dit David en invitant Aelig et Conan à reculer un peu, tout en allant ouvrir la fenêtre.

Conan vit alors Morag se balancer en avant et en arrière ; la drogue faisait son effet. Il l'allongea doucement sur la table et lui mit un linge propre sous la tête en guise d'oreiller. David trempa ses instruments dans l'eau salée : une aiguille creuse très fine et une pince qui semblait montée à l'envers.

— Qu'est-ce ? demanda Aelig, curieuse.

— Des écarteurs, pour tenir les paupières ouvertes. L'aiguille servira à aspirer les mauvaises humeurs qui opacifient les yeux.

— Ne le prenez pas mal, mais vous avez déjà fait cela ? s'enquit Conan en lorgnant l'aiguille d'un drôle d'air.

— Au moins une centaine de fois, sire, ayez confiance, Dieu guidera ma main.

— Amen, soupira Aelig qui avait les mains moites.

— Il nous faut nous dépêcher, la sédation sera de courte durée.

David psalmodia quelque chose en hébreux, et les autres comprirent qu'il priait. Aelig et Conan se signèrent, et le chirurgien commença.

Les hommes de la famille tournaient en rond comme des lions en cage, et Katel prit soudain conscience qu'Arès avait disparu. Sans doute était-il sorti pour marcher au grand air. Ou, mieux encore, était-il monté à cheval pour se changer les idées. Son cœur pudique avait assez épanché de sentiments pour la journée.

Katel se leva et enjoignit Darren de l'accompagner à la chapelle pour un moment de prière, en attendant la fin des soins. Il objecta que quitter le château, alors que sa fille unique était entre les mains d'un chirurgien, ne lui paraissait pas la meilleure idée qu'elle ait eue.

— Prier t'apportera la paix du cœur, mon cher, et tu pourras confier notre Morag à Dieu.

— Si jamais cet homme lui fait du mal…

— Il soigne, Darren, il soulage les gens. Et si Morag peut recouvrer un peu la vue, il faut tenter l'expérience.

— Myr, la taquina-t-il en traversant le jardin.

— Eh bien oui, Myr. Aelig a suivi l'enseignement d'une vieille femme de la trempe de Myr, une certaine Gaëlle, qui était guérisseuse et reconnue comme étant la sage du village. Vous, Écossais, n'avez pas le monopole des sorcières ! Quand Aelig est partie faire son éducation au couvent de Dol, sur l'ordre de Conan, Gaëlle a suivi, afin de poursuivre son initiation aux arts de la guérison, avec l'accord de l'évêque et celui de la Mère supérieure.

— Et le mont Saint-Michel ? Pourquoi y a-t-elle séjourné ?

— Conan et Jacques ont voulu la marier à un voisin, à la fin de son séjour au couvent, mais Aelig voulait exploiter ses dons et les mettre aux services des pauvres. L'évêque lui a donc accordé une année de sursis. Et puis, Wandrille a été déclaré mort et nous est revenu. Et les voilà mariés et parents, à présent.

— Pensez-vous vraiment que ces sciences étranges venues d'Orient peuvent aider Morag ?

— Allons demander à Dieu ce qu'il en pense…

Elle poussa doucement la porte entrouverte de la chapelle. Sur le sol, torse nu et peau contre la pierre froide qui le pavait, Arès priait et faisait pénitence, les bras en croix. Katel arrêta son geste, fit signe à Darren de regarder, puis ils firent demi-tour en silence et s'éloignèrent, pour ne pas troubler la mortification de l'Italien.

— Et si ça ne fonctionnait pas ? Si c'était un charlatan ?

— Laissez-lui le bénéfice du doute. Morag a le droit à un espoir, aussi mince soit-il.

— Pour que ça la brise ensuite ?

— L'espoir est toujours un risque à prendre. Mais il rend la vie plus lumineuse.

— Trouverez-vous réponse à toutes mes inquiétudes, mon aimée ?

Darren la prit dans ses bras et posa un baiser au creux de son cou.

— Je ne serais pas une bonne épouse sans cela, le taquina-t-elle.

— Merci d'aimer mes enfants comme tu le fais. Une autre femme aurait peut-être voulu les exclure un peu.

— Exclure Robert ou Lachlan ? s'esclaffa Katel. Autant demander au vent de ne plus souffler ! On ne voit et on n'entend qu'eux ! Quant à Morag, elle est adorable et si volontaire, je l'admire beaucoup. J'aurais probablement souhaité disparaître, à sa place. Elle a dû être terrifiée, enfant.

— La vérité est tout autre. J'étais terrifié et désemparé et, elle, elle m'a tenu la main quand le dernier rayon de lumière a quitté son regard. Elle a dit que mon visage était la dernière chose dont elle voulait avoir le souvenir.

Katel pouvait sentir l'émotion de son mari et vit ses yeux briller.

— Elle est ma seule fille, Katel, essaya de se justifier Darren.

— Et vous, vous êtes un père merveilleux. N'ayez pas honte de vos sentiments, ils vous honorent au contraire.

Katel vint se blottir dans ses bras et ils s'assirent sur le banc de pierre.

— J'ai toujours voulu avoir une fille. Quand Morag est née, j'ai été si heureux ! Elle était toute petite. Sa peau était rose et elle était dodue comme un porcelet, se souvint Darren en riant, avant de redevenir sérieux. Être parent n'est pas une tâche aisée, reprit-il en gardant Katel au creux de ses bras. On a toujours peur de mal faire, ou peur pour eux.

— Les laisser grandir et s'envoler, tout en continuant à veiller sur eux.

— Oui et quand ils quittent le nid, c'est terrifiant. Robert est père, et je repense à lui enfant chaque fois que je prends son fils dans mes bras. Je suis fier de mes enfants.

— C'est bien naturel, Darren, vous avez une bien belle famille.

— Les autres garçons ont hâte de faire votre connaissance. Je suis sûr que tout se passe bien, dit-il encore, essayant manifestement de se convaincre lui-même, fixant le mur du château.

Une heure plus tard, Aelig vint les rassurer et leur annoncer que Morag s'était réveillée et qu'elle allait bien.

— Il faudra attendre deux jours pour retirer les bandages, leur expliqua David Ben Abbas, en rangeant ses instruments propres. Lavez-lui les yeux à la camomille quand ce sera l'heure, et cela pendant les trois jours qui suivront. Si elle a mal…

— J'ai de l'écorce de saule, dit Conan.

— Il faudra peut-être quelque chose de plus fort, je vous laisserai du pavot. Mais à prendre avec modération, certains patients peuvent devenir dépendants assez rapidement.

Le reste de la maisonnée vint voir la patiente qui somnolait encore un peu, puis repartit sans faire de bruit pour qu'elle se repose. Aelig veillait la malade, et Katel alla prévenir Arès que tout allait bien. Elle le trouva encore allongé devant l'autel en arrivant à la chapelle.

— Arès, vous allez attraper la mort ainsi.

— Je fais pénitence, pour que mes fautes ne retombent pas sur elle.

— Croyez-vous vraiment que Dieu soit sournois à ce point ?

— Je me suis détourné de Lui depuis longtemps.

Katel s'approcha davantage et finit par s'agenouiller près de lui.

— Mais Lui ne s'est pas détourné de vous. Les épreuves de la vie et les doutes jonchent notre parcours vers Lui. Donnez-vous un peu de crédit.

— J'ai pris plaisir à tuer.

— Vous avez combattu, et la frénésie du combat peut rendre les hommes cruels. Mais répondez honnêtement à ma question. Si les deux hommes qui ont agressé Morag étaient en face de vous aujourd'hui, feriez-vous la même chose ?

— Une partie de moi me dit que oui, ils ont voulu souiller ce qui m'appartient. Mais une autre me dit que non.

— La partie à laquelle Morag appartient ?

— Elle est pure, dit-il, comme si c'était un drame en soi.

Katel sourit et posa une main apaisante sur le bras du guerrier en prière.

— Dieu devait au moins envoyer un ange pour sauver Hadès, le dieu des Enfers.

— *Fiore di giglio*, ça veut dire « fleur de lys », je trouve que ça lui va bien.

— Le lys est symbole de pureté, c'est vrai, mais

aussi de sensualité et de séduction. Son parfum capiteux attise les sens, mais peut aussi être très entêtant.

— Pourquoi dites-vous cela ?

— Rien n'est tout blanc ou tout noir, chez un être humain. Morag vous donne une bonne raison de vous relever, Arès, et si Wandrille vous aime comme un frère, je me plais à croire que derrière les yeux noirs du soldat que vous êtes se cache aussi un chevalier qui se bat pour protéger les faibles et le royaume de Dieu.

— Ma mère s'est désintéressée d'Allegra et moi dès notre plus jeune âge, j'envie Aelig et Conan de vous avoir.

Katel sourit et l'embrassa affectueusement, avant de se diriger vers la porte de la chapelle.

— Vous avez une famille, à présent. En épousant Morag, vous hériterez d'une vraie tribu, ce qui sera pesant certains jours, croyez-moi ! Ses frères vont vouloir savoir ce que vous avez dans le ventre et si vous êtes digne de leur petite sœur. Au fond, je vous plains ! plaisanta-t-elle. Allons, venez, Morag vous attend.

Dans la chambre, la jeune fille dormait, et Arès resta à son chevet avec Aelig pendant le reste de la journée. La nourrice prenait le relais auprès d'Ann-Jacques, et Conan passait de temps à autre pour voir si sa demi-sœur avait besoin de son aide.

Morag se réveilla dans la soirée, souffrant, et tenta de retirer le bandage.

— Non, attendez, je vais essayer de vous soulager, lui dit Aelig en posant ses mains sur ses yeux. Allez chercher Conan et David Ben Abbas, Arès, j'aurai peut-être besoin d'eux.

Quand il revint accompagné des deux hommes, Arès observa Aelig qui parlait à haute voix et semblait souffrir un peu.

Elle souffla sur les yeux de Morag tout en formant un signe de croix

— Ô grand saint Laurent,
Sur un brasier ardent
Tournant et retournant
Vous n'étiez pas souffrant.

Elle souffla et reprit :

— Faites-moi la grâce
Que cette ardeur se passe.

Elle grelottait à présent et souffla de nouveau.

— Feu de Dieu, perds ta chaleur,
Comme Judas perdit sa couleur
Quand il trahit, par passion juive
Jésus au jardin des Olives.

Elle ajouta un Pater et trois Ave, que reprirent Arès et Conan, et termina sa prière. Morag respirait plus calmement. Soudain, Aelig regarda David et rougit violemment, malgré le froid qui lui glaçait le sang.

— *Shalom*, Lady Aelig, soyez en paix et n'ayez crainte, je ne prends pas ces paroles pour une insulte. Il est vrai que votre Christ a été vendu par les grands prêtres.

— Il était juif, lui aussi.

— C'est sûrement pour cela qu'il était exceptionnel, reprit le chirurgien avec humour. Comment vous sentez-vous ? demanda-t-il à Morag.

— Mieux, ça brûle moins.

— Surtout, ne retenez pas vos larmes, si vous en sentez le besoin, lavez vos yeux, ça soulagera vos angoisses aussi.

— Privilège de femmes, plaisanta Conan en aidant Morag à se couvrir avec une couverture.

— Je dois dire qu'au cours de mes périples j'ai vu des hommes supporter des épreuves, se battre et finir bien souvent par s'écrouler sans pouvoir se relever. Les femmes elles, crient, pleurent, mais se relèvent toujours, il vous suffit de voir une naissance pour le comprendre. Votre don est connu en Orient, Lady Aelig, cultivez-le, il est précieux.

— La contrepartie qu'il demande n'est pas trop élevée, je m'y fais, dit-elle, se frottant les épaules pour se réchauffer.

Morag semblait s'être rendormie. Arès vint près d'elle pour toucher son front frais et remercia Aelig pour ses soins.

— Elle semble soulagée, merci.

— N'abusez pas de ce pouvoir, vous allaitez encore, conseilla David à Aelig. Votre corps doit rester chaud pour que votre enfant ait de quoi se nourrir. Quand Lady Morag se réveillera de nouveau, je lui donnerai un peu de pavot. Elle aura la sensation d'être ivre, mais cela l'aidera à supporter la douleur. Dans une journée au plus, la douleur cessera.

Les deux jours suivants passèrent bien trop lentement pour Arès, qui demeurait soit au chevet de Morag, soit à la chapelle à poursuivre ses pénitences.

Il avait jeûné pendant trois jours entiers, et Katel lui trouvait mauvaise mine. Elle respectait néanmoins ses efforts pour laver son âme et obtenir l'absolution de ses péchés. Ce matin-là, avant la messe, le chapelain le vit en confession, et Arès reçut la sainte communion. L'Évangile parlait de saint Raphaël, l'archange guérisseur qui avait emmené Tobie à Sara, afin qu'ils se marient et forment un couple heureux, fécond et saint. David Ben Abbas était resté à l'extérieur de la chapelle, mais s'était joint à l'office en toute discrétion. Il était curieux de l'interprétation que les chrétiens donnaient aux textes sacrés de la Bible. Chrétiens et juifs partageaient l'Ancien Testament, et s'accordaient au moins sur cela.

— Que cherche-t-il ? demanda-t-il à Katel, quand Arès apparut vers le donjon.

— Le pardon de Dieu, je suppose, et il cherche sûrement à se pardonner lui-même. Il veut surtout que Morag le voie pur et sans tache, voilà pourquoi il s'est confessé ce matin.

— C'est une belle démarche, très honorable, concéda David. Bien, il est temps de savoir si nos humbles prières ont été exaucées.

Il alla voir sa patiente et lui retira son bandage. De légères taches de sang coagulé lui couvraient les paupières, et Aelig lui lava les yeux doucement avec la camomille. Morag gardait les yeux fermés, n'osant les ouvrir de peur d'être déçue.

— Vous allez voir des ombres qui se définiront au fur et à mesure des heures qui passeront. Il se peut aussi que les couleurs soient altérées. Prenez tout votre temps, ouvrez les yeux quand vous serez prête.

Il se redressa, mais Morag le retint en lui agrippant la manche.

— Pourriez-vous faire entrer mon père, s'il vous plaît ? Je voudrais le voir seule à seul.

David et Aelig sortir et firent entrer Darren, qui s'approcha du lit de sa fille et lui prit la main.

— Vous vous souvenez, père, quand nous étions dans le champ, près du verger ? Vous me racontiez l'histoire des cercles de pierres et des contes païens.

— Oui, je me souviens, répondit Darren en se raclant la gorge, attentif à ses paroles.

— Ce jour-là, vous avez été le dernier visage qu'il m'a été donné de voir. Je suis heureuse que cela ait été le vôtre.

Il la serra dans ses bras, et Morag lui avoua ses craintes sans pudeur.

— J'ai peur d'ouvrir les yeux, père.

Les larmes perlaient à ses paupières et Darren les essuya tendrement.

— Fais-le avec moi.

Elle hocha la tête et il compta jusqu'à trois.

La première sensation fut aveuglante, comme si le soleil tout entier perçait l'obscurité dans laquelle Morag vivait depuis dix ans. Puis l'ombre blanche, devant elle, se transforma petit à petit et elle redécouvrit le visage de son père.

— J'avais oublié à quel point tes yeux étaient bleus ! lui dit-il, en captant son regard.

Morag se mit à rire et à pleurer en même temps, elle touchait le visage de son père et caressait sa barbe grise.

— La dernière fois, elle n'était pas de cette couleur !

— Tu as un vieux père, plaisanta-t-il avant de s'allonger près d'elle. Oh Seigneur ! Je ne sais comment exprimer ma gratitude et ma joie !

Un brouhaha s'éleva derrière la porte et il se redressa d'un bond.

— Il faudrait peut-être les faire entrer avant qu'ils ne défoncent la porte.

— Je ne dois pas être très présentable, dit Morag en essayant de remettre un peu d'ordre dans ses cheveux.

— Tu es merveilleuse, ma chérie. J'ouvre ?

— Attendez, je vais me lever, ce sera mieux tout de même, je ne suis pas une infirme !

— Tu ne l'as jamais été, Morag. Prête ?

— Prête.

Il alla ouvrir la porte en recommandant à chacun de ne pas l'écraser au passage. La pièce fut remplie en un instant, et Morag regardait, curieuse, tous les arrivants. Un sourire se dessina sur ses lèvres, tandis qu'elle reconnaissait Robert.

— Comme tu ressembles à père ! dit-elle en lui prenant la main.

Lachlan se jeta dans ses bras.

— La dernière fois que tu m'as vu, j'étais un bébé, et maintenant, je suis un homme !

Morag découvrit les visages de Jamesina, Aelig,

Katel, mais celui qu'elle cherchait manquait à l'appel. Les hommes présents lui souriaient avec bienveillance.

— Arès ? demanda-t-elle en cherchant lequel d'entre eux répondrait.

Elle vit un homme portant un bandeau sur l'œil gauche sortir de la pièce, puis revenir avec un compagnon au visage tanné et taillé à la serpe. Il était grand et, à sa démarche souple, on devinait les muscles qui jouaient sous son pourpoint, qu'il portait près du corps. Ses yeux étaient sombres et fascinants comme ceux d'un félin. Il vint lui faire face et attendit sa réaction.

Déboussolée par ce nouveau sens, elle ferma les yeux pour se recentrer sur elle-même et être sûre de ce qu'elle allait dire. L'obscurité lui était familière, elle n'avait pas peur du noir. Soudain, un sourire étira ses lèvres roses et elle retrouva la présence d'Arès dans le noir.

— Je vous vois, dit-elle en souriant, gardant les paupières closes.

Puis elle ouvrit les yeux de nouveau et regarda attentivement son fiancé en se mordant les lèvres, se sentant rougir.

— On dirait qu'elle ne te trouve pas trop laid, plaisanta Wandrille.

— Wandrille..., dit alors Morag, en reconnaissant sa voix. Et vous, vous devez être Conan.

— Bienvenue chez vous, Morag, fit galamment Conan, en s'inclinant pour la saluer.

Son père déclara alors qu'il la trouvait bien pâle et congédia toute la famille afin qu'elle puisse se reposer.

Chapitre 13

— Vous partez ? demanda Katel d'une voix suraiguë à Arès, ce matin-là. Mais vous n'y pensez pas ! Wandrille, Conan, dites quelque chose !

— Je ne te comprends pas, Arès, commença Wandrille, en essayant de convaincre son ami de rester auprès de Morag.

— Expliquez-vous, Arès, lui intima Conan.

Dans les appartements des maîtres où Arès, Wandrille, Aelig, Conan et Robert les avaient suivis, Darren et Katel s'apprêtaient à rétribuer grassement le chirurgien, pour le petit miracle qu'il venait de leur offrir.

— C'est que je n'ai pas été très honnête avec vous tous, avoua Arès en souriant.

— Je peux savoir ce qui vous fait sourire ? s'enquit Darren, peu enclin à voir un homme se jouer des sentiments de sa fille.

— Morag est à moi, mon départ n'y change rien.

La voix d'Arès était calme et posée. Wandrille savait d'expérience qu'il valait mieux s'en méfier, et préféra arrêter Darren qui s'était avancé pour s'imposer.

— Je suis venu en Écosse pour le plaisir de revoir

mes amis, mais pas seulement. J'ai été envoyé par le pape pour résoudre une certaine affaire.

— En Écosse ? répéta Katel, surprise.

— Je croyais que vous n'appréciiez pas les Borgia, dit Conan.

— En effet, mais Sa Sainteté se moque de mes sentiments à son égard, tant que je reste un loyal serviteur des intérêts de Rome. J'ai mes entrées au Vatican et ailleurs sur les territoires d'Italie, je suis un homme de cour et un vil flatteur, je sais également mentir et voler, ce qui peut se révéler utile.

— Tu espionnes pour le Vatican ?

Wandrille cracha ces paroles plus qu'il ne les prononça, et Arès éclata de rire.

— J'ai en effet accepté de me salir les mains. Et pour deux raisons.

Il garda le silence un instant, sachant pertinemment que tous attendaient des explications.

— Gabrieli ! pesta Conan, impatient.

— Arès, par pitié, parlez ! s'agaça Aelig, en posant la main sur son bras.

— La première, c'est vous, *gattina*, répondit-il en lui prenant la main. La deuxième est beaucoup moins noble, c'est l'appât du gain. Sa Sainteté paie rubis sur l'ongle et, depuis la guerre, je suis désargenté.

— Moi ? demanda Aelig, perplexe. Quel rapport entre les Borgia et moi ?

— Charles de Montpensier.

— Encore cette punaise ! maugréa Katel.

— Pourriez-vous être plus explicite pour nous, profanes ? demanda Robert, sarcastique.

Arès fit face à ses interlocuteurs, tout en rendant la main d'Aelig à son juste propriétaire.

— Vous savez déjà que Wandrille et moi avons participé à la campagne d'Italie ?

— Et que vous vous êtes fait botter le cul par les Espagnols ! ricana Robert.

— Héroïquement, ne vous en déplaise, nuança Arès. Montpensier faisait partie des troupes de Saluces, comme nous deux d'ailleurs. Il espérait des terres et de l'or. C'est un bon combattant, mais cupide à souhait.

— Jacques m'a dit qu'il convoitait Milan avant même le départ, argua Conan.

— Sa Sainteté suppose qu'il cherche à faire alliance avec l'Espagne et, s'il parvient à ses fins, ce pays pourrait avoir une porte d'entrée en France, et le jeu fragile des alliances pourrait en être bouleversé.

— Mais Charles est en disgrâce en France, et je doute qu'il veuille se rapprocher de l'Espagne, objecta Wandrille.

— Les petites oreilles du pape lui ont certifié que Montpensier s'acoquinait avec la Castille. À moi de savoir qui, quoi, comment et pourquoi.

— Jeanne de Castille… Ne la dit-on pas folle ?

— Folle ou pas, c'est l'héritière de la grande Isabelle et la prétendante légitime au trône. Montpensier a un allié en Écosse, il me faut savoir qui. Un homme qui lève probablement des troupes pour son compte.

Katel se remémora alors un détail de son séjour à la cour et alerta Arès.

— Ce n'est peut-être rien, mais juste avant d'entrer

chez le roi, nous avons eu une petite… altercation. Vous vous souvenez, Darren ? Et nous avons vu Montpensier et Cunningham deviser ensemble.

— Cette fouine serait bien capable de cela, en effet ! Il est cupide et fourbe, la trahison ne l'effraie pas, répondit Darren.

— Ils ont pu se rencontrer ailleurs. Cunningham voyage-t-il beaucoup ?

— Il a un fils dans la garde écossaise, il a pu rencontrer Montpensier à la cour de France, lors d'une de ses visites.

— Est-ce que cela en vaut vraiment la peine, Arès ? demanda Aelig, inquiète que son ami se plonge dans les complots de cour.

— Si je peux prouver l'implication de Montpensier dans une trahison et que j'ai le plaisir de le voir se faire pendre pour crime de lèse-majesté, alors oui, ça en vaut la peine ! Que ce soit pour votre sauvegarde ou celle de votre mère, et votre honneur à toutes les deux. Il m'a déjà pris une sœur, je ne le laisserai pas me prendre des amies, si je peux l'en empêcher.

Un long silence suivit cette déclaration, Katel se contentant de tendre la main à Arès, qui l'accepta respectueusement.

— Comment pouvons-nous vous aider ? demanda Darren, qui voulait se rendre utile.

Katel lui prit le bras, reconnaissante, et lui adressa un joli sourire.

— Je viens avec toi, fit Wandrille. Et toi, tu restes ici pour veiller sur Ann-Jacques, s'empressa-t-il d'ajouter, en voyant Aelig prête à rejoindre les rangs.

— Ton mari a raison, ma chérie, ton devoir est de veiller sur ton fils, intervint Katel avec douceur. La cour n'est pas un endroit pour un nourrisson, et Dieu sait que Charles serait assez perfide pour t'atteindre à travers ton enfant !

Aelig acquiesça et conseilla à tous d'être prudents, avant de sortir de la pièce pour aller allaiter son bébé.

Pour ne pas éveiller de soupçons, il fut décidé qu'Arès serait introduit à la cour par Darren et Katel, accompagnés de Wandrille venu enfin officiellement rendre hommage au roi Jacques d'Écosse et de Conan en visite de courtoisie.

Katel fut tout aussi impressionnée par le château d'Édimbourg que la première fois. Cette forteresse était agressive et royale, avec ses falaises dangereuses et son armée de soldats qui ne laissait rien au hasard. Pour l'occasion, Wandrille avait revêtu les couleurs des Montgomery, et Katel devait avouer que son gendre avait fière allure, avec son tartan bleu et vert. Arès et Conan l'avaient taquiné sur ses jambes nues, avant de se heurter à l'air belliqueux de Darren.

— La robe semble être un sujet sensible en Écosse, se gaussa Arès, malgré les prunelles noires de Darren.

— Le tartan, Arès, corrigea Katel en se mordant les lèvres pour ne pas rire. Il représente plus qu'une étoffe, c'est le signe de ralliement et de fierté de chaque grande famille. Autant qu'un écu ou qu'une devise.

— Merci de faire taire ces deux blancs-becs, ma chère.

— Cela semble vous plaire, madame, la taquina

Arès en surprenant son regard admiratif sur la silhouette massive de son mari.

Darren avait revêtu ses couleurs également, et son tartan rouge et vert tranchait sur ses jambes musclées.

Ils arrivèrent aux écuries et Darren demanda à voir le roi.

— Il vaut mieux prévenir Sa Majesté de nos recherches.

— Sa Majesté n'apprécie pas vraiment les Borgia, fit remarquer Wandrille.

— Alors, allons chercher de l'aide chez le duc de la Trémoille, proposa Katel.

— Excellente idée ! Nous pourrons compter sur son appui. Je vais lui faire savoir que je suis là pour rencontrer le roi, dit Wandrille en se dirigeant vers un serviteur.

— Je serai heureux de le revoir, déclara Arès en se souvenant du départ d'Aelig pour la cour de France, entourée par deux gardes et le duc, à la demande de la reine.

— *Alea jacta est*, maugréa Darren, qui voyait chez le duc un soupirant non avoué de son épouse.

Ils rencontrèrent celui-ci dans la soirée. Le château, recevant une délégation anglaise, n'ouvrait ses portes qu'à certaines heures. Les contrôles avaient été renforcés et, de façon à avoir quartier libre, Darren décida de loger les siens dans une auberge du centre-ville.

— Comme je suis heureux de vous retrouver, mon garçon ! fit chaleureusement le duc en saluant Wandrille. Ker Glenn, Gabrieli, vous ici ?

— Je voulais voir comment le nouveau mari et

père se débrouillait, répondit Arès, tout sourires, en acceptant la poignée de main du duc.

— Je ne pensais pas vous revoir si tôt à la cour, baronne.

— Certains événements nous poussent à rebrousser chemin, par moments.

— Rien qui vous offense, j'espère ? s'enquit-il galamment, en lui proposant une chaise.

— Arès pourra vous exposer cela. Nous sommes venus vous demander assistance si possible.

— Elle vous est acquise, vous le savez bien, répondit le duc en souriant.

Un raclement de gorge rappela à tous la présence de Darren, qui n'appréciait pas du tout les attentions du duc, ce qui fit sourire Conan.

Arès exposa alors les demandes du pape et les craintes que celui-ci nourrissait vis-à-vis d'une potentielle alliance franco-espagnole, vite démentie par le duc.

— La France se remet à peine de sa défaite, alors, croyez-moi Gabrieli, le pape peut dormir tranquille ! Le roi Louis ne complote pas contre Rome.

— Croyez-vous que Montpensier agisse dans son propre intérêt ?

— Connaissant le personnage, c'est plus que probable. Il n'y a de place dans le cœur de Montpensier que pour Montpensier. N'oubliez pas que Sa Majesté m'a confié sa surveillance.

Darren intervint à son tour pour connaître le sentiment du duc.

— Selon les sources d'Arès, Montpensier aurait

un ou des alliés à la cour du roi Jacques. Avez-vous observé des accointances ?

— Oui. Il passe beaucoup de temps avec les Cunningham et les Graham. Je surveille notre oiseau de mauvais augure. Il semble tourner autour de ces deux clans et passe aussi du temps à l'entraînement. Je crois qu'il mijote quelque chose sous couvert de resserrer les liens franco-écossais, comme il l'affirme.

— Et le roi ?

— Il est flatté d'avoir un invité illustre. Le roi Jacques a désespérément besoin des Français pour éloigner l'Angleterre.

— Des courriers arrivent-ils d'Espagne ? demanda Conan.

— Pas à ma connaissance, mais les chambellans sauraient mieux vous répondre.

Katel tapota des doigts sur la table et se concentra pour essayer de trouver une idée qui puisse les faire avancer.

— La reine Isabelle la Catholique est décédée l'an passé, n'est-ce pas ? Et depuis, c'est Jeanne qui règne sur la Castille.

— Oui. Son mari et elle ont reçu l'allégeance des Cortes, leur parlement si vous voulez, expliqua le duc. Elle se désintéresse des affaires du royaume, alors c'est son mari qui…

— Son mari ! s'exclama Katel en coupant la parole au duc malgré elle. C'est lui qui gouverne à sa place. Ne serait-il pas possible de penser que c'est lui qui complote avec Montpensier ? Aussi, si des courriers devaient arriver, ne pourraient-ils pas être rédigés en allemand ?

— Finement observé, madame, approuva le duc.

Arès demanda un pichet de vin et de quoi se sustenter.

— Je réfléchis mieux l'estomac plein, précisa-t-il à l'attention de Wandrille, qui avait haussé un sourcil amusé.

Arès leva la main pour rejeter cette idée.

— Philippe de Castille est né Habsbourg, je vous l'accorde, mais il n'a quasiment pas mis les pieds en Autriche depuis son mariage.

— Et moi qui pensais vous aider à avancer ! soupira Katel, déçue de voir sa piste si vite oubliée.

— Mais il vient en France assez souvent, puisque sa mère lui a légué la Bourgogne, reprit Arès en claquant des doigts.

— Alors ce sont des courriers en provenance de Bourgogne qu'il nous faut chercher.

— Adressés à Montpensier ? demanda le duc.

— Non probablement pas, mais peut-être aux Cunningham ou aux Graham, proposa Arès.

Il mangea du pain frais et du fromage de brebis, puis avala un verre de vin, enfin repu.

— Quelqu'un pourrait-il nous renseigner sur les courriers venant de France ?

— Édimbourg n'est pas Rome, Gabrieli, il n'y a pas de complots et d'espions dans tous les recoins du château ! se moqua Darren en se servant également à boire, après avoir veillé au verre de Katel.

Le duc secoua la tête et rétorqua :

— Nous ne sommes certes pas en terres papales, ici, à Édimbourg, mais on y trouve malgré tout espions, coupe-jarrets, âmes damnées et dames expertes pour soutirer toutes sortes d'informations, comme dans n'importe quelle cour. Le roi a d'ailleurs beaucoup d'espions à sa solde. Il nous faut trouver quelqu'un d'assez influent à la chancellerie pour faire parler les chambellans ; ils savent tout ce qui se passe au château.

— Ou bien voler le registre des gardes à l'entrée du château. Ils y consignent tout, suggéra Wandrille qui les avait vus faire à leur arrivée. Tous passent par le portail, n'est-ce pas ?

— C'est la seule entrée, confirma le duc. Il va nous falloir une diversion, car ils ne nous laisseront pas approcher du registre sans permission. Et sans preuve, nous ne pouvons accuser un invité du roi.

— Je me charge de voler le registre, dit Arès avec son habituelle confiance en lui.

— Et je crois avoir trouvé la diversion parfaite, renchérit Darren, en fixant Katel.

Elle lui renvoya un coup d'œil suspicieux : elle ne voyait pas du tout où il voulait en venir.

— Une diversion parfaite ?

— Un monarque fasciné par une certaine dame dans une certaine robe…, précisa-t-il, heureux de la voir rougir comme une pivoine.

— Oh Darren, je vous en prie ! s'exclama Katel, indignée.

— Je vous suis, baron, c'est une excellente idée ! approuva le duc. Votre charme sera notre meilleur atout, madame.

Ils semblaient tous deux trouver que battre des cils devant le roi et arborer un joli décolleté était une stratégie efficace.

Katel recula sur sa chaise et se mit en retrait de la discussion, tout en observant les hommes, qui essayaient de trouver comment attirer le roi jusqu'au portail.

— Il passe en revue sa garde une fois par semaine, et demain, sur l'esplanade, il y aura beaucoup de monde. Les Écossais sont friands de parades militaires, indiqua le duc.

— Il y a autre chose dont sont friands les Écossais, ce sont les bagarres entre clans, ajouta Darren avec une idée derrière la tête. Voici comment nous allons procéder.

L'ombre quitta l'auberge, se glissa dans les rues sombres et remonta la pente sinueuse qui menait au château. Son maître l'avait envoyée surveiller les faits et gestes de l'Italien, dès que les gardes l'avaient prévenu de son arrivée au château.

— Gabrieli est bien l'homme envoyé par le Vatican, Votre Majesté. Il est en compagnie du duc de la Trémoille et du clan Seton. Je crois qu'un seigneur français les accompagne.

— Qu'as-tu entendu ?

— Ils semblaient organiser une sorte de diversion, ils veulent le registre des gardes. Ils cherchent un courrier adressé au prince de Montpensier.

— De plus en plus intéressant !

Le roi surveillait de près les alliances d'Europe

et les grands des royaumes, alliés comme ennemis. L'une de ses espionnes l'avait informé que l'Espagne et la France se rapprochaient par le biais du prince de Montpensier, mais les sources qui venaient de la cour de France certifiaient que le roi Louis avait coupé tous liens diplomatiques avec l'Espagne depuis la fin des guerres d'Italie. Un autre de ses messagers l'avait prévenu que le pape envoyait un émissaire en Écosse, et le roi Jacques l'attendait de pied ferme, pour connaître les intentions du prélat.

— Se pourrait-il que Charles ait des alliés chez nous ?

— Avec de l'argent et de belles promesses, beaucoup de choses s'obtiennent, Votre Majesté. Certains clans s'affichent ouvertement à ses côtés, ces derniers temps : les Cunningham et les Graham notamment.

— Bien, j'ai de quoi les surprendre : fais arrêter Lady Katel Seton, et débrouille-toi pour que le prince de Montpensier soit au courant. Ne le perds pas de vue. Mais j'ai autre chose à te faire faire, ce soir.

Katel et Darren montaient les escaliers de l'auberge pour aller se coucher. La journée avait été longue et ils voulaient se reposer, pour mettre leur plan à exécution dès le lendemain. Deux clans belliqueux des Highlands étaient présents à la cour, et Darren avait prévu de déclencher une bagarre au sein de la garde.

Les hommes, quelles que soient leurs origines, étaient tous chatouilleux sur les mêmes choses : l'honneur de leur mère ou de leur femme, leur virilité et leurs symboles. Il n'aurait jamais mis une lady en mauvaise posture, c'était donc les symboles qu'il comptait attaquer. Les Highlanders étaient très fiers de leur hymne guerrier et de leurs musiciens. Aussi Darren avait-il prévu de percer les cornemuses d'un des clans en y épinglant une petite branche de l'arbre symbole de l'autre clan, afin de semer le trouble. Cet affront serait sûrement le point de départ d'une bagarre générale qui ferait suffisamment de bruit pour qu'Arès puisse subtiliser le registre, pendant que les gardes seraient occupés ailleurs. Et Katel saurait amadouer le roi à coup sûr pendant ce temps-là. Il fallait juste qu'elle prenne confiance en son pouvoir de séduction.

Pour l'heure, il voulait goûter le plaisir simple de dormir avec la femme qu'il aimait.

— Sa Majesté tolèrera-t-elle une bagarre en ses murs ? demanda Katel, dubitative. En France, toute forme de duel est proscrite à la cour et sévèrement punie.

— Nous sommes en Écosse, très chère, et si notre étiquette est très stricte, nos traditions ancestrales prévalent bien souvent. Elles font même office de lois, quelquefois.

Chapitre 14

Quelques instants plus tard, un fracas d'acier fit trembler la pièce et, sous le regard ébahi des clients de l'auberge, une troupe de soldats fit irruption dans la salle.

— Katel Seton, par ordre de Sa Majesté le roi Jacques, vous êtes arrêtée pour complot contre la couronne ! annonça l'officier.

— C'est ridicule ! protesta Wandrille.

— Sa Majesté s'est laissé berner, renchérit le duc de la Trémoille, outré.

Darren ne disait rien, et se contenta de placer Katel derrière lui.

— Ne bougez pas ! recommanda-t-il à Conan, qui avait la main sur son épée.

Une fois la surprise passée, Katel inspira fortement et prit son courage à deux mains.

— Allons, calmez-vous tous. Je ne crains pas la justice royale, puisque je n'ai rien à me reprocher. Darren accompagnez-moi chez Sa Majesté, et nous verrons de quoi il retourne.

Restée en arrière, elle descendit les quelques marches qui lui restaient pour arriver jusqu'à eux avec un port de reine. Les soldats, sans doute impressionnés par son maintien et sa grâce, s'écartèrent pour la laisser passer. Elle se présenta à l'officier qui tenait des fers à la main.

— Ce ne sera pas nécessaire, monsieur, je vous suis de mon plein gré.

— Parce que vous croyez que je vais rester là à attendre le bon vouloir du roi d'Écosse ? pesta Conan en breton.

Il avait toujours la main sur la garde de son épée, et paraissait prêt à se battre. Pourtant, ils étaient douze face à lui. La plupart des hommes auraient laissé la garde faire, mais visiblement pas lui. L'officier avisa deux autres hommes derrière lui, qui avaient la même attitude, un Montgomery s'il en croyait le tartan que portait l'homme borgne, et un courtisan au visage hâlé, un étranger. Il reconnut également le duc de la Trémoille, qu'il salua.

— Vous pouvez accompagner cette dame, vous attendrez à la chancellerie. Elle seule est attendue pour un interrogatoire.

Dans la nuit, les torches brillaient comme des étoiles inquiétantes. Katel monta à cheval près de l'officier chargé de son arrestation. Les autres suivaient à pied, en silence. L'atmosphère était pesante, et les soldats regardaient les compagnons de la prisonnière avec perplexité.

— N'ayez crainte, officier, mon fils et nos amis ne feront rien contre vos hommes. Vous avez ma parole.

— Puisque vous le dites, madame, je n'ai aucune alarme en ce cas.

Il les mena au château, où la garde les attendait, puis ils furent emmenés à la chancellerie, en attendant le bon vouloir de Sa Majesté. Katel regarda Darren avant de suivre l'officier qui la conduisit jusque dans le bureau de travail du roi.

Quand les portes s'ouvrirent, le cœur de Katel battait la chamade. Que pouvait lui vouloir le roi ? Montpensier était-il derrière cela ? Avait-il fomenté un plan pour la discréditer ?

Voyant le roi Jacques attablé à un immense bureau richement sculpté, elle fit une gracieuse révérence et attendit.

— Relevez-vous, milady.

Katel s'exécuta et vit le roi venir vers elle en la fixant droit dans les yeux.

— Pourquoi cherchiez-vous ceci ?

Il pointa du doigt un livre épais, grossièrement relié : le registre de la garde.

Katel ouvrit la bouche, stupéfaite.

— J'ai de bons renseignements et des espions très efficaces. Je les paie assez cher pour cela, ajouta-t-il, sarcastique.

— Nous suspectons Montpensier de connivence avec l'Espagne. Ce n'est pas une alliance officielle entre la France et la Castille, notre roi les tient à bonne distance depuis leur trahison en Italie. Nous pensons que le prince complote derrière le dos de son cousin, à titre personnel.

— Continuez !

Il tournait autour d'elle comme un rapace autour d'une proie et guettait toutes ces réactions. Katel inspira, elle devait capter son attention et obtenir son approbation sur les agissements de Montpensier ; elle devait jouer toutes les cartes possibles.

— Il est en disgrâce en France…

— Depuis qu'il a essayé de s'en prendre à Lady Montgomery, coupa le roi, pour la déstabiliser.

— Oui, répondit Katel dans un souffle. Il a tenté d'assassiner ma fille.

— Une bâtarde trop gênante…

Katel se raidit et le roi le sentit.

— Vous semblez prendre la défense des vôtres avec sérieux, Lady Katel. Qui vous le reprocherait ? Elle est votre fille.

Il s'approcha de nouveau. Katel ne baissait pas les yeux, elle restait solennelle et belle dans sa robe de cour, telle une statue vivante, captivante et lointaine à la fois.

— Je me suis renseigné sur vous. Une vie bien dure que la vôtre : veuve très jeune, un enfant emprisonné et torturé, des voisins avides, prêts à vous spolier de vos terres, un château pillé… Et pourtant, partout en Bretagne, on sait quelle femme de caractère vous êtes : fière, dure parfois. Mais toujours dévouée aux vôtres, quel qu'en soit le prix.

Il lui caressa l'arête de la mâchoire et lui releva le menton pour trouver son regard. Katel battit des cils et essaya de rester stoïque.

— Je n'ai jamais failli à l'honneur, Votre Majesté, rétorqua-t-elle avec force.

Le monarque haussa une arcade sourcilière sans la quitter des yeux, puis fixa ses lèvres closes.

— Me faites-vous confiance, madame ?

La question déstabilisa Katel, qui rougit, comme prise en flagrant délit.

— Votre Majesté m'a fait grâce de son amitié et de celle de l'Écosse. Pourquoi ne vous ferais-je pas confiance ?

— J'ai besoin de connaître tout ce que vous savez sur les Montpensier.

— Je suggérerais volontiers au roi de France de se passer de cette partie-là de sa famille ! rétorqua-t-elle avec acrimonie. Ne dit-on pas qu'un membre gangrené doit être coupé ?

Le roi éclata de rire.

— Je n'aimerais pas être de vos ennemis, milady !

Katel rougit encore et présenta ses excuses aussitôt.

— Je ne voulais pas me montrer irrespectueuse envers Votre Majesté.

— Laissez, ma chère, et revenons à Charles de Montpensier. Je ne saisis pas tous les griefs qui vous opposent, mais je sens que le simple nom de cet homme vous est odieux. Pensez-vous qu'il complote contre son cousin ?

— Charles est cupide, s'il complote ce sera à ses propres fins et intérêts. Il ne sert pas d'intermédiaire au roi, je suis prête à jouer ma vie là-dessus.

— Attention, milady, les monarques sont souvent experts en fourberie !

— J'ai confiance en mon roi et davantage encore en la parole de notre reine.

Le roi se servit un verre de vin et lui proposa de s'asseoir.

— Savez-vous pourquoi je vous ai fait arrêter, ma chère ?

— Parce que nous avons voulu emprunter le registre ?

— *Voler* le registre.

— Oh non, nous l'aurions reposé ensuite, je vous en donne ma parole.

Il lui tendit son propre verre.

— Buvez, et vous connaîtrez mes pensées.

— N'est-il pas risqué de donner vos pensées à une femme que vous tenez pour prisonnière ?

Il rit de nouveau et allongea les jambes devant lui.

— Votre époux a dû vous parler de notre position délicate vis-à-vis de l'Angleterre et des derniers attentats, ou tentatives d'attentats plutôt, dont nous avons été victimes.

— Je suis heureuse que Votre Majesté en soit sortie indemne, vous êtes trop précieux pour l'Écosse, dit-elle en penchant légèrement la tête, consciente de lui offrit une vue agréable sur sa jolie gorge.

— Je dois savoir si vous et votre ami Italien ne représentez aucune menace. Cet homme appartient au pape…, dit le roi en laissant planer une accusation muette.

— Gabrieli ne vient pas gonfler les rangs de vos opposants, c'est tout le contraire. Le pape est juste curieux de savoir où il doit placer sa confiance. Terme étrange venant d'un homme tel que lui, murmura-t-elle pour elle-même. Nous tentons de démasquer les traîtres au sein de votre cour. Nous savons que la Castille aura pour héritier le futur empereur du Saint

Empire romain germanique, et Charles complote pour obtenir des terres et des titres, c'est certain. Cependant, il n'est pas idiot, et sa correspondance avec l'Espagne n'est sûrement pas affichée comme telle. Le roi Philippe de Castille a hérité la Bourgogne de sa mère, nous pensons donc qu'il fait venir ses nouvelles d'Espagne par la Bourgogne, et que les Cunningham, entre autres, reçoivent les courriers à sa place.

— Les Cunningham ? Oui, je les fais surveiller depuis quelques semaines. Je lisais les courriers, lorsque vous êtes arrivée.

Katel soupira de soulagement.

— Votre Majesté savait déjà tout.

— Peu de chose m'échappe dans ce château.

— L'appât du gain rend les hommes serviles.

— Et vils ! grogna le roi. J'ai envoyé quelqu'un vérifier tout cela, et mon petit doigt est revenu avec ceci…

Il montra deux lettres.

Katel se redressa et pesa par deux fois ce qu'elle allait dire.

— Si je donne mon entière confiance à Votre Majesté, me promettez-vous qu'aucun grief ne sera retenu contre mon mari, mon fils, mon gendre, Gabrieli et le duc de la Trémoille, qui sont des amis très chers ?

— Je vous en donne ma parole, milady, répondit le roi en la regardant avec attention.

— Je répondrai à vos questions avec franchise et sans rien dissimuler, si c'est ce que veut Votre Majesté.

Deux heures plus tard, l'esprit vidé et le corps courbatu d'avoir été si crispé, Katel regagna la chancellerie accompagnée du roi.

Sans surprise, celui-ci vit Seton, le duc et trois autres hommes venir la réconforter et la tenir au milieu d'eux comme pour la protéger.

— N'ayez crainte, baron, votre épouse est saine et sauve.

— Pourquoi l'avoir fait arrêter ?

— La cour est une partie d'échecs, mon ami. Pendant que je bavardais avec votre épouse de choses et d'autres au sujet d'un certain registre, l'une de mes ombres est allée fouiller les appartements du prince. Trop heureux de savoir que je soumettais votre dame à un interrogatoire, il est parti jouer aux cartes avec ses nouveaux amis. Votre épouse m'a servi d'écran de fumée pour le divertir. Croyant avoir l'avantage, il a baissé sa garde. Nous avons trouvé des courriers venant de Bourgogne et la certitude qu'il traite personnellement avec l'Espagne pour y gagner des terres, ce qui n'est pas un crime. Il ne complote pas contre son monarque, je me contenterai donc d'en informer mon cher ami le roi de France. Mais je veillerai à faire porter cette mise en garde par Charles en personne !

Il reporta alors son attention sur Arès, qu'il évalua d'un regard curieux.

— Vous rassurerez Sa Sainteté sur les prétentions du prince.

— Je suis sûre que le pape le gardera à l'œil.

— Comme il le fait pour nous tous, ironisa le roi.

Arès se contenta de sourire : le réseau d'espions du pape allait d'un bout à l'autre de la chrétienté.

— Le comte di Gabrieli est mon futur gendre, Votre Majesté, précisa Darren.

— Eh bien, me voilà surpris ! Vous avez l'art des alliances stupéfiantes, baron. Wandrille Montgomery, le fiancé déjà marié, Gabrieli, l'espion du pape, les Ker Glenn Démons de Dol… Et cette petite bourgeoise rousse qui a si bien piégé Robert !

— Avouez cependant, Votre Majesté, que l'ensemble reste harmonieux, minauda Katel en regardant son mari avec amour.

— Je vous l'accorde, milady, très harmonieux même, ajouta le roi en laissant son regard appréciateur glisser ouvertement sur la silhouette de Katel. Bien, je vous ai tous assez vus pour le moment ! Baron Seton, quand il reprendra à votre épouse des idées de complots ou autres recherches en tout genre, tâchez de la garder enfermée à double tour dans votre donjon. Si vous le pouvez ! Une diablesse de Bretagne ne doit pas être facile à garder, conclut-il dans un éclat de rire.

Katel lui répondit par une gracieuse révérence mettant en valeur sa gorge et ses épaules délicates, ce qui n'échappa pas à Darren. Il fronça les sourcils, tout en saluant aussi le roi.

— Mes pensées vous accompagnent, milady. Vous serez toujours la bienvenue à la cour, et je garde votre confiance comme un présent de prix, ajouta le roi en plongeant un regard sincère dans les prunelles de Katel, avant de partir.

À peine avait-il franchi la porte qu'elle fut assaillie de questions sur son arrestation et sur son entretien avec le roi.

— Sa Majesté s'est contentée de me questionner sur ce que nous supposions, c'est tout. Ensuite, elle a fait fouiller l'appartement de Charles, comme elle vous l'a dit. Ses espions surveillaient déjà ses faits et gestes, nous n'avons rien apporté de nouveau.

— Le prince va certainement voir son séjour à la cour écourté, commenta le duc. La délégation anglaise servira de prétexte au roi pour nous donner notre congé. J'expliquerai tout cela en France.

— Ne perdez pas l'effet de surprise au sujet du courrier que Charles est censé remettre au roi, ce serait dommage, ricana Conan, heureux de savoir Montpensier aux prises avec son cousin.

En sortant du château, ils croisèrent Montpensier et Cunningham sur l'esplanade et continuèrent à deviser gaiement, sans se soucier d'eux. Juste par plaisir à l'idée de la déconfiture de ses ennemis, Darren fit tournoyer Katel dans ses bras et l'embrassa.

— La meilleure vengeance, mon amour, c'est que vous soyez merveilleusement heureuse, lui murmura-t-il à l'oreille.

— Je le suis, Darren, grâce à vous.

Elle se mit à rire comme une jeune fille amoureuse et insouciante, promise à un bel avenir.

Darren l'avait cependant vue baisser les yeux un court instant, après le départ du roi, avant d'afficher le sempiternel contrôle d'elle-même qu'elle arborait toujours. Elle avait menti.

Mais il avait confiance en elle, elle se livrerait davantage quand elle serait prête.

Il lui prit la main et ils repartirent à l'auberge pour récupérer leurs affaires, trop heureux de rentrer à Fyvie Castle.

Épilogue

Colline au-dessus de Longhaven,
quelques lieues à l'est de Fyvie Castle.

Cela faisait deux jours qu'ils étaient revenus chez eux et, la veille, Conan avait repris la mer pour la Bretagne. Katel sentait le vent jouer avec les plis de sa robe et souriait à l'homme qui la tenait dans ses bras.

Ils étaient assis contre un menhir, dans un cercle de pierres, et regardaient la mer et le ciel bleu. Katel ne ressentait pas de peine à voir Conan regagner Ker Glenn, mais au contraire une grande quiétude ; chaque chose était à sa place. Son fils auprès de Brune, elle auprès de Darren.

Une coccinelle se posa sur le bras de son mari et elle la regarda s'envoler de nouveau, un instant plus tard. Darren, les yeux mi-clos à cause du soleil semblait faire la sieste. Mais une lueur dans ses yeux lui laissait penser qu'il était au contraire très attentif à elle.

— J'ai dit la vérité au roi, l'autre jour, mais j'ai menti aux autres pour ne pas…

— … éveiller leur curiosité, je sais.

— Tu n'es pas fâché ?

— Pourquoi le serais-je ?

— Aucun homme n'aime qu'on sache que sa femme a été violée. Ce serait une disgrâce pour le clan entier, si cette information filtrait.

Darren resserra son étreinte et déposa un baiser sur ses cheveux.

— Le roi t'a questionnée, tu lui as répondu. Je respecte ton choix, c'est tout ce qu'il y a à savoir. Autre chose ?

— En échange de mon histoire, le roi m'a promis qu'il n'y aurait aucune représaille contre aucun d'entre vous pour la tentative de vol du registre.

— C'était inutile, ma douce. Au pire, j'aurais payé une amende, sûrement élevée, mais rien ne justifiait que tu t'exposes ainsi.

— Si, toi ! Je t'aime et je ne veux pas qu'il t'arrive quoi que ce soit, si je peux l'éviter. Je ne me cache pas, je n'en ai plus besoin. Je suis une femme à part entière et une épouse comblée. Et c'est à toi que je le dois.

— Non, je t'ai juste encouragée à voir ce qu'il y avait là, dit-il en posant son index contre son cœur. Tu es forte et volontaire, je suis fier de t'avoir pour épouse. Ton passé est mon passé, mais plus important encore, nous avons notre avenir.

— Conan a dit que nous étions héritiers des larmes depuis trop longtemps. Mes prières ont été exaucées le jour où tu as franchi les portes de Pontorson. Je t'aime et je serai toujours là pour toi, et pour nos enfants.

Darren sourit. Katel était une louve toujours prête à protéger les siens. Il l'aimait ainsi, généreuse, courageuse. Il adorait la lumière qui brillait dans ses yeux et sur son visage, quand elle le regardait ainsi. Il poussa un grognement de satisfaction quand il sentit une main fraîche glisser sous sa chemise.

— Il va nous falloir choisir une date pour le mariage d'Arès et Morag.

— Laisse donc les enfants pour le moment, répondit-il en s'emparant de ses lèvres.

Il la plaça à califourchon sur lui et souleva ses jupes pour sentir la peau veloutée de ses cuisses sous ses paumes calleuses.

— J'ai une théorie à vérifier, mon amour.

— Quelle théorie ? demanda-t-il en caressant sa poitrine dénudée à pleines mains.

— Jamesina dit que les cercles de pierres sont magiques, et Aelig, que les pierres dressées rendent les hommes virils…

— Ainsi, il y aurait un peu de femme païenne chez ma pieuse épouse ? J'aime ça.

— L'amour est porté aux nues chez les chrétiens comme chez les païens, non ?

Katel sentit le désir de son mari se presser contre sa chair la plus tendre.

— La théorie semble se vérifier. Je croyais que tu aimais les femmes pudiques ?

— J'ai peut-être changé d'avis, dit-il en savourant le goût de sa peau près de son oreille. Donne-toi à moi, ma douce…

Elle voulait sceller leur amour par un serment d'honneur.

— Je te donne tout, Darren, mon cœur, mon corps, ma vie, ma confiance.

— Et tes craintes, tes doutes, tes chagrins, ainsi que toutes tes joies, tous tes sourires. Surtout des sourires comme celui-ci, ajouta-t-il en la sentant s'ouvrir à lui, tout en offrant son visage au soleil.

Katel savait qu'elle porterait ses cicatrices toute sa vie, mais elle avait quelqu'un avec qui les partager, les panser. Quelqu'un qui l'acceptait avec ses grandeurs et ses faiblesses, qui la respectait en tant que femme et épouse, et dont le seul souci était de voir chaque jour ce sourire illuminer son visage. Peu importait qu'elle ait hérité du froid et des larmes, aujourd'hui, elle possédait le sourire et la chaleur du soleil d'un nouveau printemps.

Composé et édité par HarperCollins France.

Achevé d'imprimer en février 2019.

CPI
BLACK PRINT

Barcelone

Dépôt légal : mars 2019.

FSC
www.fsc.org
MIXTE
Papier issu de sources responsables
FSC® C108412

Pour limiter l'empreinte environnementale de ses livres, HarperCollins France s'engage à n'utiliser que du papier fabriqué à partir de bois provenant de forêts gérées durablement et de manière responsable.

Imprimé en Espagne.